JN068169

86
—エイティシックス—

Judgment Day.
The hatred runs deeper.

[著]
安里アサト

[イラスト]
しらび

[メカニックデザイン] I-IV

EIGHTY SIX Ep.11

—ディエス・パシオニス—

ASATO ASATO PRESENTS

The number is the land
which isn't
admitted in the country.
And they're also boys and
girls from the land.

作戦概要

OPERATION OVERVIEW

CONFIDENTIAL
—— 機密事項 ——

目的	1) ギアーデ連邦救援派遣軍(指揮官リヒャルト・アルトナー少将。五個旅団・総数五万余名)の撤退 2) サンマグノリア共和国全市民の避難支援
概要	機動打撃群は1)、2)の達成のため、作戦域を確保、維持する

〈オペレーション・ロリカサクラ〉

Judgment Day.
The hatred runs deeper.

[参加兵力]

第八六独立機動打撃群第一、第二、第三、第四機甲グループ

[作戦域]

西方諸国間高速鉄道・南部花鷲ルート(共和国旧イレクス市・連邦ベルルデファデル市間。距離約400キロメートル)周辺

[作戦中識別名]

・作戦開始地点(西部戦線陣地帯センティス=ヒストリクス線内)をポイント・ゾディアクスと呼称
・ポイント・ゾディアクスより西方30キロ地点を統制線ピスケスと呼称以下、30キロごとに統制線アクアリウス、カプリコヌス、ケイロン、オピウクス、アンタレス、リブラ、レグルス、ウィルゴ、カンケル、ゲミニ、タウルス、アリエスと呼称
・救援派遣軍、および共和国市民の避難開始地点(イレクス市ターミナル)をポイント・サクラと呼称

[協同戦力]

・救援派遣軍機甲支隊(ポイント・サクラ周辺の確保・維持を担当)
・救援派遣軍憲兵小隊(ポイント・サクラにおける車輌への乗降誘導を担当)
・西方方面軍輸送支隊(救援派遣軍人員及び共和国市民の鉄道輸送を担当)

注記

・ロア=グレキア連合王国派遣連隊、ヴァルト盟約同盟派遣教導隊は本作戦に参加しない
・救援派遣軍の撤退は将兵、および車両、戦闘装備を最優先とし、優先度の低い装備・施設は破棄するものとする
・共和国市民の避難は人員のみとし、貨物の輸送は実施しない
・同作戦進行中、救援派遣軍工兵支隊がグラン・ミュール(80,81,82番)の破壊を実施する
・避難民の誘導・対応は暫定共和国政府が実施する

The number is the land which isn't admitted in the country.And they're also boys and girls from the land.

OPERATION
OVERVIEW

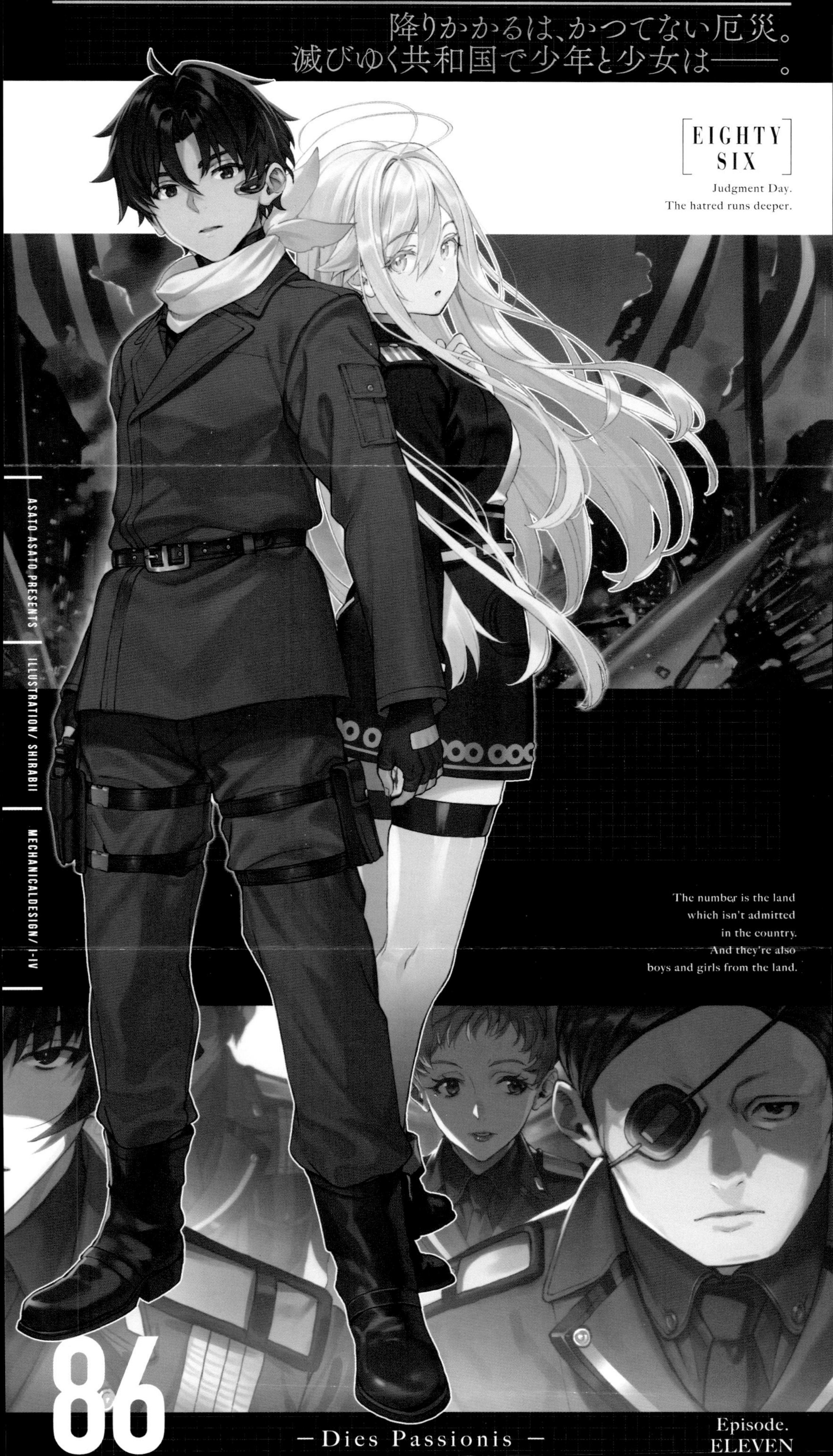

降りかかるは、かつてない厄災。
滅びゆく共和国で少年と少女は――。
EIGHTY SIX
Judgment Day.
The hatred runs deeper.
ASATO ASATO PRESENTS
ILLUSTRATION/ SHIRABII
MECHANICALDESIGN/ I-IV
The number is the land
which isn't admitted
in the country.
And they're also
boys and girls from the land.
86
―Dies Passionis―
Episode.
ELEVEN

不満なんて。
恨みなんて。
傷なんてもう、
抱かない。
「もうあいつらに、
おれたちが生きる
邪魔はさせない
——記憶の中でさえも」
EIGHTY SIX
Judgment Day. The hatred runs deeper.
DIES PASSIONIS

シンエイ・ノウゼン中佐に捧《ささ》ぐ

ヴラディレーナ・ミリーゼ『回顧録』

D-DAY MINUS TWO.

At the Celestial year of 2150.9.29

DIES PASSIONIS

星暦二一五〇年 九月二九日

ディー・デイ・マイナスツー

Judgment Day. The hatred runs deeper.

86

The number is the land which isn't admitted in the country.
And they're also boys and girls from the land.

EIGHTY SIX

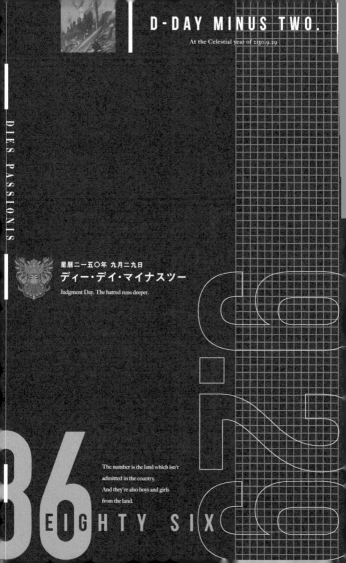

「例の、〈レギオン〉司令拠点群への反攻作戦。とりあえず時期と作戦名だけは決まって、故事にちなんで〈大君主作戦《オペレーション・オーバーロード》〉になったそうだぜ」

紅茶を淹《い》れながら世間話のように言ったのはシンより十ばかり年上の、マイカ侯爵家の縁者の青年で、彼もまたギアーデ連邦軍の士官で異能を有する特技兵だ。

従卒も副官も下がらせてシンと彼しかいない、西方方面軍統合司令部基地の執務室の一つ。ティーセットを手に戻ってくるヨシュカ・マイカ中佐は、しばらく前からシンが異能の制御のため、面談を繰り返している相手である。

「それはまた、……なんというか安直な」

「な。つーか、もうちょっと楽勝、快勝だった作戦にちなんでほしいよな。元の作戦は、勝ったとはいえ上陸戦で相当死んだそうだし、だいたい一応仮にも民主共和制の連邦で大君主はどうよとも思うし」

軍人らしく短く刈りこんだ紅《あか》い髪と長身に、肩幅が広く胸板の厚い頑健な体軀《たいく》。相反するように顔立ちはやや童顔で真紅の双眸《そうぼう》の目じりも垂れた、ヨシュカは自ら淹《い》れた紅茶を音もなく含む。

応じるように、シンも渡されたティーカップに口をつけた。薄紙のような白磁に東方風の金と緋《ひ》の絵付け。カップの内側まで精緻に施されたそれが、透明な赤い茶の向こうで煌《きら》めく。

「作戦決行時期は、まあ連邦軍あげての一大攻勢、おそらく連合王国軍や盟約同盟軍とも協同しての作戦だ。早くて四か月後の——二月の贖罪祭《しょくざいさい》の頃か、万全を期すなら半年後の復活祭ごろになる」

告げられた作戦予定に、シンは第八六独立機動打撃群《ストライク・パッケージ》の、己が所属する第一機甲グループの任務と休暇のサイクルを思い浮かべる。

聖教国への派遣が行われたこの九月で第一機甲グループの任務期間は一度終わり、休暇と訓練の二月《ふたつき》を経て任務にあたるのは、これまでのとおりなら十二月と来年の一月。四月の復活祭ごろならともかく、二月の贖罪祭《しょくざいさい》に作戦決行なら、再びの休暇時期に重なってしまうが。

「いずれにせよ参加します。機動打撃群は、全員」

淡々と、当然のように言ったシンにヨシュカは苦笑する。

「そりゃそうだ。お前たち機動打撃群はそもそものための部隊なんだし、上だってお前らがそう言うだろうことはとっくにわかってるさ。——機動打撃群への任務はしばらく休止。この一か月は一旦しっかり休んで、あとは作戦までみっちり訓練、てことになる」

言ってふと、ヨシュカはニッと笑った。

「聞いたぜ。先の作戦で、お前ら学校行くのすっぽかしたんだって?」

シンはぐっと喉を鳴らす。休暇と、その時に行うべき専用の学校への通学を切り上げたのは第三、第四機甲グループであってシンと第一機甲グループではないが、結局グレーテには総隊長四人が全員揃《そろ》って叱られたのだ。

もう次は許さない、という彼女の言はもちろん正しいとわかっているし、連帯責任は軍隊の基本だが、……理不尽だと、ちょっと思った。

ヨシュカは今度はニヤニヤしている。

「そりゃあ駄目だぜ、いくら特士校は出てるっても、お前ら特士士官《ちびっこ》の本分はお勉強だ。この一か月はちゃんと学校行って、授業聞いて課題やって図書室で愚にもつかないような本とか読んで、あと友人とアホな遊びしたり色恋にぐだぐだ悩んだりしろよ」

「最後の二つおかしくないですか」

三つめも若干変な気がするが。

「おかしくねえよ。そういうの全部まとめてお前らがするべき勉強って奴《やつ》なんだから」

応接セットのソファに背を預けて片手にティーカップを持って、実に優雅な物腰で十歳年上の親戚はなんともニヤついたというか、絶妙に品のない表情をしている。

「そんで色恋に悩みすぎて煮詰まったら、このおにーさんに相談とかしてくれたまえ。

……それくらいできるようになったら、異能の制御も教えられるだろうからさ」

「…………」

それは三か月前の最初の顔合わせでもヨシュカから言われたことだ。その時には他にも数人が同席していた、マイカの異能者たちからも。

『――異能のオンオフがうまくできない子供ってのは、どの世代でも何人かはいて。そういうガキにはだいたい親とか、それに類する年上の家族がやりかた教えるんだが』

顔合わせの席が用意されたのは、マイカ侯爵家の帝都の邸《やしき》だった。マイカ女侯の自慢だという、蘭《らん》の花に埋めつくされた温室《オランジエリー》にテーブルセットをおいて、年の近い連邦軍服姿の親類たちは居並ぶ。

代表して口を開いたヨシュカの、短く刈りこんだ紅《あか》い髪。

『能力の制御自体は、まあ逆上がりーとか自転車に乗るーとか、そういうのと同じ程度の難易度だ。コツを摑《つか》めば簡単なことの、そのコツがうまく摑《つか》めてねえだけ。だから制御できる奴《やつ》が同調した状態で、オンオフ切り替えるの手伝ってやればだいたい一度で出来《でき》るようになるし、よっぽど呑《の》みこみ悪い奴《やつ》でも何度か繰り返してやりゃそのうち覚える。訓練って言うほどのもんじゃねえんだ、実のところ』

黙って、あるいは微笑《ほほえ》んでヨシュカに話を進める役を任せている親類たちは、男性もいれば女性もいて。そしてやはり一様に真紅の髪と目をしていて、それを南国の花のようだとシンは思う。遠い異国から運ばれた蘭《らん》に合わせた、あでやかな南国風の色彩のティーカップ。出された茶菓子の香りづけのバニラも蘭《らん》の一種なのよと、従姉にあたるのだという二十歳ばかりの女性が教えてくれた。

『それならなんでわざわざ家族に限定するかっていうと、その制御できる奴《やつ》との同調ってのが普段よりちっと深めの同調だからなんだよな。具体的に言うと——ええと、〝声〟聞くときに普段お前がいるとこより一つ奥のあたり、っつって伝わる？　なんとなくでも』

『——ええ』

ヨシュカの言うとおり、なんとなく、だが。

うなずくと、ヨシュカは何故《なぜ》か、はっきりと嬉《うれ》しそうに笑った。

そうか。やっぱりこれだけでわかるのか。

お前もやっぱり、俺たちと同じ一族なんだな、と。

それまでの、親しげだけれどまだ少し距離のある外向けの笑顔から、くしゃりと顔中で笑うようなあけすけな笑顔で。

『別に考えてることがわかるとか、記憶が見えちまうとか。ましてや隠したい傷が伝わっちまう、なんてことはないけどさ。単純に、嫌じゃね？　よく知りもしない、信用とかできてない相手の前でそこまで潜るとか。……俺なら嫌だし、怖いと思う』

だから。

『とりあえずしばらくは、こんな感じで気楽なお茶会だけってことで。まずは雑談したり、なんか、相談とかあったらそういうのもしてくれていいからさ。異能にぜんぜん関係ない、こんなこと相談していいのかなって思うようなくっだらないことでも。……そんで』

言って、ヨシュカは。マイカの青年たちは、それぞれに人懐《ひとなつ》こく屈託なく笑った。

『俺たちの誰でもいいから、好きな子についてでも話せるようになったら。そしたら異能の制御の練習も、あんまり抵抗なくできるようになってるだろうからさ』

そうしてこの三か月あまり、通学や訓練の合間を縫って、任務期間中にも西方方面軍統合司令部基地に来る用があった時にはそのついでに、彼らの誰かしらと話をして。

その中で最終的にヨシュカに制御訓練の相手を頼んだのは、彼が一番、兄に似ていなかったからだ。

兄と同じ紅《あか》い髪に、血縁ゆえにどこか似た面差し。マイカの血族の青年たちにはどうしても、シンは無意識にレイの面影を探してしまう。安心感を覚える理由が兄に重ねたからだというのは親しくなったのとは違うだろうし、相手にも非礼だと思ったから。

ヨシュカはその点、いかにも軍人らしい髪形に体格に、指揮官として在《あ》る時にはさぞや威迫を帯びるのだろう重低音の声音。どちらかというと学問の徒といった趣の細い体躯《たいく》に優しい声をしていた兄とは似ても似つかない。

何より口調がまるで違って、レイがヨシュカのようながらっぱちな、少し乱暴な言葉遣いをするところなどシンは聞いたこともないし、想像もつかない。

それでもこうしてヨシュカと話していると、ときどき不思議な気持ちになる。

もし生きていたなら、レイはヨシュカと同じ年齢だ。

戦争がなければ、八六区に追いやられていなければ、十八の自分に二八歳のレイもまた、ヨシュカのように接してくれていたのだろうかと。自分は兄に、どんな風に接していたのだろうかと、不思議に切ない気持ちがした。

「聞いたぜー。お前恋人できたんだって？　それも美人の。恋のお悩みもしくはご馳走《ちそう》さまなのろけ話、楽しみにしてるからな！」

……こういうちょっとうざったい絡《から》み方も、レイが生きていたなら、されたのだろうか。

しないでほしいなと思う反面、むしろレイの方こそ実兄で遠慮がない分、ヨシュカよりもさらに鬱陶しく始末に負えない感じで絡《から》んできただろうな、ともなんとなく思った。

いつの間にかそんな風に、屈託なく兄を想《おも》えるようになっていた。

ニヤニヤしているヨシュカに、平静を装《よそお》って紅茶を飲みつつシンは反撃を試みる。

まだ心のどこかに残っている、壁や距離になど気づかなかった顔をして。

「じゃあ先に、ヨシュカののろけ話を聞かせてください」

「お前言うようになってきたな？　よーしじゃあ特別に、聞かせてくださいヨシュカお兄さま、って可愛《かわい》らしーく言えたら、嫁ちゃんの超絶愛おしいエピソードを聞かせて……」

「教えてください、お兄さま」

「うわ即答しやがった。けど駄目ー。なぜなら可愛《かわい》くねえからー」

「言わせておいてずるいですよ」

「棒読みしといて言うかソレ？　えってか聞きたいの？　マジ？」

心底意外そうに、けれどどこかいそいそと身を乗り出された。

遠慮なくぶった切った。

「いえ特に聞きたくはないですが。話す前からヨシュカの顔がすでにしまりがなさすぎて面白いので、茶菓子がわりにしばらく眺めているのもいいかなと」

「ああそういう……」

呻《うめ》きかけて。

ふと、ヨシュカの視線が窓の外に流れた。

蝶《ちょう》が飛ぶのを見つけた猫か、頭上を飛び去る小鳥に顔を上げる猟犬のような、狩りをして生きる肉食動物の本能が、思考よりも速く動くものに反応する時の動き。

それこそ鳥か蝶《ちょう》でもいたのかと思ったが、それにしては焦点を合わせる先が遠い。そもそも今は夜だ。フクロウか蛾《が》でもなければこんな時間に空など飛ばないし、そんな小さなものが明るいこの室内から見えるはずもない。

少し不審にシンは問う。

「ヨシュカ?」

「いや。今何か、空で光ったから——」

言いながらヨシュカは、その光があったのだろう夜空を眉を寄せて見つめている。

視線を追ってシンも目を向けた先、ちかりと強く、星のような光が再び瞬《また》く。

すぐに消えてしまった、焔《ほのお》のあかいろをしたその光のあった場所から目を戻してシンは首を傾《かし》げる。星や天文現象には、そこまで興味はないから方位や気象を知るのに必要なそれしか知らない。だから何かと問われれば、その程度しか思いつかない。

「流れ星、でしょうか」

瞬《また》いて消えただけ。流れなかったようにも見えたが。

「この時間あんなとこに星はないはずだから、だと思うが。うーん……?」

眉を寄せたまま、ヨシュカは小さく唸《うな》る。

同刻。

どん、と強く、白手袋の掌《てのひら》が黒檀《こくたん》のデスクに叩《たた》きつけられる。

西方方面軍参謀長ヴィレム・エーレンフリートは、無意識に自らが行ったその感情的な行動に、やはり彼自身で気づけない。昨年の電磁加速砲型《モルフォ》討伐作戦では、次の瞬間には電磁加速砲《レールガン》の砲撃に吹き飛ばされるやもしれぬ最前線の基地にあり、祖国が滅亡を迎えかねない絶望的な戦局にあってさえ平静を失わなかったその白皙《はくせき》の端整な面《おもて》が、今は緊迫にきつく歪《ゆが》む。

かつて帝国を支配した大貴族の裔《すえ》として、数多《あまた》の兵の命を預かりながらも使い潰す将の一人として、感情を、動揺を、他人に曝《さら》け出《だ》すことを彼は良しとしない。そのように幼時より育てられ、また己に課し律し続けて、いまや習慣よりも無意識よりも深く、本能とさえいえるほどに染《し》みついた振舞。

身のうち深く刻みこまれたそれを、けれどひとときの失うほどの緊迫と焦燥。していてやられた。いてやられた。

周囲のホロウィンドウに映しだされているのは、ある構造物についての解析結果だ。

レグキード船団国群北方、沿岸より三百キロ先の海上に建設された〈レギオン〉砲陣地拠点、識別名・摩天貝楼《まてんかいろう》。

同拠点に揚陸した〈レギンレイヴ〉のミッションレコーダーから再構成を試み、不足分をノイリャナルセ聖教国の戦場奥、攻性工廠型《ハルシオン》を囮《おとり》に隠されていた拠点の光学映像から補って構築した三次元構造図だ。投影されたホロウィンドウ上、青白い光の線で精緻に組み上げられたその特徴的な鋼鉄の塔には、摩天貝楼《まてんかいろう》拠点制圧にあたったプロセッサーの報告にも同作戦の作戦指揮官の報告にもなかった構造が付与されていた。

報告しなかったのは単に、彼らの目には留まらなかったためだろう。エイティシックスの少年兵たちも作戦指揮官である少女も、……同行した連合王国の異能の王子でさえも、おそらくそれを意識しなかった。彼らが物心ついた時には、すでにそこは戦場ではなくなっていたから。

……備えもないままそこから攻撃を受けずにすんだだけ、事前に察知することができただけ、良しとするべきなのだろう。

支配域奥の指揮官機の——攻性工廠型《ハルシオン》や自動工場型《ヴァイゼル》の制御系を入手し、その解析にリソースが集中する中、念のためにと摩天貝楼《まてんかいろう》拠点の構造解析も進めさせていた、その備えが功を奏したかたちだ。

それはわかっていて、けれど、忸怩《じくじ》たる思いがぬぐえない。

ホログラムの三次元構造図には、摩天貝楼《まてんかいろう》の広大な内部空間に、塔全体を斜めに貫く巨大な円筒状構造が書き加えられて明滅している。

最下層から、海上百余メートルの最上層へ。急な角度の弧を描き、頂上付近ではほぼ垂直に天を目指す、八条のレールから成る筒。計算上は列車の車両さえ内部に収めて疾走させられるだろう、それほどの直径の円筒だ。

無論、その中に収められ、撃ち出されたものは列車でも、ましてや電磁加速砲型《モルフォ》などでもない。

何故《なぜ》、気づかなかった。

知っていながら、想像だにしなかったのか。

――十一年前の、〈レギオン〉戦争開戦と直後の革命のさなか。

帝国が有していた人工衛星は、革命軍へと趨勢《すうせい》が傾くや、ほぼ全てが帝室派の司令拠点から自壊命令を送られ、そのとおりに機能を停止した。

この時におそらくは意図的に、大きな破片となって飛び散るように分解したため、近い軌道を周回する他国の人工衛星をも巻きこんだ。人工衛星は秒速数千メートルの超高速で、一定の軌道上を飛翔《ひしょう》する。抜け落ちた部品程度の小さなデブリの衝突ならともかく、質量数トンを超す破片に直撃されて無事ではいられない。破壊され、あるものはそのためにまた分解し、そうやって軌道上の崩壊は連鎖した。

結果、人工衛星が利用する各軌道上には、大量のデブリが飛散。質量の大きなデブリはそう簡単には高度を落とさないから、それらは今なお軌道上に滞留したままだ。元より遺物片《ルイーナ》だらけだった衛星軌道は、人工衛星の再打ち上げのためにはより入念な軌道上の掃除が必要となり、元より莫大《ばくだい》な予算と燃料を必要とする再打ち上げは戦時である今、大陸最大の国家である連邦でさえも難しくなった。比較的低高度のデブリ群に邪魔されるせいで、その高度を突き抜けて飛ぶ弾道ミサイルの運用も。

ただ、〈レギオン〉とてその条件は同じではある。

そもそも〈レギオン〉とは兵卒から下級士官を代替するべく開発されたものだ。戦略兵器である弾道ミサイルの運用をさせる想定は開発者にもなかったろうし、念のため禁則事項《プロテクト》に設定してもいたのだろう、これまで〈レギオン〉が弾道ミサイルの類《たぐい》を用いたことはない。命中率の低い弾道ミサイルには必須の、核兵器も同様に。

だからヴィレムも、より上位の統合参謀本部も連邦軍も想定してはいなかった。

〈レギオン〉が衛星軌道の利用を、人工衛星かそれに類する兵器の打ち上げを、禁じられてはいない別の手段でやり遂げる可能性。

船団国群の碧《あお》い大海の戦場で。聖教国の灰の雪降る戦場で。報告された六芒星《ろくぼうせい》の鋼鉄の塔。

あれは。

軌道上へと彼らの人工衛星を、打ち上げるための。

「大気圏外打上設備《マスドライバー》か……！」

†

人工衛星とは、その名のとおり衛星として惑星を周回し、通信中継や偵察、測位に気象予測などを行う機械類の総称である。

高度や軌道は負う役割によって様々だが、原則として投入された高度と軌道を、寿命の間は維持し辿り続ける。高度が低く地上からは移動しているように見えるものも、また高度数万キロメートルもの遥《はる》か彼方《かなた》にあるがために静止して見えるものもあるが、実際にはどちらも軌道上を移動し続けていることに変わりはない。

そう、厳密には人工衛星は、軌道上に浮かんでいるのではない。

地上から秒速およそ八〇〇〇メートルの超高速で、高度数百キロメートルから数万キロメートルの高みへと投げ上げられ、その数百キロメートルの高空からやはり秒速八〇〇〇メートルの速度を以《もっ》て、地平線の彼方《かなた》へと落下し続けているのだ。

EIGHTY SIX

The number is the land which isn't
admitted in the country.
And they're also boys and girls
from the land.

ASATO ASATO PRESENTS
[著]安里アサト
ILLUSTRATION／SHIRABII
[イラスト]しらび
MECHANICALDESIGN／I-IV
[メカニックデザイン]I-IV
DESIGN／AFTERGLOW

86

—エイティシックス—

Judgment Day.
The hatred runs deeper.

[Ep.11]

—ディエス・パシオニス—

CHARACTERS

ギアーデ連邦軍

〈第86独立機動打撃群〉

シン

サンマグノリア共和国で人ならざるもの――〈エイティシックス〉の烙印を押された少年。レギオンの「声」が聞こえる異能の持ち主で、高い操縦技術を持つ。新設「第86独立機動打撃群」の戦隊総隊長を務める。

レーナ

かつてシンたち〈エイティシックス〉とともに戦い抜いた指揮管制官《ハンドラー》の少女。死地に赴いたシンたちと奇跡の再会を果たし、その後ギアーデ連邦軍にて、作戦指揮官として再びくつわを並べて戦うこととなった。

フレデリカ

〈レギオン〉を開発した旧ギアーデ帝国の遺児。シンたちとともにかつての家臣であり兄代わりだったキリヤと戦った。「第86独立機動打撃群」ではレーナの管制補佐を務めている。レギオン全停止の「鍵」であることが判明。

ライデン

シンとともに連邦へ逃れた〈エイティシックス〉の少年。“異能”のせいで孤立しがちなシンを助けてきた腐れ縁。

クレナ

〈エイティシックス〉の少女。狙撃の腕は群を抜いている。シンに想いを告げ、一歩前に踏み出すことができた。

セオ

〈エイティシックス〉の少年。クールで少々口が悪い皮肉屋。腕を切断する重傷を負い、部隊を離れる。

アンジュ

〈エイティシックス〉の少女。しとやかだが戦闘では過激な一面も。ミサイルを使った面制圧を得意とする。

グレーテ

連邦軍大佐。シンたちの理解者でもあり、「第86独立機動打撃群」の旅団長を務める。

シデン

〈エイティシックス〉の一人で、シンたちが去って以降のレーナの部下。レーナの直衛部隊を率いる。

リト

「第86独立機動打撃群」に合流した〈エイティシックス〉の少年。かつてシンがいた部隊の出身。

ダスティン

共和国崩壊前〈エイティシックス〉への扱いを非難する演説をした学生で、連邦による救援後、軍に志願した。

ユート

リト・ミチヒらと戦線に加わった〈エイティシックス〉の少年。寡黙だが卓越した操縦・指揮能力を持つ。

ヴィーカ

ロア＝グレキア連合王国の第五王子。異常な天才「紫晶」の今代で、人型制御装置〈シリン〉を開発した。

アネット

レーナの親友で〈知覚同調《パラレイド》〉システム研究主任。シンとは、かつて共和国第一区で幼馴染の間柄だった。

シャナ

共和国第86区時代からシデンの隊で副長として活躍する女性。シデンとは対照的に、醒めた性格。

ミチヒ

リトと同じく機動打撃群に合流した〈エイティシックス〉の少女。生真面目で物静かな性格、なのです。

マルセル

連邦軍人。過去の戦闘での負傷の後遺症から、レーナの指揮をサポートする管制官として従軍する。

オリヴィア

ヴァルト盟約同盟より、新兵器の教導役として機動打撃群に合流した女性のような見た目の青年士官。

レルヒェ

半自律兵器の制御装置〈シリン〉の一番機。ヴィーカの幼馴染であった少女の脳組織が使用されている。

D-DAY MINUS ONE.

At the Celestial year of 2150.9.30

DIES PASSIONIS

星暦二一五〇年 九月三〇日

ディー・デイ・マイナスワン

Judgment Day. The hatred runs deeper.

03

The number is the land which isn't
admitted in the country.
And they're also boys and girls
from the land.

86 EIGHTY SIX

《ノゥ・フェイスより、統括ネットワーク指揮官機全機》

かつての敵国であったギアーデ連邦の西、そして故国であるサンマグノリア共和国の東。今は〈レギオン〉の支配下にある狭間《はざま》の戦野で、〈ノゥ・フェイス〉の識別名を持つ〈羊飼い〉が告げる。

呼びかける先は統括ネットワーク中枢——〈レギオン〉の部隊規模の最上位にして最大、大陸全土を席捲《せっけん》する全〈レギオン〉を配下におく総軍レベルの指揮官機たち。大陸規模の作戦を担当する殺戮《さつりく》機械の長たちへ。

《情報欺瞞《ぎまん》作戦〈オペレーション・ネヴィル〉、全フェイズを終了》

彼女が鹵獲《ろかく》された時には危惧を覚えたが、少なくとも連邦の戦略を一時的にでも誤らせるには影響しなかったようだ。

流体マイクロマシンの疑似神経系で、ノゥ・フェイスは冷徹に判断を下す。対連合王国戦線指揮官機、識別名〈ミストレス〉。生前の名はゼレーネ・ビルケンバウム。

鹵獲《ろかく》されて後の彼女が、連邦の情報収集源にされたことは確実だろう。連邦や、協力状態にある各国の探索の目が、明らかに厳しさを増したのはミストレスが鹵獲《ろかく》されてからだ。

何かを探すように。あるいは、何かを恐れるように。

だから目につきやすいように、対処せざるを得ない脅威を提示してやった。

船団国群沖合に出現させた、強襲揚陸戦艦型《シュベルトヴァール》。量産型の高機動型《フォニクス》。極西諸国、白紙地帯で建造させた陸上戦艦型《フェアディナント》。あたかもそれこそが〈レギオン〉の用意した、次の大攻勢のための切札であるかのように。

全て　欺瞞《ぎまん》だ。

《ノゥ・フェイスより、統括ネットワーク指揮官機全機。ならびに第一広域ネットワーク所属の全機》

呼びかける先は統括ネットワーク。大陸全土を席捲《せっけん》する全〈レギオン〉を一度に動かし、大陸全土を呑《の》みこむ規模の作戦を担当する総指揮官機たちへ。

すなわちこの作戦は昨年の夏、ノゥ・フェイスが号砲を鳴らした四か国への大攻勢、数十万機からなる〈レギオン〉の殲滅《せんめつ》作戦の、その規模をも上回る。

《これより殲滅《せんめつ》作戦〈オペレーション・ディエス・イレ《怒りの日》〉を開始する》

D-DAY.

At the Celestial year of 2150.10.1

DIES PASSIONIS

星暦二一五〇年一〇月一日

ディー・デイ(作戦決行日)

Judgment Day. The hatred runs deeper.

The number is the land which isn't admitted in the country.
And they're also boys and girls from the land.

86 EIGHTY SIX

連邦標準時、零時一七分。

ギアーデ連邦南部第二戦線、第十八機甲軍団展開戦域に着弾多数。同軍団司令部基地との通信途絶。

対砲・対迫レーダーサイトには、戦域直上からの敵弾の軌跡が記録される。

零時二三分。

レグキード船団国群防衛線に、戦域直上より多数の着弾。

零時二五分。

ギアーデ連邦北部第二戦線、同第一戦線、南部第一戦線に、戦域直上より多数の着弾。

零時二九分。
ヴァルト盟約同盟東部戦線に、戦域直上より多数の着弾。

零時三一分。
ロア＝グレキア連合王国南方戦線に、戦域直上より多数の着弾。

零時三四分。
大陸南方、キティラ大公国より盟約同盟へ、戦域直上よりの砲撃の報告。

零時五一分。
連邦西方方面軍司令部より、西方方面軍前線部隊に撤退命令発令。予備部隊に予備防衛陣地への展開を指示。
同様に東方方面軍司令部、北方第一、第二、第三、第四方面軍司令部、南方第一、第二、第三、第四方面軍司令部より各隷下前線部隊へ撤退命令、および、即応予備への展開命令発令。

四時四五分。
ノイリャナルセ聖教国北部戦線に、戦域直上より多数の着弾。

一一時〇八分。
連邦東部戦線に、戦域直上より多数の着弾。

一一時五五分。
連邦北部第三、第四戦線、南部第三、第四戦線に、戦域直上より多数の着弾。

一二時一一分。
連邦南部第二戦線にて、〈レギオン〉軍団の攻性発起を観測。
以降一五四分に亘《わた》り、各戦線、各国より〈レギオン〉攻性発起、交戦の報あり。

一二時二四分。
連邦軍、交戦開始。直上からの砲撃は継続。
残置部隊が遅滞戦闘を開始、予備部隊が阻止砲撃。本隊は後退行動を継続。

一五時〇六分。
最後に観測された直上砲撃。以降、同様の砲撃は報告・観測されず。
〈レギオン〉攻勢はなおも継続。

一六時一二分。
レグキード船団国群、最終防衛線陥落。

一八時四七分。
ノイリャナルセ聖教国、極西諸国、通信途絶。

一八時五九分。
ヴァルト盟約同盟、第一防衛線失陥。第二防衛線へ後退。

一九時二六分。
キティラ大公国、南岸各国、通信途絶。

二一時三三分。
ロア＝グレキア連合王国、竜骸《りゅうがい》山脈失陥。山麓部予備陣地帯に後退。南部平野に防衛線構築開始。

二一時四九分。
ギアーデ連邦、北部第三戦線、予備防衛陣地帯に後退完了。

二二時三四分。
連邦全戦線、予備防衛陣地帯に後退完了。

二二時五七分。
連邦全戦線、〈レギオン〉部隊の前進阻止に成功。

二三時四九分。
連邦全戦線、予備防御陣地帯にて膠着《こうちゃく》。

D-DAY PLUS ONE.

At the Celestial year of 2150.10.2

DIES PASSIONIS

星暦二一五〇年一〇月二日

ディー・デイ・プラスワン

Judgment Day. The hatred runs deeper.

86

The number is the land which isn't
admitted in the country.
And they're also boys and girls
from the land.

EIGHTY SIX

「昨日の〈レギオン〉の一斉攻撃——第二次大攻勢により、確認されている人類圏の戦線全てが後退したわ」

機動打撃群本拠、リュストカマー基地の大会議室は、集う指揮官たちの影が長く落ちる。旅団長であるグレーテを筆頭に、シンをはじめとする機甲グループ総隊長、レーナを含む四人の作戦指揮官と、幕僚たちに加えて研究班長と整備班長が大テーブルを囲む群に加わる。連合王国軍から出向のヴィーカとザイシャ、盟約同盟軍所属のオリヴィアは、それぞれの祖国の戦況を確認に西方方面軍統合司令部に出向いていて、ここにはいない。

その室内を軽く見回してから、シンはグレーテに視線を戻す。

シンたちエイティシックスは反攻作戦《オペレーション・オーバーロード》に備えるべく休暇を与えられ、その休暇先の学校から一日足らずで急遽《きゅうきょ》呼び戻されたかたちだ。慣れ親しみ始めた『平和』からの突然の招集に、たった一日であまりにも激変してしまった戦局に、さしもの戦慣れた彼らも意識の切り替えが追いつかない。

一体。

何が。どうなって。

集まる視線の先、個人用のホロウィンドウを無数に従えて、グレーテが続ける。

「連邦西部戦線に侵入した〈レギオン〉五個軍団は、現在、第二予備防衛陣地帯、センティス＝ヒストリクス線にて侵攻を停止。散発的に小規模な戦闘――小競《こぜ》り合《あ》いは起きているものの、戦線全体としては膠着《こうちゃく》したまま。東部戦線、および北部・南部の第一から第四戦線も同様に、予備防衛陣地帯で膠着《こうちゃく》してる」

ホログラムのメインウィンドウが展開し、連邦全体の戦域図を表示。東西に長い連邦の、南北にそれぞれ四つずつある戦線と、東部とこの西部の戦線の現在位置を青いラインで表示する。連邦は西部戦線以外は山脈や大河の自然の要害に恵まれ、比較的少ない戦力で防衛線を維持できていた。

その九つの戦線が、どれも要害を破壊され、後方の開豁地《かいかつち》や沼沢地《しょうたくち》にまで後退させられている。――重量の嵩《かさ》む機甲兵器には厳しい沼沢地《しょうたくち》はともかく、開豁地《かいかつち》は重戦車型《ディノザウリア》や戦車型《レーヴェ》の独擅場《どくせんじょう》だ。今は膠着《こうちゃく》できているとはいえ、この先の防衛は厳しいだろう。

「ノイリャナルセ聖教国をはじめとする極西諸国と、キティラ大公国らの南部沿岸諸国群は、今も通信途絶したまま。レグキード船団国群は最終防衛線を突破され、現在残存兵力がソテリア船団国領土にて遅滞戦を展開。船団国民の連合王国、連邦への避難が要求され、受け入れ準備が始まっているわ。事実上、——滅亡ということになるわね」

次々とホロウィンドウは展開し、大陸極西部の、盟約同盟を越えた先の大陸南部沿岸の、大陸北方の船団国群の、そして盟約同盟と連合王国全域の戦域図を映しだす。

そのあらゆる戦線の、敗退の様子を。

「盟約同盟は第二防衛線を放棄し、最終絶対防衛線に後退。連合王国は竜骸《りゅうがい》山脈を失陥し、竜骸《りゅうがい》基底トンネルの連合王国側出口を爆破処理した上で、山麓まで後退。防戦しつつ、後背の平野部に防衛陣地帯を突貫作業で構築中。以降、両国とも連絡はないけど、無線は傍受できている。現在も戦闘継続中よ」

通信が途絶えているのは、万一の情報漏洩《ろうえい》を危惧したものか、あるいはその余裕すらもないものか。

見上げた地図上、連邦と連合王国、盟約同盟の間には分厚く敵性勢力《レギオン》の紅《あか》い部隊記号《ブリップ》がひしめき、わずか数日前まではたしかに存在していたはずのいくつかの交通路を完全に埋めつくしてしまっている。三国とも前線が大きく後退し、昨年の第一次大攻勢時よりも勢力圏が縮小したかたちだ。軍の協同はおろか、ネズミ一匹の行き来でさえも、もはや不可能だろう。

これだけ距離をあけられてなお、無線が傍受できているだけでも奇跡的なくらいだ。〈レギオン〉勢力圏の急拡大に、阻電攪乱型《アインタークスフリーゲ》の展開が追いついていない。

それほどの、急激。

連邦、西部戦線の戦域地図に目を転じれば、戦闘属領ノイダフネとノイガルデニアの東部にかけて流れるセンティス河とヒストリクス河を挟むかたちで、〈レギオン〉と西方方面軍、それぞれ五個軍団が睨《にら》み合《あ》っている。北から南へと、四つの戦闘属領《ヴォルフスラント》を中西部と東部に分断する大河一帯に以前より築かれ、昨日の攻勢を受けてさらに大量の散布地雷を叩《たた》きこんで防備をかためた予備防御陣地帯、センティス＝ヒストリクス線。

旧帝国の国境を固める戦闘属領と、その内側に守られる属領との境ぎりぎり手前だ。あとわずか数十キロも押しこまれれば生産を司《つかさど》る属領にまで戦火が及ぶ、連邦が現状の生産能力を維持するための事実上の最終防衛線である。

属領シルヴァス西端、戦闘属領ブラン・ロスとの境界付近に建つこのリュストカマー基地にも砲号の遠雷はいまや断続的に轟《とどろ》き、万一に備えて隣街の住民の避難準備が進められている。

そこまで見てとったところで、シンはグレーテに目を向ける。連邦の、各勢力圏の戦線崩壊のきっかけとなったという、無数の砲撃——それを行った〈レギオン〉の声を、シンは西部戦線が砲撃された時でさえも、聞き取ることができなかったが。

「ですが、何が起きたのですか？　各戦線を破壊した最初の一斉砲撃は一体——把握していない電磁加速砲型《モルフォ》が、大量に配備されていたのでしょうか」

「いいえ」

一つ首を振って、グレーテは新たなホロウィンドウを呼びだす。

映しだされたのは夜空の映像、地上の建造物が一つも映りこまないどこか高空のそれだ。白くノイズの粒子がちらつく粗い画像の暗闇の中、切りとられた夜空を斜めに裂いて何条にも堕《お》ちるのは、焔《ほのお》の赤色をした流星の群。

ふっと、シンは既視感が脳裏を掠《かす》めるのを感じる。

同じものを見た。戦局が激変する、二日前。西方方面軍統合司令部基地の一室で、親族である青年と共に。

——流れ星、でしょうか。

——この時間あんなとこに星はないはずだから、だと思うが。

瞬《また》いて、消えた。焔《ほのお》のあかいろをした、あるはずのない星。

あれは。あれが、各戦線に降り注いだ——……。

「砲撃の正体は、人工衛星を転用した弾道ミサイルと推定されているわ」

怪訝《けげん》な、あるいは不審げな沈黙が、指揮官たちの間に落ちた。

「説明の前に。——そもそもみんな、弾道ミサイルって何かわかるかしら？」

当然という顔で戦前からの正規軍人である幕僚たち、研究班長と整備班長はうなずき、レーナもごく基礎的な知識だけはあるのでそれに続いたが、シンを含めたエイティシックスは怪訝《けげん》な顔のままだ。

そうだろうという顔でグレーテはうなずく。

「そうよね。〈レギオン〉は弾道ミサイルも、ついでに巡航ミサイルもこれまで使ってこなかったし。阻電攪乱型《アインタークスフリーゲ》の電磁妨害《ジャミング》で誘導が利《き》かないしデブリに邪魔されるから、わたしたち連邦も連合王国も、弾道ミサイルはほとんど死蔵品みたいにしてたから」

「ロケットエンジンを使って大気圏外まで打ち上げ、そこからは基本的には重力に従う放物線弾道で地上目標へと降下させる長距離ミサイルのことだよ」

補足したのは研究班長だ。ひょろりとした長身。長く伸ばしてなぜか斑《まだら》に染めて結んだ、元は鳶色《とびいろ》の髪と緑の瞳。

「大気圏外は言葉どおり、大気がない。空気抵抗によるエネルギーのロスがないから、大気圏内よりも長距離を狙えるわけだね。最大の射程の場合だと、大陸の西の端から東の端まで届く。ただし降下中は誘導ができないから命中精度が悪く、それを広範囲を破壊する核弾頭を用いることで補っていたんだ。――現在はグレーテの……じゃない、ヴェンツェル大佐の言うとおり、保有するどの国も持っているだけで使ってはいないね。下手に乱発すれば、汚染されるのは自国領土なわけでもあるし」

「で、ロケットで打ち上げてから落とす放物線を、地上のどこかに落ちるんじゃなくて常に地平線の向こうに落ち続けるように設定すると、遠心力と重力の関係で惑星の周りをぐるぐる回り続ける。これが人工衛星。つまり弾道ミサイルと人工衛星は、大気圏外に打ち上げてから落とす、という点で同じものなの。違うのは落ちる先が、地上か空の向こうか、というだけで」

つまり。

「〈レギオン〉は大量の人工衛星をあらかじめ軌道上に打ち上げておいて、それを一度に、故意に墜落させることで弾道ミサイルとして運用した。人工衛星には高度の維持のために推進剤が積まれているのだけれど、それを墜落させる時の推力に転用したようね。投射元は船団国群での作戦で揚陸した〈レギオン〉拠点、摩天貝楼《まてんかいろう》——そう呼称していた打ち上げ施設。聖教国の戦線でも同様の施設が確認されたし、おそらく他の支配域深部にも幾つも散在しているのだと推測されるわ」

「……ただ、グレーテ。そうだとすると検出できないはずがないよ」

首とついでに上体も傾けて、研究班長が問う。反駁《はんばく》というよりも純粋に不思議がるような、緑の瞳。

「人工衛星打ち上げにしろ、弾道ミサイルの発射にしろ、推進剤の燃焼で膨大な熱が発生するよね。生き残りの早期警戒衛星で検知できないはずがないよ。連合王国にも早期警戒衛星は残っているだろうに、そっちからも報告はきてないんだろう？　そもそも人工衛星は一基を打ち上げるだけでも、大量の燃料が必要なわけで。大量打ち上げなんて行うだけの燃料を、〈レギオン〉たちは一体どこから——」

大気圏外を飛翔《ひしょう》するロケットやミサイルには、推進に空気を利用するジェットエンジンは用をなさない。

代わりに用いるのがロケットエンジンだが、その欠点の一つが運搬効率の悪さだ。とりわけ人工衛星の軌道上への打ち上げには秒速およそ八〇〇〇メートルもの超高速が必要で、この速度を出すために必要な重量と燃料の比率は一対十。一トンの人工衛星を打ち上げるために、十トンもの燃料を消費する非効率さだ。当然発生する熱も莫大《ばくだい》で、静止軌道上の早期警戒衛星からでも容易に確認できるほどだ。

「ええ、必要なのは秒速およそ八〇〇〇メートル。――〈レギオン〉はロケットエンジンではなく、レールガンを応用した大気圏外打上設備《マスドライバー》を用いることで、ロケットよりは低コストで、人工衛星を打ち上げていたと参謀本部は推測しているわ」

「あ――！」

研究班長が大声を出した。秒速およそ、八〇〇〇メートル。

口径八〇〇ミリ、数トンにもなる砲弾を秒速八〇〇〇メートルで射出する、電磁加速砲型《モルフォ》は既に〈レギオン〉の戦力として投入され、いまや量産も大型化も――電磁砲艦型《ノクティルカ》にしろ攻性工廠型《ハルシオン》にしろ、個体あたりの内蔵エネルギー量と砲門数の増加であって口径の増大ではなかったとはいえ――されている。

エネルギー量を増やせたなら、口径の――砲弾重量の増大を、どうして試みなかったと言えるだろう。

あるいは電磁加速砲型《モルフォ》自体、最終的にはマスドライバーを製造するための試作機として、秒速八〇〇〇メートルという慮外の弾速を目指したものか。

「弾道ミサイルは弾速が速いし、大気圏突入に耐えるために外殻も硬いから、一度発射されてしまうと迎撃が難しいの。西方方面軍参謀本部に解析結果が上がったのも攻撃開始の直前。――対処しようがなかったわ。むしろ各方面軍の参謀本部も、中央の統合参謀本部もよく、たった一日で各方面軍の撤退計画をまとめあげたものよ」

西方方面軍参謀本部の長であるあの人斬り庖丁《ぼうちょう》は、そうは思っていないだろうけれどと想像しつつ、グレーテは続けた。

人工衛星は一度打ち上げた後は軌道を変更できない。弾道ミサイルは降下を始めて後《のち》の照準変更は不可能だ。それを踏まえ、攻撃開始時点で〈レギオン〉が照準を合わせているだろう場所から――連邦の兵力の過半が集まる最前線から、その兵力の過半をいち早く逃がすための撤退計画。

本来ならとてもではないが、一日で作成できるものではない。総兵数数百万を超す連邦総軍の秩序だった撤退に、撤退先の予備陣地の適切な選定。予備陣地帯で確実に〈レギオン〉を食い止めるための即応予備の配置に、充分な砲弾弾薬の供給、友軍の撤退は完了させつつ敵の眼前に地雷をばらまく投射開始の見極め。そのためのあらゆる――膨大な――情報の精査。

砲弾衛星の攻撃がいつ始まるかはわからないが、始まるまでは前線を下げることはできず、また始まってしまえば防げない以上、まずは今ある情報から最低限の計画の立案を。実際に攻撃が開始されるまでに順次、内容の精査と修正を加えるつもりで。

軍の指揮においては、巧緻よりも拙速を。その原則に従い、わずか一日で作成した最低限の撤退計画でさえ充分に役目を果たした参謀本部はよくやった部類だろうし、ろくな猶予もないのにその計画を忠実に実行してのけた連邦軍将兵の練度の高さが物を言ったかたちだ。常からの地道な情報収集と精査、日々の訓練が、正しく実を結んだ結果。

「それに核弾頭ではなく、単なる質量弾だったのも不幸中の幸いね。防御設備はあらかた吹っ飛ばされたけど、核弾頭と違って熱線も爆風も飛んでこないから着弾地点にさえいなければ人的損耗は抑えられるわ。——実際、連邦軍は南方戦線への最初の砲撃からすぐに後退できたから、被害規模に比べて死傷者数は少なかったし」

ただ。

「各国にももちろん、警告は出していたそうだけれど、——少なくとも船団国群は、間に合わなかったわね」

それは通信途絶した極西諸国、南岸各国でもおそらく同様だろうし、ただでさえ広くはない国土の最終防衛線にまで押しこまれた盟約同盟、食糧生産の過半を占める南部の穀倉地帯を防衛線に作り替えざるを得なくなった連合王国もまた、楽観できる状況ではあるまい。

「人工衛星だとわかっていれば、発見自体は難しくないわ。人工衛星はステルス化しにくいし、一度投入された軌道からはほぼ動けない。戦前のデータから人工衛星の増減を確認しているから、少なくとも奇襲されることは次からはなくなるわ。できればマスドライバーを破壊したいところだけれど、まずは戦線維持に注力することになるでしょうね」

言いながらグレーテは〈レギオン〉のマスドライバーを——そうと判明した摩天貝楼《まてんかいろう》拠点、また白紙地帯深部に建造されていた鋼鉄の塔の画像を表示する。さらに画像が追加。

はっとシンは息を呑《の》んだ。

半年前の、シャリテ市地下ターミナル制圧作戦の記録だ。〈黒羊〉と化したカイエに突き落とされた、採光用のメインシャフトの底。高機動型《フォニクス》と最初に邂逅《かいこう》し、交戦した戦場の。

紺青《こんじょう》の鏡面タイルが壁面にも床面にも鏤《ちりば》められた、広大なホール。斜めに突き立つ、崩落した金属と硝子《ガラス》の渡り廊下。その中央に粛然と立つ——きりきりと未《いま》だ歯鳴りを鳴らしていた、時計塔の内部構造を組み合わせたが如《ごと》きフライホイールの塔。蓄電用の、設備。

そしてどこかのビルディングの中の、ビル全体を貫いて天へと伸びるレール状の構造物。

〈カイエ〉が見せようとしたものは、知らせたかったものは、高機動型《フォニクス》だと思っていた。

そうではなかった——……？

グレーテが続ける。冷徹に。

「マスドライバーに類似した構造物は、共和国シャリテ市でも発見されていた」

少なくともこの時点で、〈レギオン〉は砲弾衛星による攻撃を企図していた。

つまり。

「つまり、〈無慈悲な女王〉──ゼレーネ・ビルケンバウムが提供した情報は、〈レギオン〉本来の作戦目標を隠すための欺瞞《ぎまん》情報だったということね」

《──馬鹿な》

感情などない〈レギオン〉だが、それでも驚愕《きょうがく》することはあるのかもしれない。

ゼレーネの封じこめられたコンテナの前。無機質な機械音声で、けれど愕然《がくぜん》と呻《うめ》いた彼女に、ヴィーカは思う。冷ややかに。

「──連邦軍は卿《けい》の投降と、情報提供自体がこの攻撃を欺瞞《ぎまん》するための罠《わな》だったと疑っている。実際我々は踊らされた。第二次大攻勢を起こさせまいと、〈レギオン〉どもからの情報収集に躍起になった」

なるほど、第二次大攻勢は事実ではあった。

けれどその手段として、ゼレーネが示した電磁加速砲型《モルフォ》の量産は──〈レギオン〉の質的増強は、大攻勢の切り札などでは全くなかった。

明らかに不自然な高機動型《フォニクス》の量産、電磁砲艦型《ノクティルカ》や攻性工廠型《ハルシオン》の製造も。

「現状から判断するに、卿《けい》のもたらした情報は全て、弾道ミサイルを隠すための囮《おとり》だ。そしてそれは功を奏した」

《…………》

「ただ、」

そう、ただし。

「俺個人としては卿《けい》もまた、〈レギオン〉に踊らされたと考えている」

電磁砲艦型《ノクティルカ》について知らされて、ゼレーネは『不可解』と答えた。その言葉は嘘《うそ》ではなかったはずだ。

情報漏洩《ろうえい》を防ぐため、関係者以外に不要な情報を開示しない。その基本は、〈レギオン〉でも同様だろう。そうである以上、ゼレーネに真実を伏せるのは決して難しいことではない。信《しん》憑《ぴょう》性を高めるためには、ゼレーネもまた誤情報を真実だと考えていた方が都合がいい。

推測によってゼレーネが、真実に思い至らないためにも。

挺進《ていしん》部隊として機動打撃群が編成されたのを受けてか、支配域深くに潜む一機目の電磁加速《モルフォ》砲型を、追撃した〈レギンレイヴ〉の小部隊が倒したその時からすでに想定していたのかは不明だが。司令拠点と指揮官機を重点的に狙い始めた連邦軍に〈レギオン〉どもがあえて差しだし、まんまと鹵獲《ろかく》させたのがゼレーネだ。

人間ではない、殺戮《さつりく》のための機能しか持たない〈レギオン〉には、諜報《ちょうほう》のほとんどの手段が通用しない。秘匿情報を人類が暴きだすには、通信を傍受して偏執的な暗号化を突破するか、重要な情報を抱える本拠を狙うしかない。

出入口とはもっとも人が通る場所だ。——だからこそ、罠《わな》を仕掛けて効果的だ。

必ず狙われる対象にこそ、陥穽《かんせい》とは仕掛けるべきだ。

欺瞞《ぎまん》情報を人類に取得させるための捨て駒に、ゼレーネはされた。あるいは人類が捕らえたのがたまたまゼレーネだったというだけで、他の指揮官機たちでさえも同様の捨て駒扱いだったのかもしれない。

敵性勢力の殲滅《せんめつ》という目的のためには指揮官機でさえも切り捨てる、戦闘機械の冷徹。群れ全体のため、蜂や蟻《あり》が古い女王を殺すのと同じだ。人の目には残忍とすら映る、人とは異なる論理で動くものの合理。

「祖国を守らせるために〈レギオン〉どもに無慈悲を与えた卿《けい》が、その〈レギオン〉の論理で切り捨てられたのは皮肉な話だな。無慈悲な女王」

《——————》

揶揄《やゆ》したヴィーカに、ゼレーネは沈黙を返した。怪訝《けげん》にヴィーカは片眉を上げる。

まさか殺戮《さつりく》機械が、気分を害したわけでもあるまい。

「どうした」

ゼレーネは答えた。淡々と。

けれどはっきりと。

《――否》

†

「――まさか僕たちも、僕たち機動打撃群のこれまでの戦果を、一日で無にされるとは思ってなかったよね」

一月前の船団国群派遣作戦で重傷を負ったユートが現在、いるのは長期療養とリハビリが必要な患者のための軍の病院施設で、安静にしている時期は脱したもののまだ松葉杖《まつばづえ》は手放せないし片手は吊《つ》ったままだ。その彼の、今は傷も癒えた左手の側にコーヒーの紙コップを置いて、談話室の椅子にセオは座る。

先にテーブルに置いたトレイから、自分の分のコーヒーを取り上げた。

余った左の袖口をピンで留めたセオが紙コップを二つ取ったのを、近くにいた看護師はちらりと見はしたものの、トレイを使って運ぼうとしているのを確認して特に声はかけてこなかった。そのことが少しだけ、妙に嬉《うれ》しい。

一緒に持ってきたシュガースティックを片手で取り上げ、紙の袋を器用に犬歯で嚙《か》み破ってコーヒーに流し入れつつユートが応じる。

「それどころか連邦の、この二年余りの前進が一度に押し戻されたのだろう。報道を見る限りずいぶんな打撃だと思ったが、外の様子はどうなんだ」

「とりあえず、機動打撃群は休暇予定だった第一まで呼び戻したって、今の上官がこっそり教えてくれたよ。僕の今いる基地も、さすがに大騒ぎだね。兵隊が足りないって、予備役の年齢繰り上げも検討して呼び戻しにかかるみたい」

機甲科から後方支援部隊へと配置替えになるセオは、今はそのための教育期間中でザンクト・イェデル郊外の基地に配属されている。新兵の訓練や予備役の再訓練も担当する教育部隊の基地なので、前線の死傷者の膨大さはもちろん、他人事《ひとごと》ではない。

「で、基地で聞いてる話と比べても、報道は遺体の山とか、吹っ飛ばされた最前線――じゃなくて、元最前線か。の様子までは映してないけど、それ以上の隠し事はしてないね。ユートたちが連邦に来る前の、最初の電磁加速砲《モルフォ》型の砲撃の時もそうだったって」

これはここに来る前、寄ったエルンストの邸《やしき》でテレザから聞いた話だ。自由報道は近代民主主義の基本、不安を煽《あお》り立《た》てるような真似《まね》はするべきではないけれど、情報を市民に隠すべきでもないからと。

「そういう方針だから――そういう方針を政府と軍がこれまで続けてきたから、街の人たちも今回も一応は報道内容を信用して、平静を保つ努力はしてるみたい。実のところだいぶピリピリしてるけど」

冷静な語り口が特徴的ないつものニュースのメインキャスターが、昨日からは声音が険を帯びていたり、基地の食堂では日常茶飯事の兵隊同士の小競《こぜ》り合《あ》いが、けれど普段より荒っぽさを増していたり、帝都の広場で変な集団がシュプレヒコールを上げていたり。

デモ隊のつもりらしい大通りを練り歩く数人の若者が、悲壮感に満《み》ち溢《あふ》れた顔で振り上げていたプラカードは、エルンストとその政権を無能な独裁者と非難するものだった。

「――わからなくは、ないけどね」

ぽつりとセオはつけ加えた。車道を挟んですれ違った、デモ隊もどきの若者たちの服装。

薄着だった。大陸北部に位置するザンクト・イェデルは、そろそろコートがないと厳しい寒さだ。それなのに、夏とも見紛《みまが》うような薄着だった。

もうとっくに秋だというのにまだコートを用意していなかったかのように。昨日まではもっと南の、十月でもコートが要らない暖かい地方にいたかのように。

「最前線が一日足らずで後退して、そのせいで急に避難しないといけなくなった人たちは、それは気も立ってるよね」

一夜にして戦線後背となってしまった属州外縁部の住民たちは、今はより内地の各都市に順次、避難させられている。

膨大な避難民を一度に、全員受け入れる必要が急に生じたから、遠いザンクト・イェデルにまで一部の避難民は送られてきている。移送には連邦内の鉄道を優先して割り当て、ホテルやモーテル、空き室のあるアパートメントが仮の住居を提供して。避難にあたり、荷物を持ち出す余裕もあったそうだけれど。

「防衛戦が始まったら危ないから、……防衛戦の邪魔だから。先祖代々のこの農場からは決して立ち退かんぞ！　なんて言いはるような頑固おじいちゃんには銃とか向けて引きずりだしてまで、結構乱暴に追い立ててるんだって。基地で聞いたよ」

国民を、たとえ恨みをかったとしても守るのが軍の責務であり、また戦場に非武装の市民が残っていると、命を落とすばかりか作戦行動の妨げとなる。

だから怒鳴りつけ、家屋敷《やしき》から引きずりだし、子供なんか掴《つか》み上げて、銃口を向けてまで安全な内地に追いやったのだが、それは追い立てられた側は反発も不満も覚えるだろう。自分たちはそんなことになったのに、平和に暮らしているこの街にも。

「あと戦闘属領の人たちについても。戦闘属領民《ヴォルフリン》は自力で内地側に逃げてきてて、その彼らが空き家とか街とかを荒らすんじゃないかって、属領の人たちはそっちの心配もしてるみたいだね」

国土の外縁部に設けられた戦闘属領に住む戦闘属領民《ヴォルフリン》は、帝国の頃から戦線の後退に応じて土地を明け渡し、また帝国の領土が増減するたびに新たな国境付近へと移住させられていたこともあって、家族財産丸ごとの移動に慣れている。持ち運べない家や家財には必要以上の手をかけず、ある程度の資産は貴金属に変えて常に身につけておく慣習が今回も功を奏して、最前線が後退を始めるなり自主的に、必要な全てを抱えてさっさと戦闘区域外に逃げたのだとか。最前線で戦闘属領兵《ヴァルグス》として戦っている、父や兄弟や夫たちの邪魔にならないように。

ふむ、とユートは鼻を鳴らす。

「デモに、立ち退き拒否。そんなことをやっている余裕はまだあるか」

「やっぱり去年の大攻勢の共和国では、それどこじゃなかったんだ？」

「避難を拒否した奴《やつ》らは、ほぼその直後に〈レギオン〉に殺されたからな」

「…………。ああ……そっちかぁ……」

精神的な余裕以前に、時間的な余裕が皆無だったらしい。

「何もかも投げだして我先に逃げだして、それでようやく、生き残る目が出てくるというところだった。状況が悪すぎるせいで錯乱したのかなんなのかは知らないが、救世主がどうのとプラカードと花を掲げて〈レギオン〉を歓迎しようとした奴《やつ》らまでいたくらいだ。そうなってないだけ、まだ連邦の戦況はマシなんだろうな」

それはもはや、マシというか当時の共和国の混乱ぶりに目も当てられないというか。

「……まあ実際、大幅に後退したとはいえ連邦の戦線はまだ戦闘属領内だもん。属領の畑とか工場とかも、ザンクト・イェデルの首都機能も、そこに住んでる人も全部無事で、生活に目立った影響はないからね。今度は首都が狙われるかも、って不安がってる人もいるけど、正直、攻撃の正体がよくわかってない人も多いから。僕も含めて。実感できないものは、怖がれないよね」

理解できないもの、ならむしろ、闇雲なくらいに怖がるのに。

ただ。

「むしろ僕は、ザンクト・イェデルが狙われてないことのが怖いかな」

ぽつりと、呟《つぶや》いたセオにユートは目を向ける。

かきまぜられて渦を巻くコーヒーの、その渦に目を落としてセオは顔を上げない。

「弾道ミサイルとか、人工衛星とか。説明聞いてもやっぱりうまく想像できないけど。でも、連邦の全部の戦線に砲撃できたなら、それって要するに連邦のどこでも自由に狙えたってことでしょ。まっさきに首都を——連邦の頭脳部分を狙ったってよかったはず。それなのに」

無論、連邦とて首都を潰されただけで国家としての意思決定ができなくなる、そんな仕組みにはなっていない。降り注いだ鋼鉄の星は、命中精度も悪ければ核弾頭とやらほどの破壊半径もない、その欠点双方を数で補う作りだったから、広大な首都を狙うには具合が悪かったのかもしれない。けれど。

「正直、不気味だと思う。——こっちを殺したいのに、いきなりとどめを刺すんじゃなくてとりあえず外側から磨《す》り潰《つぶ》していくみたいな。脳とか、手足とか、そういうのを全然区別せずに手あたり次第食い千切ってくみたいな。そういう、虫みたいな感じが、不気味だと思う」

獲物を仕留めるに、人間なら喉笛か、それに類する急所を狙う。獣もそれは同じだろう。

けれど蟻《あり》の群が獲物を呑《の》みこむとき、彼らは喉笛など狙いはしない。覆いつくした獲物を端から噛《か》み取り、やがてばらばらに分解してしまう。哀れな獲物の身もだえも悲鳴も、一顧だにせず。

思考の、判断の、生き物としての有り様の――異質さの不気味。

「連邦も、連合王国も盟約同盟も、共和国も。分断してまた包囲した今、〈レギオン〉には僕たちを外側から磨《す》り潰《つぶ》していくってことが、実際にできるから。だからなおさら――不気味だと思う」

†

シャリテ市の、蓄電用のフライホイールを目撃したのはシンだが、マスドライバーの本体たるレール状構造物はアネットが直接目にしたものだ。

そのことがアネットには口惜しくてならない。

オフィスビルの中央を地上階から最上階まで貫く吹き抜けと、そこを貫いて天を目指す銀色の一群のレール。その時には天窓は割れ落ちてしまったのだと思っていた――今から思えば元から天窓など存在しなかったのだろう、レールの先にぽかりと開いて蒼穹の見える空虚。

「一度見てたのに……！　飾りだなんて思いこむなんて！」

「気持ちはわかるけれど、……それどころじゃなかったもの。仕方ないと思うわ、アネット」

向かい合うレーナは小さく首を振る。アネットの執務室の、向かい合うソファ。

アネットはその時、知覚同調《パラレイド》の不具合の調査をしていて。その直後に高機動型《フォニクス》の襲撃と、ファランクス戦隊の全滅という事態が続いて。

全〈レギオン〉の知性化に――〈牧羊犬《シープドック》〉の登場に伴い、急遽撤退《きゅうきょ》を決めたこともあって……無意味なオブジェにしか見えないレールの存在など、アネットはもちろんレーナもまた、気にも留めていなかった。

あの時気づいていればと、レーナとて思わないわけではないけれど。客観的に見てあの時気づけたかといえば、人工衛星にも弾道ミサイルにも最低限の知識しかないレーナには難しい。アネットもそれは、同様だろう。

「それに、仮にあのレールから打ちあげられたとして、気づかなかったのは共和国よ。貴方《あなた》じゃないわ」

きり、とアネットは歯を食いしばる。

「……でも、その共和国は砲弾衛星の攻撃を受けなかった」

「……ええ」

連邦が生存を確認していた人類の勢力圏の中では唯一、さらにはこれまで安否も知れなかった国家群を加えてさえもおそらくはたった一つ、衛星の爆撃を受けなかったのが共和国だ。

連邦西部戦線への着弾から、極西諸国への着弾。そして極西諸国への着弾から、連邦東部戦線への着弾。この間の、数時間もの時間差は、連邦が確認していない他の人類勢力圏への砲撃の時間と、推測されている。――皮肉なことに、他に生き残った国があると知れたのは、砲弾衛星の爆撃によってだった。

そして攻撃を受けたのだから、現在も生き残っているかは不明だけれど。

「他の国はあれで、滅んだかもしれないのに。目の前に打ち上げ施設があったのにも気づかなかった共和国は生き残った。その後の、第二次大攻勢でも。気づかなかった共和国が。気づかなかったあたしが……！」

「アネット」

静かに、けれど強く、レーナは後悔に満ちたその台詞《せりふ》を遮る。

思い出す、最初に会った日にシンに、言われた言葉。

その悲壮面、やめてください。

「あなたのせいじゃないわ。……反省するのはいい。でもあなたの罪じゃないことを、あなたの罪だって言っては駄目。悲壮面の聖女を、演じたら駄目よ」

ぐっとアネットは息を詰まらせる。

それから長く、吐き出すように息をついた。

「ごめん。……そうね。今は……それどころじゃないんだし」

「高機動型《フォニクス》と最初に対峙《たいじ》した場所に――ゼレーネからの〝メッセージ〟を見た場所に、フライホイールがあったのが皮肉だな。高機動型《フォニクス》とメッセージに、完全に気を取られてた」

むしろ他人事《ひとごと》みたいに述懐しているシンに、ライデンは眉を寄せる。その状況なら自分も、誰だろうと高機動型《フォニクス》とメッセージに気を取られるだろうし、その後のことについても。

「……騙《だま》された、としても、そいつはお前のせいじゃねえだろよ」

鹵獲《ろかく》したゼレーネの言葉に、もたらした情報に踊らされたのは。

「騙《だま》したんならゼレーネのせいで、見抜けなかったのは情報部だの上の連中だのだろ。どっちもお前のせいじゃねえ」

戦闘に従事するべき、プロセッサーのシンが、負う類の過《あやま》ちではない。

真摯に言ったライデンに、けれどシンは小さく吹き出す。

「……お前な」

「悪い。でも心配性だな……じゃないか。散々気を遣わせたものな」

言いながらシンはまだ笑っている。

「ああ。それはわかってる。おれのせいだとは思ってない」

大丈夫だ。もう、今の自分は。

「……そうか」

「というか、騙《だま》されたのはおれだけじゃなくて、ゼレーネもだと思うから」

ん、と見返した先、シンは気遣うように目を伏せている。

ここにはいない相手を——機械仕掛《じか》けの亡霊と化した、ゼレーネの心を。

「彼女は嘘《うそ》は、ついてなかったと思う。信じたい、とおれが思ってるせいかもしれないけど。捕らえられてまで伝えたかった言葉は、」

戦争を止めたいと。

人を救いたかったと、言った言葉は。

「……嘘《うそ》じゃなかったと思う」

ふむ、とライデンは鼻から息を吐く。

たしかに、何もかも全部疑ってかかっては一歩も進めないし、一旦全部疑ってかかるのも自分たちの仕事ではない。

「そうだとして問題は……誰が、どこまで騙《だま》されてたか、か」

「ああ」

〈レギオン〉全停止の情報の真偽は。その鍵がフレデリカと発信基地の二つ、というのは真実なのか。その情報の再検討と精査を、この先、上層部はするだろうか。

精査している余裕は。

ふと、シンは思い出す。船団国群でゼレーネが、言いかけた言葉。

停止命令は、専用の通信衛星を経由して各本拠と指揮官機に。落とせば直近の警戒管制型《ラーベ》がフォローに入る。

グレーテが言っていた。

人工衛星は、ステルス化しにくい。

「それなら通信衛星は——もしかして、探せる、のか？」

彼の祖国もまた、今や〈レギオン〉支配域の彼方《かなた》だ。さすがにダスティンは蒼褪《あおざ》めている。

「……共和国は、現状無事だ。だから……大丈夫だ」

その蒼《あお》い顔のまま、けれど顔色とは裏腹な言葉を繰り返す彼に、アンジュは眉を寄せる。

「ダスティン君」

「大丈夫だ。あんたらは家族を失ったのに。まだ失ってもいない俺が、こんなことで動揺するわけには……」

唇に指を触れて、押し留《とど》めた。何を、気にしているのかと思っていたら。

そんな、いまさらなこと。

アンジュも仲間たちももう、傷ではあるけれど痛みはしない喪失を。

「たしかに私たちの家族は、死んでしまったけれど。……ダスティン君のお母さまは去年の大攻勢でも無事で。今も共和国に残っているんでしょう？」

父親は、残念ながら大攻勢で亡《な》くなってしまったそうだけれど。

母親は幸い、彼やエイティシックスたちに守られて、生き残って。

生き残ったのだから――生きているのだから。

「無事なんだから、それは心配で当然だわ。無理しないで」

「……すまない」

「共和国内にはまだ、連邦軍の派遣救援軍が残ってる。きっと戻ってくるはずだから、その時に一緒に、連れてきてもらいましょう」

見返してくる白銀の双眸《そうぼう》に、肩をすくめた。

小首を傾《かし》げてアンジュは微笑《ほほえ》む。生真面目で潔癖なのは、彼の魅力の一つだけれど。

「ダスティン君は、共和国のために戦ってきたんだから。……それくらい、狡《ずる》くたっていいはずよ」

統合司令部からリュストカマー基地に戻って、ザイシャはさほど、動揺しては見えない。

その様子こそが気がかりで、レルヒェはそっと声をかける。部屋の主はまだ戻らない、ヴィーカの執務室のソファセット。向かいに共に戻ったオリヴィアを待たせて、レルヒェ自身はザイシャの後ろに控えて立つ。

「副長殿……」

「大丈夫です、レルヒェ。一報を受けて後、寝台の中で充分、不安に戦《おのの》きましたから」

凜《りん》と硬い横顔の、彼女の主より少しだけ色の淡い帝王紫の双眸《そうぼう》。

連合王国を統《す》べる紫瑛種《アマティスタ》の、北の大国の王侯貴族の色彩の。

「わたしは殿下の連隊の副長。わたしが表立って動じてしまっては、部下たちが動揺する。殿下の連隊の兵が動揺のあまり連邦軍内で粗相などしでかしては、殿下に、父君と兄君を国に残しておられる殿下に、申し訳が立たない」

その言葉にちょっとだけ、場違いな感想をオリヴィアは抱いてしまった。

果たして屍《かばね》の王とも謳《うた》われた連合王国の名高き蛇の王子が、その名に違わぬと実際に言葉を交わしてオリヴィアも思い知ったあの情のない鎖蛇が、本当に動揺などするものだろうか。

察したらしいレルヒェにものすごい目で睨《にら》まれて、すまないと片手をあげる。

「動揺もなにも、まだ俺が動揺する状況でもなかろうよ」

ちょうど扉を開けさせたところで、だから聞こえたのだろう。司令官たちとの折衝と、ついでにゼレーネとの面談も終えて戻ってきたヴィーカが、淡々と言った。

慌てて立ちあがるザイシャに、手振りで座るように促して自身も悠然とソファに掛ける。願望ではなく推測できる事実として、わかりきったことを口にする調子で続けた。

「竜骸《りゅうがい》山脈が陥《お》ちた程度で、我ら一角獣の王家が斃《たお》れるものか。困難を極めているだろうが、兄上も父上もこの戦局に対処しておられる。そうである以上、俺が動揺する理由などない」

「御意、殿下。……ご無礼を申し上げました」

「戦局の情報は随時、開示されるよう我が名において要請してきた。アイギス、卿《けい》の祖国についてもだ」

オリヴィアは深く頭を下げた。名において。連邦にもまだ無視しがたいだろう連合王国の王子の地位を、彼にとっては所詮は異国人にすぎぬ、オリヴィアと教導部隊のためにも使ってくれたのだ。

「……ありがたく」

「なに、一つ貸しだ、槍《やり》舞いの英雄姫《アンナマリア》。すぐに返してもらうとも」

見返した先、ヴィーカは肩をすくめたがそれには答えない。

「しばらくは俺と卿《けい》の部隊は作戦には出られない。だがいつまでそう言っていられるかもわからん。……ザイシャ。兵どもの手綱を締めろ。アイギス、教導部隊は当然任せていいだろうな」

不落を誇った天険が陥落し、それ以降の情勢はほとんど不明というこの状況では、いかな歴戦の連合王国軍人、盟約同盟軍人といえど、平静ではいられない。

そして連邦の作戦とは所詮、彼らには他国の戦だ。下手に死傷者を出して、叛乱《はんらん》の種にでもなったら目も当てられない以上、連邦はこの二部隊を、迂闊《うかつ》には戦場に出さない。出せない。

視線を交わして、ザイシャとオリヴィアはそれぞれにうなずく。今の、部下たちの精神状況では戦場には出られないとしても。

「御意」

「もちろんです。すぐに仕上げてご覧に入れましょう」

この先何があろうと――たとえ〈レギオン〉どもの壁の向こうで、愛する祖国が滅びてしまったとしても。

自分たちはここで。今や閉じこめられてしまった連邦の戦場で、それでも戦いぬかねばならないのだから。

リュストカマー基地が隣接する西部戦線を含め、連邦の前線全てが大きく後退しても子供向けのアニメは何事もなかったように放送されているのは、放送局の矜持《きょうじ》というものだろう。

大人が浮足立ち、状況がわからずとも子供も不安になる中、せめて少しでも日常の楽しみを提供しようと。

けれど見ている余裕が、その子供の一人であるフレデリカにはどうやらない。

食堂のテレビが流す報道番組を食い入るように見つめているのを、気にかけつつクレナやシデンたちは食事を進める。——前線が後退してなお、変わらないのは基地の食堂のメニューもプロセッサーたちの食欲も同じだ。食べなければいざという時、戦えないのだし。

避難情報とその進捗を聞くともなしに聞きながら、ミチヒが言う。

「連邦も包囲されていて、その全部が押しこまれたのですから当たり前なのですけれど。どんどん中央の方に逃げてくのですね」

「共和国も、最初はこうだったのかなあ。〈レギオン〉に攻めこまれてすぐの頃は」

続けたのはリトで、それにシデンと、スピアヘッド戦隊第四小隊と第三小隊の隊長であるクロードとトールが顔を見合わせる。共和国正規軍が、侵攻する〈レギオン〉に応戦していたわずか半月。その間に国境周辺から避難したものは。

「あー……覚えてねえな」「だよなぁ。まだニュースとか見る年じゃなかったし」「あっオレ覚えてるぜ！　避難した！　バスが来て、とーちゃんとかーちゃんとじーちゃんと乗って」

微妙に居心地悪げにマルセルが言う。

「それ聞いて俺はどういう反応すりゃいいんだよ……」

なにしろ十一年前の共和国では、そのわずかな間の避難の後に全エイティシックスの強制収容が始まったはずで、マルセルとフレデリカ以外のここにいる面々は全員が強制収容を辛《かろ》うじて生き残ったエイティシックスなわけで。

その生き残ったエイティシックスの一人であるところの、トールが応じる。気楽に。

「連邦だとこうだったなーとか言やいいんじゃねぇの？　マルセル避難とかしたの」

「俺はしてないけど……」

思い出してつけ加えた。中等学校の同級生で、特士校の同期だった少年。ユージン。

「友達は家族で避難したけど途中で親と別れ別れになっちまってそれっきりで、ちっちゃい妹は親の顔も覚えてねえとかあったらしいぜ……」

「…………」

悪いこと聞いちゃったなと言いたげな、大層気まずげな沈黙が降りてしまったので、少し慌ててマルセルは続ける。

「そん時ほど混乱してるようには、今のところは見えねえけど。だからきっとまだ、何とかなるだろ」

「……本当に、そう思うか」

フレデリカが遮る。低く。

涙すら滲《にじ》む真紅の双眸《そうぼう》が、激情を堪えてきつく歪《ゆが》んだ。

「戦争は終わると、そなたらも思っていたろうに。もうじきこの戦争は終わらせられると、そのはずじゃったのに……！」

「フレデリカ」

叫びかけるのを、ひょいと抱えてクレナが抑える。同時にクロードがチャンネルを変えた。

クレナが言う。

「駄目だよ、フレデリカ」

「ああ。そいつは言ったら駄目だ、ちびちゃん」

クロードが続ける。適当に回した動物番組。戦前に撮られたらしい、野生動物のドキュメンタリー。

「せめて今はまだ、な。ニュース見て思いつめるくらいなら、別の見てろ」

戦前に撮られた、山猫の映像。

きっと今も、人類の勢力圏全てが後退した今も、気にもとめずに獲物を狩って、仔猫《こねこ》を育てているだろう野生動物の。

のほほんとリトが言った。

「あんまり面白くなさそうだから、途中になってる怪獣映画シリーズの続き見てもいい？」

途端に、だったら新作のゾンビ映画とか、むしろ魔法少女の続きが気になるんだけどとか、どうでもいい雑談が始まった。

その中で、震えているフレデリカを、クレナはじっと抱えていた。

喧騒《けんそう》の中、ぽつりとトールは問う。金緑種《アベントゥラ》の金髪と緑の瞳。背だけ伸びた長身で細身の。

「クロード。お前こそ、平気？」

隣の友人は振り返らずに応じる。もう何年も前、八六区で最初に配属された戦隊から、今までずっと同じ隊で戦い続けてきた戦友の彼。

紅《あか》い髪は、帝国貴種との混血だった母親から継いだもので、度無しの眼鏡は鋭い月白の双眸《そうぼう》を隠すためのものだ。それをトールは知っている。

「平気じゃねえから、山猫の子育てでも怪獣でもゾンビでも魔法少女でもいいから見たい」

「……そっか」

EIGHTY SIX

In the Republican Calendar of 358.
At the start of the Legion War.

共和暦三五八年
〈レギオン〉戦争開戦時

Judgment Day.
The hatred runs
deeper.

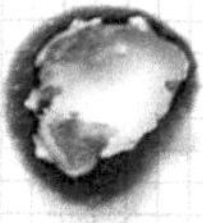

『ていこく』から『せんせんふこく』がされて『れぎおん』が攻めてきて、お父さまとカールシュタールの小父《おじ》さまは『せんじょう』に行ったきり、今日も帰ってこない。

お父さま、今夜は帰ってくるかな。

カールシュタールの小父《おじ》さまも、一緒に来てくれるかな。

大きな屋敷《やしき》の大きな玄関広間《ホール》で、小さなレーナはお気に入りの人形と一緒に、今日も父の帰りを待ちわびる。

「クロード。母さんと、兄さんの言うことを聞いてな。ヘンリ、母さんとクロードを頼むぞ」

「うん」「ああ、父さん。任せて」

『せんじょう』に行くという父を、クロードは手を振って見送った。もう片方の手を母と繋《つな》いで、同じく手を振る兄の傍《かたわ》らで。

戦線はすさまじい勢いで後退し続ける。戦力を投入しても投入しても、帝国の自律無人戦闘機械群の――〈レギオン〉の侵攻は止まらない。

「第一八機甲師団は壊滅状態だ。なんという化物だ、あの〈レギオン〉とやらは」

「援護に向かった歩兵支隊とも連絡が取れない――全滅してしまったのだろうな。残存兵たちは有色種《コロラータ》ながら、我らが祖国のため勇敢だったというのに」

歯嚙《はが》みする戦友にして親友に、ふと、カールシュタールは思う。

なあ。気がついているのか、ヴァーツラフ。

有色種《コロラータ》。

それは彼らを『白系種以外《そのほか》』と、ひとしなみにまとめて区別するための言葉だと。

両親と兄はこのところ、テレビの『ほうどうばんぐみ』ばかり見続けている。

いつものアニメが見られなくなって、シンはちょっとだけ不満だ。大好きなお兄ちゃんもあんまり、遊んでくれない。

それ以上に『ほうどうばんぐみ』を見る両親と兄の、硬い顔がひどく、不安だった。

何か良くないことが起こっていると、それだけはわかったから。

「『こっきょうしゅうへん』に『ひなんかんこく』が――ええと。ここは危なくなったから、逃げないといけなくなったの。荷物をまとめるから――大事なものだけ持っていくから、着替えと、あとは一番大事なおもちゃだけ選んでね、セオ」

「うん」

「トール。もう出発するからな。ほら、海と船にさよならしな」

「うん、じいちゃん」

国境からの避難のバスから身を乗り出して、トールは見慣れた海と、祖父の船に手を振った。明日か、明後日《あさって》にはきっと、帰ってこられるのだろうと思いながら。

街中に同じポスターが、何枚も何枚も貼られている。それがどんどん増えていく。兵隊さんの『ちょうぼ』のポスターだと、お父さんが教えてくれた。

今日もまた、ふえているなと、父親に手をひかれて歩きながらアンジュは思う。

報道される、戦局は悪化の一途をたどる。朝食後のいつものコーヒーのカップを、娘が置いてくれたのにも気づかず、アルドレヒトは呟《つぶや》く。負けっぱなしじゃないか、共和国軍は。

妻が応じる。震える声で。

「これからどうなるんでしょう……私たちは。この国は……」

戦火は共和国副都シャリテ市と、その周囲に散らばる衛星都市にはまだ遠いが、万一に備えてククミラ家では避難のための荷造りが進む。

旅行用のトランクをひっぱりだして、荷物を詰めていく両親と手伝う姉の横で、クレナはすっかりお出かけ気分で、よそいきのワンピースとお気に入りの帽子ではしゃいで踊る。

学校の寮では、テレビは食堂の一つだけだ。流れ続ける報道番組を不安に見上げるライデンの後ろに、学校長の老婦人が立つ。ニュースの内容はよくわからないが、悪いことが起きているとだけはわかるから、不安にライデンは老婦人を見上げる。

ここからは遠い家にいる、父さんと母さんは、大丈夫だろうか。幼なじみたちは。

「ばあちゃん」

しわくちゃの手が、両肩に置かれた。それでもライデンよりも大きな、大人の手。

「大丈夫。おうちのあたりは、お父さまとお母さまは、無事ですよ」


『ほうどうばんぐみ』から聞こえる声は、どんどん険しくなっていく。いったい何が、誰が悪いのかと、責める相手を探せとばかりに煽《あお》り立《た》てる。

毎日見ているからシデンも、その論調に乗せられる。誰が悪い。何が悪い。よくわからないけれど、悪いのはもちろん。

「そりゃあもちろん、『ていこく』だよね！」

無邪気に決めつけた。うん、てーこくがわるい！　と無邪気に妹が追従する。


戦線は下がり続ける。カイエと家族が住む街にも、避難民を乗せたトラックが来る。

降りる彼らを出迎える隣人たちの目は、同じ国民に向けられたとも思えぬ剣呑《けんのん》さだ。まるきり邪魔者を、余所者《よそもの》を見る目。

不安を、恐怖を、押しつけていい相手に飢えて求めて、その相手を見つけた目だった。


売国奴。

投げこまれて玄関灯を割った石は、そんな殴り書きがされていた。

ペンローズ家が元帝国貴族だと――敵国の系譜だと、知った誰かが投げこんだのだろう。

険しい顔で片付ける父の横顔を、玄関の奥から怯《おび》えてアネットは見る。


カールシュタールの眼前、土嚢《どのう》のように積みあがっているのは、全て友軍兵士の死体だ。死体袋も後送さえも間に合わない、この後はただうち捨てられるばかりの英霊たちの骸《むくろ》。

その死体の一体のように生気なく蹲《うずくま》っていた生き残りの兵士が、抑揚もなく呟《つぶや》いた。

「どうして、俺たちが、」

俺たちばかりが。

死体の山は、銀髪銀瞳の白系種《アルバ》ばかりだ。有色種《コロラータ》が死んでいないわけではない。ただ総人口に対する割合が、白系種《アルバ》は極端に多いから戦死者の割合においても多くなるだけだ。人口比でいえば白系種《アルバ》と有色種《コロラータ》の戦死者に、対した差はないはずだ。

けれどこの場の死体の山は、白系種《アルバ》ばかりだ。

どの戦場でも多く死んでいるように見えるのは、有色種《コロラータ》ではなく白系種《アルバ》ばかりだ。

兵士が呟《つぶや》く。抑揚もなく。熱に浮かされたように。

あいつらのせいだ。戦場で死なない奴《やつ》ら。俺たちを殺して、きっと嗤《わら》ってる奴《やつ》ら。帝国の血統。暴君の裔《すえ》。俺たちじゃない奴《やつ》ら。

「……有色種《あいつら》が」


何だか、外が騒がしい。

カーテンの間から母が覗《のぞ》く。振り返って言う。蒼い顔で。

「ダスティン。……今夜は外を、絶対に見ちゃ駄目」


父と同じ恰好《かっこう》の兵隊さんたちが、何故《なぜ》だか家に押し入ってきて、母とクロードを押さえつける。涙を堪えて真っ赤になった目で唇をひき結んで、大怪我《けが》をしたけれど帰ってきた父がそれを見ている。

その傍《かたわ》らで兄も。

「兄ちゃん！」

必死に、手を伸ばした。目を逸《そ》らされる。

クロードと同じ銀色の——月白の瞳。

戦場から戻って課された、有色種《コロラータ》の護送任務の合間。カールシュタールは国軍本部の、聖女マグノリアの像を見上げる。

三百年前の革命を主導しながら、その後市民の手で獄死させられた聖女。

彼女は、市民ではなかったから。

無辜《むこ》でありながら迫害され、その迫害に気高く抗《あらが》い、ついに勝利した市民階級ではない。彼女は迫害者の一員、邪悪で下劣な、悪の化身たる王家の姫の一人だったから。

そう。

所詮彼女もまた市民どもにとって——『我々』とは『違う』奴《やつ》らにすぎなかったのだ。

D-DAY PLUS THREE.

At the Celestial year of 2150.10.4

DIES PASSIONIS

星暦二一五〇年一〇月四日

ディー・デイ・プラススリー

Judgment Day. The hatred runs deeper.

The number is the land which isn't admitted in the country.
And they're also boys and girls from the land.

86 EIGHTY SIX

10.4

戦闘属領奥まで前線が後退した結果、戦闘属領と生産属領との境にある機動打撃群本拠、リュストカマー基地にも戦闘の気配は届く。

基地から見える隣街も、戦局次第では巻きこまれる危険があることから避難勧告が出され、戦闘属《ヴォル》住民の避難が始まっている。一方で学校や公民館、劇場などの公共施設は開放されて、戦闘属領民《フリン》たちがそこに避難してきているそうだ。

ライデンたちエイティシックスのために、建てられた特士校の校舎と寮にも。

「……いや、いいのか、それ」

この街も危険だから、より戦場から遠い内地へと住民が避難しているというのに。その危険な街に戦闘属領民《ヴォルフリン》を避難させるのは。

「ま、俺らはそういうもんですから」

振り返ると、ベルノルトだ。ライデンは小さく鼻を鳴らす。

「……人獣って奴《やつ》か」

代々戦場に生きた戦火の民であるがゆえに、平和な市民からは忌《い》まれ避けられる。

「ああいや、そうじゃなくて。……いよいよの時の予備だってことですよ」

見返した先、ベルノルトが肩をすくめる。

「あいつらもちっこい人狼《ヴォルフリン》ですから。国境防備が俺らの生まれ持った役目です。荷物ほどいて落ち着き次第、自主訓練に入るでしょう。女衆も若いのも、引退したジジイババアも」

前線が後退し、軍人の多くが戦死して、その穴を自主的に埋めるために。

隣町の方を見やって、ベルノルトは言う。冷えた、その金色の眼差《まなざ》し。

「ここに来てるのは俺らの集落とも血縁のある奴《やつ》らです。必要になる頃にはそれなりに仕上がってるでしょうから、あんたや隊長に頭の連中紹介します。いずれ協同するつもりでいてください」


人類生存圏全戦線への、砲弾衛星の一斉射撃より三日。

来るだろうと誰もが覚悟はしていたが、ついに機動打撃群にも出撃が命じられた。

通達された任務の内容に、執務用のデスクを前後から挟んで向かい合う、レーナとシンは厳しい表情を隠せない。互いに必要な情報を手元に、デスク上にホログラムの地図を投影した、リュストカマー基地第一隊舎のレーナの執務室。

柳眉《りゅうび》を寄せてレーナは唸《うな》る。

発見された支配域奥のマスドライバーの破壊、くらいは想定していたが。

「……それよりも厳しい任務になりそうですね」

「共和国に取り残されてる、連邦救援派遣軍の撤退支援。――旧高速鉄道の南側ルート四百キロを撤退路として、機動打撃群と派遣軍で後退完了まで維持する、か」

半年前の――四月のシャリテ市地下中央ターミナル制圧作戦以降、共和国での展開規模を縮小しつつあった連邦西方方面軍・救援派遣軍だが、それでも数個旅団からなる大所帯だ。五万名を超す人員と、〈ヴァナルガンド〉だけでも七百輌《りょう》を超す膨大な戦闘・輸送車輛《しゃりょう》。装備や燃料・資材まで含めればもはや街一つが移動するに等しい物量に、四百キロの長距離を移動させる。

その支援と、言葉にすれば簡単だが。

「支援、憲兵旅団の人員と一部の歩兵は、輸送に鉄道車輌を利用するにしても。不整地では速度の出ない輸送トラックに、燃料輸送車の随伴が必要な装甲兵員輸送車と〈ヴァナルガンド〉。多脚機甲兵器《フェルドレス》は四百キロもの長距離を無整備で自走する想定にはなっていませんし、ただ移動させるだけでも相応の時間がかかります。まして戦闘が発生したら」

たとえば〈ヴァナルガンド〉は時速一〇〇キロ近い巡航速度を叩《たた》きだすが、戦闘重量五〇トンもの巨体でそんな機動を行う代償として、燃費が極端に悪い。長距離移動には燃料輸送車の随伴が必須で、だから支配域四百キロを一息に、最高速度で駆け抜けるわけにはいかない。非武装な上に足の遅い、燃料輸送車の警護も必要だ。

加えて装備の輸送のために輸送トラックを使うなら、やはり無力で鈍足の彼らに行軍速度を合わせざるを得なくなるし、まさか派遣軍も保有する全ての物資を、一度に輸送できるだけのトラックを有してはいまい。物資に対して数が足りない以上、ただでさえ長い車列を組んで鈍重な輸送トラックは、その鈍重な車列で何度も往復することになる。

「派遣軍から撤退計画はまだ来ないけど、向こうも重要度の低い装備や物資は破棄していく想定で撤退計画を立てているはずだ。というより、人員と車輌さえ持ち帰ればいい想定でいると思う。――こういう言い方はレーナは嫌だろうけど、連邦にとっても今は人が一番、貴重な資源だから。倫理的にも実際的にも」

「……ええ」

連邦は広大な国土を持つ超大国であり、各種資源はまだ採掘により補充が可能だ。さすがに〈ヴァナルガンド〉などの車輌類や、装甲強化外骨格《アーマードスケルトン》、火器砲弾の類はそうそう捨てられはしないだろうが、たとえば兵舎やら什器《じゅうき》やら備品やらは、破棄してもさほど問題はあるまい。

一方で、人は死んだら取り返しがつかない。倫理的な側面を無視しても、一人の赤子が生産年齢に達するのに、哺乳動物の中でも成熟の遅い人間は十数年もかかる。すでに一部では少年兵を運用せざるを得ない戦況で、これ以上兵員は無駄死にさせられない。

「だから派遣軍の撤退支援だけなら、厳しいけどまだなんとかなるとは思う。――〈レギオン〉主力部隊も連邦西方方面軍と対峙《たいじ》したまま膠着《こうちゃく》してるから、支配域内に残る〈レギオン〉はそう多くはない。高速鉄道南ルートは、去年の電磁加速砲型《モルフォ》追撃作戦で制圧してそのまま復旧した場所だから正確な地図もある。一番足の遅い歩兵と、輸送トラックさえ連邦にたどりつかせてしまえば、最悪、足の速い〈レギンレイヴ〉は〈ヴァナルガンド〉を先に帰してからでも帰りつける」

高機動型《フォニクス》がしつこく出てこなければ、だけど、と、面白くもなさそうにつけ加えた。――シンとは因縁の深い高機動型《フォニクス》だが、投射兵装を持たない彼らは、一定の距離が開いた戦闘ではこちらの砲撃を一方的に浴び続ける破目になる。軽量で装甲が薄い分、歩兵よりはマシという程度の脆弱《ぜいじゃく》さでもある。まず、投入されることはないとシンもわかって言っているのだろう。

ただ、と、シンは小さく嘆息した。

「派遣軍の撤退が最優先で、第二目標にすぎないとはいえ。――共和国全市民の、連邦への避難の支援。こっちは正直、厳しいと思う」

防衛施設の設営が充分でないこと、また共和国単独での国土防衛には戦力が不足していることを理由に、共和国新政府が国民全員を避難民として受け入れるよう連邦に要請。人道的見地から連邦が了承したのである。

派遣軍の人員が撤退した後の高速鉄道車輌を使っての、前代未聞《ぜんだいみもん》の大量輸送作戦だ。軌条の規格の合うものは貨物列車さえも総動員し、何便もの避難列車を昼夜を問わず往復させて市民全員を連邦まで避難させる。

けれど去年の大攻勢で十分の一以下にまで減らされたとはいえ、一国の住民、実に数百万人からの大集団である。仮に派遣軍が最低限の物資以外は放棄して列車便の過半を譲ってくれるとしても。

「可能だと思いますか？」

「防衛線の維持は、もって七二時間、というところだ。計画通りに進捗すれば——乗車順番の振り分けから整列、乗車と下車まで最大限効率的に進められれば、ぎりぎり可能だとは思うけど、不測の事態が起きればその七二時間も厳しいし、訓練もしてない市民を相手のぶっつけ本番だ。避難自体、嫌がる者も中にはいるだろうし」

「妙な主張をする人もいますしね……」

遠い目をしてレーナは頷《うなず》いた。

共和国軍の陰謀だとか、共和国政府の陰謀だとか、連邦や連合王国の陰謀だとか。

陰で各国と〈レギオン〉を支配するサンショウウオ型地底人の陰謀、なんて荒唐無稽なものさえ、大攻勢ではまことしやかに語られていたこともあった。

まことしやかに語られていただけで実害はなかったが、後で聞いた時にはなんというか、妙な虚《むな》しさを覚えてしまったものだ。

なぜ両生類。

「ただ、繰り返すけどそれを考えるのは機動打撃群じゃなくてこの場合は共和国政府だ。機動打撃群の任務である撤退路の維持に変わりはないし、列車から飛び降りる馬鹿さえいなければ、影響もなくすむと思う」

仮にも高速鉄道である。時速三〇〇キロもの速度で疾走する列車からわざわざ飛び降りるのは、さすがに人類史上でも稀《まれ》に見るレベルの愚か者だろうから、これはシンなりの冗談なのだろう。

笑おうかどうか迷ったレーナを余所《よそ》に、淡々とシンは続ける。

「言ってはなんだけど、あくまで連邦軍撤退支援のついでだ。間に合わない分は——仕方ないと思った方がいいかと」

言ってから、シンは失言に気がついた顔をした。

「——悪い。レーナに言うことじゃないな」

シンにとってはどうでもいい国でも、レーナにとっては祖国だ。それが滅亡しようとしている今この時に、彼女に聞かせていい言葉ではなかった。

レーナは、けれど、少し苦労しつつも笑って首を振った。

「いいえ。覚悟はずっと前から、していますし、」

それは、レーナにとっては共和国は生まれ育った祖国だ。なくなってほしいとは思わない。

なくなってしまうのはその国民としてのアイデンティティを持つ彼女にとっては、自らの身の一部が切りとられるに等しい喪失だ。

けれど。

「それに実のところ——初めてでもありませんから。共和国が滅びるのは」

そして滅びようとしているのは。

スピアヘッド戦隊のハンドラーになり、その時には顔も知らなかったシンに、大攻勢について知らされた時からずっとそうだ。彼女の祖国は現実から目と耳を塞ぎ、狭い甘い夢に閉じこもって、自ら戦おうとしなかった。自分を守る努力をしなかった。

破局が迫っていると訴えても聞き入れず、これまでどおり、自分以外の他の誰かに戦わせていれば戦争は終わるのだと都合のいい予測に縋《すが》りつづけて。

その挙句に　滅びた。

去年の、あの大攻勢の夜。電磁加速砲型《モルフォ》にグラン・ミュールを打ち砕かれ、人類最後の楽園だと誇った八五行政区を、機械仕掛《じか》けの亡霊に踏みにじられて瞬《またた》く間に追い詰められて。

あの時は救援なんて、予想だにしていなかった。

このまま滅び去るのだと心のどこかで、諦観同然の覚悟を決めていた。

けれど共和国を救えなかったことを、自分の罪だとは思わなかった。

今もそうだ。大攻勢という窮地を、思いがけず連邦に救われて。エイティシックスは八六区から去り、自ら戦う必要を突きつけられて。それでもなお自ら戦おうとはしなかった共和国なら、そのまま滅びるのも——哀《かな》しいけれど、当然だと思う。

戦いぬくと、レーナは決めた。

己に恥じぬように生きぬくと決めて、祖国を後にしてきた。新たな戦場を、機動打撃群を選んだ。

だから背後で、立ち止まったままでいた祖国が、立ち止まったまま滅びることも——覚悟の上だ。

それは自分の罪でもない、とも、静かに思った。

首都に掲げた美名、リベルテ・エト・エガリテ。自由と、平等。

自分の身を自分で守らないという選択は自由の名の下、彼ら自身がなしたもので、その結果の責任を負えるのもやはり、彼ら自身だ。共和国市民は自身が誇るとおり誰も彼もが平等に——己自身の唯一の主、なのだから。

だから、滅びを悲しいとは思っても、救えなかったことを自分の罪と思うのは傲慢だ。その罪を負えるのは、レーナではない。

「それに今は——そういうことを言ってる場合ではありませんから」

ふ、とシンは微苦笑した。

「……そうだな。今は、遠慮はおいておこう、お互いに」

「ええ」

共和国から迫害されたエイティシックスのシンたちに、その共和国を救わせる。それについての遠慮や罪悪感が、心のどこかにあるとしても表に出さない。

今のシンたちにはそれらは、――むしろ非礼になるだろうから。

「ただ、それを踏まえても、レーナはこの作戦では基地に――連邦に残ってほしい」

む、とレーナは唇を尖《とが》らせる。

「怒りますよ、シン」

「レーナがそう言うのはわかっているけど。……レーナは、共和国軍人だろ」

言わずもがなのことを言われて、レーナはきょとんとなる。いったい何を。

「共和国市民全員を避難させるのは、正直なところ難しい。内部の意思統一さえ、今もできてないと思う。だから……もし作戦中に状況が変わって、避難しないで籠城《ろうじょう》することにでもなったら。それが共和国軍人に、命じられたとしたら」

たとえば避難行動が早期に頓挫して、市民全員が取り残されることになったら。

他国に泣き縋《すが》るを良しとしない愛国主義者や民族主義者が――それこそ洗濯洗剤が、混乱に乗じて政権を奪い、徹底抗戦を命じたとしたら。

「それでも正規の軍令だ。レーナは――共和国軍人のレーナは、それに従わざるをえない。レーナが連邦に残っていれば、そういう事態になったとしても、最悪、命令が届かなかったと握り潰せる。でも、」

レーナが共和国にいれば、そうはいかない。

仮に従わなかったとしても、彼女の経歴には命令違反に加え敵前逃亡の致命的な傷がつく。この場合の致命的とは、比喩ではなく文字どおりの致命だ。敵前逃亡とはその場で射殺されてもおかしくないほどの、重罪だ。だから。

そうなった場合レーナは二度と、共和国に戻れない。

けれどレーナは苦笑する。

駄々をこねる幼い弟を、たしなめるように。

「シン。あなただって知っているでしょう。共和国人で、共和国軍ですよ?」

十年にも亘《わた》り国防を、エイティシックスに押しつけて壁の中に閉じこもっていた。

「自分で戦う意思なんて今でもないから、洗濯洗剤なんかが支持されてるわけですし。賭けてもいいです。軍なんか、軍人こそ下から上まで、真っ先に逃げだそうとしますよ」

だから。自分も大丈夫。

徹底抗戦なんて、籠城なんて、そんな命令は共和国軍にはありえない。

シンはしばらく、沈思した。

「……最後の賭けの部分は、同意するけど」

同意すると言いつつ、やっぱり少しだけ不服そうだった。

「他はそれでも、万一に備えたい。……作戦中は退路を維持する部隊の中にいて、共和国の勢力圏には入らないでほしい。向こうにもあなたが来ているとは知らせない」

　あなたのことは　奪わせない。

　独占欲が強い、というよりもこの場合は心配性にすぎる恋人に、ふふ、とレーナは笑みを零《こほ》す。

　まあ、この作戦では足の遅い装甲指揮車輛《しゃりょう》の〈ヴァナディース〉は持っていけないから、言わなければレーナの存在には気づかれないのだし。

「……わかりました。それくらい妥協します」

　そうでも言わないと目の前の少年が、なんだか拗《す》ねてしまいそうだったので。


「知ってのとおり我々は基地に残らざるを得ないが、必要があれば仕事は振ってくれ。雑務程度なら、通信越しでもなんとかなるだろう」

　恬淡《てんたん》と、当然のことのように申し出てくれた隣国の王子殿下に、グレーテは頭を下げる。共和国など彼に――連合王国にとってはもはや、考慮にも値しない小勢力。そうであるならこの蛇の王子が気にかけてくれたのは、シンやレーナや、機動打撃群の少年兵たちだ。それが何より、グレーテにはありがたい。

「お心遣いありがたく、殿下」

「なに。かわりと言ってはなんだが、不在の間の演習場の使用許可を出してくれ。可能ならアイギスにも手を借りたい」

見返した先、同じように視線を向けたオリヴィアと目が合う。改めてグレーテとオリヴィアが向けた目の先で、王子殿下は肩をすくめる。

「連合王国からの補給が望めない以上、〈シリン〉たちの戦闘を見直さないといかん。あれらがそればかりに熟達してしまった、損耗前提の戦いは今後はできない。同じ機動戦闘を得手とする者として腕を磨いてくれると助かる」

オリヴィアはおどけた様子で、眉を上げてみせた。

「なるほど、了解です。……これで借りは返しましたね、王子殿下」

「そういうわけだ、高くついたろう？」

冗談の応酬に、さらりとグレーテも乗る。

「羨ましいことです。こんな状況でなければ、私も一手御指南をいただきたかったのに」

一瞬オリヴィアも、ヴィーカまでもが沈黙した。

目の前の女性は、大佐で、指揮官で、……仮にも旅団長であるはずなのだが。

似たようなことは元方面軍指揮官のヴィーカもやってはいるが、彼は尚武を尊ぶ連合王国の王の子だ。最前線に立つこそが責務だ。けれど——王族でも元貴族ですらない、共和制の連邦軍で、その大佐ともあろうものが？

「ヴェンツェル大佐。確認したいのだが——この作戦では本当に、卿《けい》自ら〈レギンレイヴ〉を駆るのか？」

「当然だけど、フレデリカは今回の作戦、ぜったい来たら駄目だからね」

「ファイドにも、今度はこっそり乗せたりしたら絶対に許さないからって言い聞かせておくから。フレデリカちゃんは、お留守番しててね」

なにしろフレデリカには一度、決死行についてきてしまった前科があるのだ。

腰に両手をあてて怖い顔をしてみせるクレナと、両手を後ろで組んで小首を傾《かし》げて、微笑《ほほえ》んでいるのに何故《なぜ》か大迫力のアンジュの前で、むー、とフレデリカは頬を膨らませている。

なおフレデリカの後ろでは控えるファイドが、露骨におののいてがたがた縦に揺れながら、……ぴ、と小さく零《こぼ》している。

もちろん絶対に乗せません、とか言ってるんだろうとは、さすがにこの時ばかりはクレナにもわかった。縦揺れは多分、人間だったらがくがく小刻みに頷《うなず》いている感じだ。

念のため、びしっとその光学センサに人差し指を突きつけた。

「ぜったいだからね、ファイド。破ったらシンにたくさん叱ってもらうからね。ていうか破っ

たらもう二度と、シンと一緒に作戦に行かせてあげないんだから」

「ぴ……!?」

今度はぶんぶんと、左右に激しく頭（センサユニット）を振った。よしとクレナとアンジュは一つ頷《うなず》く。

一方でフレデリカは、やっぱり納得しきれない顔だ。

「したが……」

「もちろん危ないってのもあるし。それに、……だってフレデリカにはまだ、役目があるでしょ」

はっとフレデリカは顔を上げた。

その彼女にクレナは頷《うなず》いてみせる。役目。

もちろん、〈レギオン〉全機を停止させる、女帝アウグスタとしてのフレデリカの役目だ。

数日前までは、反攻作戦《オペレーション・オーバーロード》の秘密の、そして最大の目的として、フレデリカもクレナたち五人も、当然意識していた人類の悲願。たった一日で盤面をひっくり返されてしまった、ひっくり返されて失われてしまったとフレデリカはどこかで思っていた、人類の悲願。

この戦争を、終わらせるということ。

諦めていないと、短いその言葉だけでクレナは示して。

「クレナ……」

「だから、フレデリカは駄目。やることが他に、まだあるんだから今回は駄目」

「南の、夏の海に行きたいのよね。海水浴をしてみたいって」

言いながらクレナは、アンジュは思う。

一年前の、電磁加速砲《モルフォ》型追撃作戦。

なるほどフレデリカが危険を承知でついてきてしまったのも、仕方なかったのだなと今ならわかる。

あの時シンは、死に場所を探して彷徨《さまよ》ってしまっていた。

自分たちも自覚していないだけで、多かれ少なかれそれは同じだった。

未来なんて、戦場の外の未来なんてまだ、意識することもできずに。

それは、フレデリカは心配したろう。

それは、連邦の軍人たちは、帰るところも守る家族も、望む未来もある軍人は、共に戦うのが怖かったろう。信頼できないと、それは思ってしまうだろう。

今ならわかる。

自分たちはもう――あの時とは、違うから。

「今度は帰ってくるために、人質なんか要らないから。ちゃんと帰ってくるから」

「だからフレデリカちゃんは、お留守番してて。それで――私たちの帰りを、ご苦労じゃったって出迎えてね」

ところでレーナは共和国の旧貴族にして名家たるミリーゼ家の令嬢で、唯一の生き残りだ。そして共和国の名を負って連邦に派遣された選良《エリート》で大佐で、連邦軍の客員士官。

要するに共和国の旧貴族やら名家やらの上流階級の者にとっては、連邦への避難にあたり真っ先に頼るべきコネクションである。

自分と家族はもちろんのこと、一族と友人も最優先で避難させるよう連邦軍を通じて共和国政府に働きかけを。家財も全て運ぶから、そのための輸送手段を特別に用意してほしい。必ず某家よりも先の便に搭乗させてくれ、いや、我が家の名誉にかけて先でなければならない。つきあいのあった旧帝国貴族への連絡を。あれこれの便宜を図ってほしい。どれそれについては当然配慮をしてもらえるのだろうな。なんたらかんたらどうたらこうたら。

とか、そういう陳情がかつて交流のあった家からもなかった者からも大量に押し寄せて、作戦直前にもかかわらず、レーナは作戦立案に手が回らないほど忙しくなった。

どれもこれも清々《すがすが》しいほどに身勝手だが、なにしろ誰も彼も上流階級で、大半が有力者なのである。下手に無視しては、今後の共和国と連邦の関係に支障をきたす重要人物さえいる。

九年も国交を断たれて誰が重要なのかを判別しきれない連邦に代わり、誰に『配慮』をしてやるべきで、どのような見返りを望めるのかを判断していくのが今のレーナの役目だ。

加えて避難民の受け入れにあたり、傍《そば》に置くべきでない集団同士や有力者同士を確認したいとの連邦軍からの相談もあって、見るべき書類はさらに増える。

結果、寝不足で疲れきってふらふら歩くレーナに、見かねてヴィーカは声をかける。

「大丈夫か、ミリーゼ。処方薬よりも目の醒《さ》める薬をくれてやろうか」

「えっ、そんなすごいものがあるんですか⁉」

目を輝かせて振り向かれた。深々とヴィーカはため息をつく。

「……冗談だ。見た目よりも重症だな、卿《けい》」

長時間の戦闘が避けられないなど、戦況次第では一時的に疲労を感じさせなくする薬剤が処方される場合がある。あるのだが、つまり軍医の処方箋が必要なくらいの劇薬だ。それよりも効く薬、など、間違っても飛びついてはいけない代物である。

普段のレーナならそれくらい当然に気づけるだろうに。

「そこまで頭が回ってないようでは効率が悪いな、少し休め」

ちょうどティピーがにゃあんと顔を出したので、ひょいと抱き上げて温石《おんじゃく》がわりにレーナに渡して、そのまま部屋に押しこんだ。

中にいたレーナの副官の、ペルシュマン少尉が寝室までひっぱっていったらしい。寝室の扉が開いて閉じる音がした。

控えていたレルヒェが言う。

「多少はお疲れであられた方がよろしいかと思っていましたが。その段階も、過ぎておられたようですな」

「暇な時間を作らせないのはそのとおりだが、だからといって共和国からの陳情の処理はなかろうに。……そんなことにも気を回している余力が連邦にない以上、やはりこちらで気を遣ってやらねばならんな」

この作戦に参加しないヴィーカの直営連隊や、オリヴィア指揮下の教導部隊には、つまり多少なりとも整理をつける時間がある。兵らの精神衛生はザイシャやオリヴィアも保つ努力をしているし、作戦の間には祖国の情勢の詳細も判明することだろう。

一方で作戦に参加するレーナとエイティシックスたちには、その時間が与えられていない。

「今のところは切り離しているようだが、だからこそ余計な負荷はかけてやらない方がいいだろう。考えない程度に忙しく、しかし休息は充分にとらせる」

「共和国だけ不自然ですからな。砲弾衛星は落ちず、攻勢の規模も生ぬるい。あえて滅ぼさなかったように、見受けられますが」

「ああ。何か意図がある。それはミリーゼもノウゼンもわかっているだろうが、」

やれやれとヴィーカは嘆息する。本当に、連邦はもはや余力がないのだろう。

少年兵ばかりのエイティシックスと、よりにもよって共和国出身のレーナに、今にも滅びかねない共和国の救援をさせて、そのくせ落ちつくための時間さえも与えない。

その中でも、どうにか。

「対処するだけの余裕は、維持しておいてやらんとな」

一方、共和国への移住以前は帝国貴族であったペンローズ家の、生き残りであるアネットには、親交のあった旧帝国貴族に仲介や紹介を頼みたいとの手紙が山ほど寄せられる。正確には紙で寄せられてスキャンされて電子化された手紙の、電子データが山ほど。

「そんなこと言われても、あたし共和国生まれなんだけど」

避難後の生活の援助だの、社交界への紹介だの、連邦の大学への推薦の依頼だの見合いの申し入れだの。こちらでもやはり便宜を図るべき重要人物とそうではない相手とを、記憶を頼りに振り分けつつアネットはぼやく。

紹介というならむしろ、共和国への移民一世で下級とはいえ帝国貴族階級生まれの、ダスティンの方がまだ適任だろう。正確には元帝国貴族の、彼の両親が。

そのダスティンだが、暇にしていると余計なことを考えてしまうからと言って——本音はおそらくは、山のような手紙にげんなりしたアネットを見かねて——アネットが作ったリストを元に、電子ファイルを要不要のフォルダに振り分ける作業をしてくれている。重要な方の手紙については、連邦軍の偉い人たちが相応の手配をしてくれるそうだ。

重要じゃない方はこの後、全部まとめて印刷してから演習場あたりで盛大なキャンプファイアーにする。絶対する。マシュマロとか林檎《りんご》とかも焼こう。

「そうよマシュマロと焼き林檎《りんご》よ……終わったら買いにいくわ……ドングリも拾ってぶちこんでやるわパチパチ弾《はじ》けてきっと楽しいわ……」

古くから農業と牧畜で栄えた共和国では、ドングリとは伝統的に豚の餌である。

疲労のあまりの猫背と据わった目で、魔女みたいに含み笑っているアネットにダスティンが苦笑する。

「そうだな。レーナの方の要らない手紙も合わせたら、ずいぶん盛大な焚火《たきび》ができそうだよな」

「そうよそうよレーナよ……共和国から機動打撃群に唯一派遣した指揮官だってのに、その指揮官になんでしょーもない陳情なんか送りつけるのよあの馬鹿どもは……燃やせばいいのよいっそ全部……シンに頼んで全員シャベルで首刈ってもらおうかしらまったく……」

燃やしたいのは手紙じゃなくて送った連中だったのかと、ダスティンはこっそり戦慄した。

「まあ……シンに頼むなら、むしろ陳情の処理な気もするよな……。彼の父上はノウゼン家の元嫡男で、祖父のノウゼン候はご存命なんだから」

実際にやってほしいわけではないが、この隊で最も適任なのは、実はレーナでもアネットでも自分でもなくシンなことは事実ではある。

　微妙な顔で、アネットがダスティンを見た。

「いや、それは無理でしょ」

「ああ、そうか。手紙を出したのは、全員共和国のお偉方だものな。こんなことになったからって、エイティシックスに頭は下げないか」

「じゃなくて。ノウゼン侯からしたら子供と孫を迫害したのが共和国なんだから、手を貸すとか絶対無理でしょ。侯爵ご本人はもちろん、家門の面目も丸つぶれになるじゃない」

「……あ」

　なので手配をしてくれる連邦軍の偉い人側にも、いろいろと選定とか調査とかがあるらしい。家門の関係者や交流のあった企業や団体が、エイティシックスにされていないかどうか。

　上流階級の社交だの人脈だの面子《メンツ》だの、政治って面妖よね、と、アネットはげんなりする。

　それからその連邦軍の高官の一人である、何度か話した相手を思い出して唇を尖《とが》らせた。

　今の戦況では確実にそれどころではないのだろうけれど。あの男こそこういう、面倒なアレコレには適任だったろうに。

「もー、こういう時こそ、あの参謀長のこと便利に使ってやりたかったのに」

　レーナが忙殺されている一方、作戦計画を立てるのは残り三人の作戦指揮官と幕僚とグレーテの役目だ。

戦隊総隊長の一人としてシンが意見を求められるのも。

「やっぱり大佐あてには、帰ってこいって命令も来たわね。握り潰してるけど」

「やはり、徹底抗戦するつもりの派閥が？」

さらりと言ったグレーテに、シンは顔をしかめる。そういう勢力がいると避難行動の邪魔だし、何よりレーナの警護も増やさないといけない。直衛のブリジンガメン戦隊は再編成したが、場合によっては他の隊もつけるか、いっそスピアヘッド戦隊も護衛に回るか……。

「じゃなくて。ミリーゼ大佐に、市民全員の避難の指揮を任せたいからって」

シンは肩を落とした。

「機動打撃群に派遣中の大佐を、わざわざ呼び戻してさせることとは思えませんが……」

というかそれくらい共和国軍でやるべきだろう。

「大変だから誰もやりたくないし、多分何かしら失敗はするし、大変な上にまず失敗するだろうけど実際に失敗したら大失点だから、じゃないかしら。大佐はその点、他国に出張中で現政府とは縁が遠いし、……英雄だから邪魔でしょうしね」

グレーテは冷めた目で、送られてきたらしい報告書を眺めている。

「実際ね、笑っちゃうわよ共和国の避難計画。むちゃくちゃで。連邦としてはまあ、都合がいいと言えばいいけど」

見る？　とグレーテは、綺麗《きれい》に塗られた爪で計画書を弾いた。

なるほど酷《ひど》かった。

「冗談のつもりだったのに、まさか本当なんて……」

どうせブリーフィングで説明するし、先に戦隊員やレーナに見せてもいい、とグレーテが言ったので、シンが持ってきた共和国の避難計画書のスキャンデータ。食堂の長いテーブルになんとなく男女で向かい合わせになって、シンとライデン、アンジュとクレナとクロードとトールのスピアヘッド戦隊各小隊長と、ついでにまだ寝不足でふらふらしているレーナは、てんでに投影された計画書を見る。

連邦では最も品数と量が多い昼食の、それぞれたっぷり盛られたトレイをレーナ以外はばくばく片付けながらの会話である。寝不足のせいで食欲も落ちているらしいレーナはサンドイッチをスープで流しこんだだけで、あとは手もつけずに電子書類の投影デバイスを摑《つか》んでわなわな震えている。

「初日に真っ先に政府高官と第一区の有力者が避難して、その次が軍の将官で……。次は佐官と尉官でその次に下士官と兵が避難して、それからようやく、一日目の夜になってから市民の避難が開始……!?　どうしたらこんな、恥知らずな計画が立てられるんですか……！」

一方、クレナは完全に他人事《ひとごと》の話題について聞く口調で問う。

「偉い人と軍人が初日に全部逃げちゃってるのに、避難の指示とかってその後どうすんの？　共和国の防衛も」

グレーテから説明を受けて、ここに来るまでに計画書の概要を確認してもいるので、シンが答える。

「共和国市民は避難を待つ間、高速鉄道ターミナルのある八三区周辺に集めておいて、その防衛は連邦が受け持つことになってる。共和国軍に任せるにも、〈ジャガーノート〉は戦力として信用できないから」

資材の牽引用には使い道はあるから――機甲兵器としては貧弱もいいところだが、重い五七ミリ砲を背負う程度の馬力はあるのだ――輸送トラックと一緒に移動させる予定である。

「避難の誘導は？　まさかそれもオレら？」

「ほっといて逃げるぞ。んなことさせられたら」

トールがサンドイッチを握りしめたまま問い、クロードが眼鏡の奥の月色の目を嫌そうに眇《すが》める。代用コーヒーのマグカップを片手にライデンが応じる。

「さすがにそっちは共和国の管轄のままだろ」

「計画書を見た限りでは、共和国の行政職員がやることになってるわね」

レーナの持つデバイスを横から覗《のぞ》きこんで、アンジュが補足した。

「乗降の誘導だけは、列車が連邦のだから連邦の憲兵がやるみたいだけど。……避難順番が後の人たちからは不満も出そうなのに。暴動とかの対策、ちゃんと考えてあるのかしら」

「その避難順序も、あからさまに恣意的ですね……」

レーナは聞いているようで聞いていない。デバイスを軋《きし》むくらいに握りしめて、親の仇《かたき》のように計画書を睨《にら》みつけている。

「低番号区に住んでいた人ほど前で、高番号区は後ろで……。白銀種《セレナ》が最優先なのは、そうなるだろうなとは思っていましたけど、月白種《アデュラリア》と雪花種《アラバスタ》でも優先順位を変えているなんて……！　も――……!!」

大声を出して立ち上がりかけたところで、レーナはそのまますとんと糸が切れたように椅子に座りこんだ。

まだ疲れの抜けきっていないところに激昂《げっこう》なんかしたものだから、貧血でも起こしたらしい。

シンが手をひいて強制退場させて、見送ってこそこそとクレナとトールが問う。

「どゆこと？」「レーナなに怒ってたんだ？」

十二歳まで八五区内に匿《かくま》われて、〈レギオン〉戦争開戦後の共和国の内情を詳しく知っているライデンが答える。

共和国八五行政区は、付番された番号が低いほど中心寄りで、美しく便利で、裕福な住民が多い。つまり。

「金持ちが先で貧乏人は後。白銀種《セレナ》の、元貴族様は最優先。……月白種《アデュラリア》と雪花種《アラバスタ》の話はよくわかんねえが」

淡々とクロードが言う。

眼鏡の奥の、醒《さ》めた月白の目。

「そうか？　どっちだか知らねえけど、優遇された方をされなかった方の敵にしたいんじゃねえの？　俺たちエイティシックスみたいに」

冷えた沈黙が、テーブルに落ちた。

その誰も見返さないまま、クロードは言う。醒《さ》めた月白の瞳。隠すための、度なしの眼鏡。

「そんで、優遇されなかった方に白銀種《セレナ》が同情面して味方してやりゃ、二対一だ。白系種《アルバ》は三種類なんだから、それで力関係ができるだろ。避難した先で」

共和国の白系種《アルバ》は、白銀種《セレナ》と雪花種《アラバスタ》と月白種《アデュラリア》の三種類。

そのうち二種が手を結んだら残りの一種は少数派だ。

少数派には、何をしてもかまわない。

十一年前にエイティシックスに、そうしたように。

トールが鼻から息を吐く。

「義勇兵、とか。……そういう話になるもんなきっと」

連邦とてただ善意で、数百万人もの避難民を受け入れるわけではない。

先の第二次大攻勢では予備防衛線への主力の撤退に成功したとはいえ、連邦軍も相当の死傷者を出した。その補充が必要だ。

連邦内の生産年齢にはもう、女性や少年にまで手をつけてしまっている。だから、連邦の外から。建前だけでも人道を侵すことなく。

老人も女子供も入り混じった、戦争を知らない共和国市民。それでも本当に幼い子供と、動けないほどの老人以外なら、爆薬や銃を抱えて走るくらいならできる。

八六区でそれまで戦争を知らなかったエイティシックスが、そうしたように。

クレナが小さく呟《つぶや》いた。

「共和国って、エイティシックスがいなくなったらそのまま滅ぶのかなって思ってたけど」

かつて、シンが予言したように、エイティシックスがもし、全滅していたら。

シンが予言したように、戦えずに滅びる、なんてことにはならなかったろう。それまでどおりに戦ったはずだ。月白種《アデュラリア》か雪花種《アラバスタ》のどちらかに戦争を押しつけて。

おそらくはエイティシックスにしたのと同様に、人間以下の劣等種だということにして。

一度、人間を人でないモノに変えたのだ。

一度やってしまったのだから、二度やったところで同じことだ。

「白系種《アルバ》同士で同じことするだけだったんだね。……あたしたちじゃなくても、エイティシックスじゃなくてもよかったんだ」

[EIGHTY SIX]

At the Republican Calendar of 368.8.27.

Two day has passed since the "First Great Offensive".

The fall of Liberté et Égalité.

共和暦三六八年
八月二七日〝第一次大攻勢〟より二日

リベルテ・エト・エガリテ陥落

Judgment Day.
The hatred runs
deeper.

首のない四つ足の白骨死体が、続々とグラン・ミュールのゲートをくぐる。

その光景に、遠巻きにするサンマグノリア共和国市民の間から堪えきれない呻《うめ》きが漏れる。

それは絶望であり怨嗟《えんさ》であった。無念であり嫌悪《けんお》であった。

北部のグラン・ミュールが陥落し、首都リベルテ・エト・エガリテに敷かれた絶対防衛線も、八五区内に侵入した〈レギオン〉によって壊滅した夜だ。命からがらこの東部第八二区まで逃れてきた誰もが汚れ憔悴《しょうすい》し、けれど眼前に亡国の運命《さだめ》と自らの死が迫っているにもかかわらず、零《こぼ》れた絶望の強さはむしろ今この瞬間の方が遥《はる》かに大きかった。

連れてきたわけでもない市民を背に立つレーナの前で、〈ジャガーノート〉の第一陣が足を止める。降り立ったプロセッサーたちを目にして、怨嗟《えんさ》のどよめきはより一層高まった。

その身に銀一色しか持たない白系種《アルバ》の共和国市民たちとはまるで違う、様々な色彩の髪と瞳。稀《まれ》に肌の色さえ異なる、異民族の少年少女たち。

エイティシックス。人類にのみ許された楽園である共和国八五行政区から放逐された、進化に失敗した下賤《げせん》で愚鈍な人間もどき。人外領域たる第八六区に棲息《せいそく》し、帰ることなく絶滅させられるはずだった、人の形の家畜ども。

穢《けが》らわしいそいつらが再び共和国の土を踏む様が――人類史上最高にして最良の国家たる共和国の神聖が踏《ふ》み躙《にじ》られていく様が、市民たちに断末魔の如《ごと》き呻《うめ》きを上げさせる。

先頭に立つ、漆黒《しっこく》の装甲に意匠化された目玉のパーソナルマークの〈ジャガーノート〉の傍《かたわ》ら、収まりの悪い濃い赤毛を短く切り、野戦服のジッパーを臍《へそ》の下まで下げて着込んだプロセッサーがにぃと笑う。

「面《ツラ》ァ合わせんのは初めてだな、ハンドラー・ワン」

「ええ、キュクロプス。シデン・イーダ大尉」

顎を引くように頷《うなず》き、それからレーナは瓦礫《がれき》の粉塵《ふんじん》に汚れた白い顔をわずかに緩めた。

「……本当に、女性だったんですね」

果たしてシデンは快活と笑う。性別の判じがたいしゃがれた《ハスキィな》アルト。

「はは。よく言われるぜ。あんたはイメージ通りだな。綺麗《きれい》で冷たい、血塗《ちまみ》れの銀の女王」

状況を気にした風もなくからからと笑うシデンに、市民たちの中から男が踏みだして叫ぶ。

「お前が……お前たちエイティシックスが！　生き汚く命を惜しんで、〈レギオン〉どもと一緒に死ななかったから！　だから私たちがこんな目に‼」

怒号は新月の星一つない闇夜に、炎のように噴き上がる。一瞬の静寂の後、その激昂《げっこう》に背中を押された群衆が一斉に嗷々《ごうごう》と叫び始めた。

そうだ、お前たちエイティシックスが。

必死で戦わなかったから。死ぬ覚悟で勝たなかったから。薄汚いその命を捨てて、〈レギオン〉どもを倒さなかったから。

美しいこの国を息をするだけで穢《けが》す、無価値どころか有害なその身を惜しんだから。

慈悲深く高邁《こうまい》な我々はそんなお前たち人型の豚を、それでも飼ってやっていたのに。

恩知らずな。

役立たずが。


お前たちの無能と忘恩のせいで、なんの罪もない私たちがこんな目に。


おそろしいほど身勝手で、そして自業自得《じごうじとく》を全く自覚していない糾弾だった。〈レギオン〉と戦わなかったのも、勝たなかったのも、全ては彼ら共和国市民たち自身であるのに。

あまりのことにレーナは咄嗟《とっさ》に声も出ない。

シデンはやれやれとばかりに首を振り、下げていた右手をついと持ち上げた。

指さすような気軽な動作で向けたその手の先には、……一二番径《ゲージ》の大きな銃口も凶悪な、散弾銃が握られていた。

銃身銃床切り詰め式・槓桿操作散弾銃《レバーアクションショットガン・ソウドオフ》。

初速と反動軽減を犠牲に、閉所での取り回しを重視して全長を短縮した散弾銃である。

「……え、」

銃口と目が合った最初の男が呆然《ぼうぜん》と声を漏らすと同時に、無造作に発砲。

銃身内部の絞り《チョーク》のない銃身銃床切り詰め散弾銃《ソウドオフショットガン》は散弾が銃口付近で広範囲に広がるため、至近距離の対人戦闘では絶大な制圧力を発揮する。高速でばら撒《ま》かれた、人間より大きな鹿を撃ち殺すための九ミリ散弾《バック・ショット》が——寸前で下げられた照準に従い、男の足元を広く抉《えぐ》った。

幸いというべきか、跳弾はなかった。それでも目に見えるかたちで示された厳然とした暴力は、この十年間それらに触れたこともない市民たちの虚勢をへし折るには充分だった。

凝然と凍りつく群衆の前で、悠然とシデンが再装塡《リロード》。

装塡レバーに指をかけたまま、散弾銃本体を放りだすように振り回し、装塡レバーを支点に一回転《スピン》させ排莢・装塡《ロード》——右手が再び銃把を握った時には、次弾の装塡と照準が完了している。

今度は、まっすぐに男の顔に狙いを定めて。

真っ青になったまま声もない共和国市民の男をその特徴的なオッドアイで見据えたまま、シデンは何か魔の獣のように尖《とが》った歯を剝《む》きだして高らかに嗤《わら》う。

「ブヒブヒブヒブヒ、うるっせえんだよ白ブタがよ。ブタはブタらしく、豚小屋に籠もってブルブル震えてな。そしたらあたしらエイティシックスが、」

それぞれの〈ジャガーノート〉の傍《かたわ》ら、佇《たたず》むプロセッサーたちは無言で市民たちを見据えている。その、様々な色彩の、けれど一様に感情のいろのない、闇に底光る無機質な瞳。

それを背後に単眼《キュクロプス》の魔女は嗤《わら》う。未《いま》だ支配者気取りの愚かな白ブタどもに、満腔《まんこう》の悪意と侮蔑を込めて。

「ついでに守ってやっからよ」


くそ、汚い色つきどもが……！　と、捨《す》て台詞《ぜりふ》にもなっていない悪罵を残して誰かが逃げ去ったのを皮切りに。市民たちはばらばらと足早にその場を離れていった。

横目に見送ってレーナは言う。

「すみません、イーダ大尉。……ありがとうございました。自制してくれて」

思いの外に冷徹な声が返った。

「当たり前だ。あそこで撃ち殺してたら、さすがに歯止めが利《き》かなくなってた」

エイティシックスが気軽に踏《ふ》み躙《にじ》れる〝弱者〟ではなく、手を出せばただでは済まない〝脅威〟だと思い知らせたからあの場は収まった。けれど射殺していたら――脅威ではなく〝敵〟だと思わせてしまっていたら、ああはいかなかったろう。最悪、その場で共和国市民とエイティシックスの衝突が発生していた。

無論、武装し、その扱いにも熟達しているエイティシックスが、非武装の共和国市民に敗《ま》けることなどありえない。無力な一般民衆がどれほど集まろうが無慈悲に蹴散らし、踏み潰すのが現代兵器だ。戦闘にすらならない。一方的な虐殺が始まるだけだ。

それを躊躇《ためら》いわれわれも、エイティシックスにはない。

彼らが自制したのはただ、無駄弾を使っては、〈レギオン〉に敗《ま》けてしまうからだ。

「白ブタどもがあういう馬鹿だって、あたしらはわかってるし慣れてもいる。〈レギオン〉どもの前で内戦やってる場合でもねえ。……けど、白ブタどもはまだその辺わかってねえみてえだな。あのままでいるなら、早晩こっちも堪えてやらなくなるぜ」

共和国市民はこの期に及んで、まだ現実が見えていない。

壁の内側にまで侵入した〈レギオン〉に、それでも自分が殺されることはないと思っている。

今起きていることは全て誰かの無能と無策のせいで、その憤懣《ふんまん》はこれまでどおり、劣等種たるエイティシックスにぶつけて晴らせばいいと思っている。

何もせずとも誰かが勝手に戦って、守ってくれると思っている。

自分たちは全世界のあらゆる民族に優越する優良種だと、まだ本気で信じている。

そんな愚かな夢はグラン・ミュールの崩壊と共に、とうに崩れ果てているというのに。

「あたしらは白ブタの生死なんか知ったこっちゃねえ。あいつらも守ってほしいなら、——躾《しつけ》はあんたが必死でやるんだな」

D-DAY PLUS TEN.

At the Celestial year of 2150.10.11

DIES PASSIONIS

星暦二一五〇年一〇月一一日
ディー・デイ・プラステン

Judgment Day. The hatred runs deeper.

The number is the land which isn't
admitted in the country.
And they're also boys and girls
from the land.

86
EIGHTY SIX

「まーた共和国に、いくことになるなんてなぁ」

「やな凱旋帰郷《マーチング・ホーム》もあったもんだよな」

払暁《ふつぎょう》。

瑠璃の闇に沈む夜明け前の戦場を、出撃直前のブリーフィングを終えてプロセッサーたちはぞろぞろと歩く。連邦西部戦線、機動防御の機甲部隊を主に収容する、前進基地のその一角。

迫害者である共和国の、避難を支援しろと。共和国市民を守るために戦えとの命令に、けれど少年たちの表情に不満や屈託はない。

それどころか軽口を叩《たた》き、冗談の種にしてけらけら笑いさえしながら、開始時刻が目前に迫る救援任務について語りあう。

「ていうか、あたしたちが共和国助けるの二回目よ。大攻勢から数えたら」

「うわすげえ。迫害者でさえ二度も救うなんて、聖人かな俺ら」

「三度目の私たちリュカオン戦隊なんて、それじゃあもう天使なのですね」

「あー、配属が最初だった組はそうよね」「お疲れ」「大天使ミチヒさまお疲れ」

「共和国の連中、さすがになんか、変わってたりすんのかね。感謝してくれたりとかさ」

「ちょっとはこう、レーナとかダスティンみたいにぴしっとなってるとか」

「ないでしょ」「ないよな」「あーあ、やな旅行もあったもんだよな」

不満も屈託も、そして覆《くつがえ》された戦局への拭いきれない不安さえも。軽口に変え、冗談で笑い飛ばしながら少年たちは歩く。


「また会いましたわね、ノウゼン大尉！　そういえば結局名前を聞いていない、あの生意気な腰巾着めは今日はどうしましたの⁉」

血赤《ちあか》の髪、真紅のドレス、ルビーのティアラにとうとう緋色のマントまで装着した赤の化身――もとい、ブラントローテ大公領義勇機甲連隊ミルメコレオのマスコット、スヴェンヤ・ブラントローテは、むやみやたらと元気いっぱいだ。

「………………」

捨てておいてシンはミルメコレオ連隊長、ギルヴィース・ギュンター少佐に目を向ける。寝不足ということはないが早朝で、ついでに進発直前である。フレデリカならともかく、小うるさい子供の相手をしたい気分ではない。

「遊撃戦力のはずの義勇連隊まで、最前線配属になったのですね」

きぃきぃ喚いてつめよってくるのを、小さな頭を片手で押さえて遠ざけつつ問う。意外と雑な手つきで姫殿下をどけながらギルヴィースもうなずく。

「先の奇襲は、参謀本部の尽力で最小限の犠牲ですませたようだが。だからといって、犠牲が出てないわけじゃなかったからな」

二人が立つのは、西部戦線の現在の最前線、センティス＝ヒストリクス線の第三陣地帯である。

元々この場に設置されていたトーチカとコンクリート製対戦車障害《ドラゴントゥース》と対戦車砲座に、戦線後退時に散布地雷をありったけばらまいて構築した急造だが濃密な地雷原。追加で運びこまれた、鉄骨を組んだ対戦車障害と対戦車砲の列。さらに現在進行形で構築中の、強化コンクリートのトーチカの類。予備陣地帯としての最低限の防御設備を、急ピッチで強化しているのがセンティス＝ヒストリクス線の現状だ。

陣地帯には歩兵部隊が主力として配置され、ミルメコレオ連隊を含めた機甲部隊はまとめて第二列に控置《こうち》、機動防御を担当するのは戦線後退以前の西部戦線の戦略と変わらない。それだけ機甲部隊が貴重であるということも。

「他領の義勇連隊も、後退した各戦線に張りつかされている。遊撃部隊でいられるのは、もう君たち機動打撃群くらいのものだ」

言って、ギルヴィースはふと笑みを消した。

「先の作戦で。――姫殿下はマスドライバーとやらを発見していたというのに、迎撃には間に合わなかった。それが、悔やまれるな。口惜しいよ」

「………………。ええ」

間に合わなかったのは、シンたちも同じだ。マスドライバーを目にしていたことならむしろ、スヴェンヤとギルヴィースよりも一月以上も早かった。

摩天貝楼《まてんかいろう》拠点。そして――機動打撃群の最初の戦闘。シャリテ市地下ターミナル拠点。

その時から、砲弾衛星と第二次大攻勢は、予定されて。この破局は予定されていて。

蘇《よみがえ》りかけた感情の塊を、意識することで押し殺して沈めた。

聡《さと》くギルヴィースが眉をひそめる。

「……大丈夫か、大尉。戦局がこれだけ変わって、堪えていないということもないだろうに。まして君たちの女王陛下は」

「ええ。……切り分けているだけです。今は作戦中ですから」

一つ、嘆息した。

負傷から復帰したばかりで、〈レギンレイヴ〉の操縦はできても本格的な戦闘は難しいプロセッサーが、この作戦では足代わりとして管制官と作戦指揮官を同乗させる。その一人、一機であるサキの〈グルマルキン〉が、レーナを補助席に収めてキャノピを閉めるのが遠く映る。

ちなみに旅団長のグレーテは、自ら〈レギンレイヴ〉を操縦する。不運な同乗者はマルセルだ。

準備完了を、サキが知らせる。その声を合図に意識を切りかえ、シンは冷徹と、顔を上げて応じた。

「それは、自覚しています。……大丈夫です」

この日最初の、陽光が天を染める。同時に作戦が開始される。

『挺進《ていしん》開始。〈アルメ・フュリウーズ〉——投射！』

〈フリッガの羽衣〉の加護を以《もっ》て、西方方面軍と対峙《たいじ》する〈レギオン〉部隊の後背へ次々に〈レギンレイヴ〉が投下される。機動打撃群、第四機甲グループの〈レギンレイヴ〉の一団。

『スイウ・トーカンヤ——〈バンシィ〉、着地成功。一帯を制圧、維持するよ』

同時に連邦軍本隊もまた、進撃を開始。

前後から挟撃するかたちで、高速鉄道の線路周辺の〈レギオン〉を排除していく。連邦西部戦線、基準点《ポイント》ゾディアクスより西に六〇キロ、統制線アクアリウスまでの線路を東西から確保。

その間隙《かんげき》を。

『――行きますよ。〈カトブレパス〉出撃します』

カナン率いる、第三機甲グループが通過。

後に続いて共和国までの進撃路の啓開、確保を任とする、機動打撃群の二個機甲グループが進軍する。

『まずは九〇キロ地点、統制線カプリコルヌまでを啓開する、第四機甲グループを援護します。砲兵部隊、敵の鼻先を叩《たた》いてください！』


ああっ！　と突然、背後の砲手席でスヴェンヤが悲鳴みたいな声を出したので、操縦席のギルヴィースは反射的にびくっとなる。

彼が指揮する義勇連隊ミルメコレオは、戦闘中でこそないものの絶賛作戦中なのである。周囲にも通信にも注意を怠れない警戒状況下で、いきなりのスヴェンヤのこの悲鳴。

「お兄さま！　またあのマスコットの名前を聞きそびれましたわ！」

「…………。ああ……」

ギルヴィースは肩を落とした。そんなことか。

それに聞きそびれたも何も、あの質問の仕方ではシンは問われたとも思っていまい。

「姫殿下。次に大尉かあの子本人に会った時は、素直に名前を教えてくれと頼もうな」

突出した連邦軍本隊が三〇キロ地点・統制線ピスケスまでを維持し、スイウ指揮下の第四機甲グループが一二〇キロ地点・統制線ケイロンまでを維持。カナンが率いる第三機甲グループが二一〇キロ地点・統制線リブラまで、ツイリの第二機甲グループが三〇〇キロ地点・統制線カンケルまでを啓開し確保。

共和国まで残り、九〇キロ。

『ノウゼン、それじゃああとは頼んだわよ!』

「ああ」

そしてシンとレーナの指揮下、第一機甲グループが戦闘を開始。

共和国八五区外縁、八三区隣接のグラン・ミュールを意味する四〇〇キロ地点・統制線アリエスを目指し、〈レギオン〉支配域を切り開いて進む。

隊列は〈レギンレイヴ〉と〈スカベンジャー〉のみで、他に従う車両はない。最悪の場合、足にまかせて駆け戻ることになるから、足の遅い〈ヴァナディース〉は持ってきていない。

連携してグラン・ミュール内部から打ってでた派遣軍が、逆側からも通路の啓開を行っている。三六〇キロ地点、統制線タウルスを確保。なおも疾走する。前方、グラン・ミュールが見えてくる。

疾走する〈アンダーテイカー〉と〈レギンレイヴ〉たちの横、斜めに光線のさしこむ秋の朝の大気の中を、連邦から共和国へと向かう最初の列車が駆け抜けて過ぎる。

†

「――聞いてもいいかしら、少将。共和国の避難民は全員、事前にこの八三区周辺に集めることになっていたわよね。それならあの煙は何？」

「第二四区の役所が、資料保管庫を丸ごと焼いている焚火《たきび》だ」

救援派遣軍指揮官、リヒャルト・アルトナー少将がいるのは共和国八三区旧イレクス市高速鉄道ターミナル、この作戦での識別名ポイント・サクラにほど近い仮設指揮所だ。

共和国に残る最小限の兵力で防衛するため、共和国の全市民はこの八三区と、その周囲の三行政区に移動させて進発順にまとめてある。二日目以降に避難する者は、破棄していく予定の兵舎や工業区画である八三区の、生産プラントの作業員宿舎に泊まらせる想定だ。

けれど旧イレクス市の市庁舎を借り上げた仮設指揮所の窓からは、グレーテの言うとおり、白煙が街並みの向こうに遠く立ち昇っているのが見える。

一方でリヒャルトの前の大テーブルには紙の類は大判の地図くらいしかなく、他の資料は投影された電子書類だ。必要な時にはすぐにまとめて移動可能な、ホログラムのそれらを隻眼で見回して、リヒャルトは小さく鼻を鳴らす。

「同じ催しが第一区でも行われているぞ。処分すべき書類が多すぎて避難までに終わらなかったそうだ。三日目の最終便ぎりぎりまでかかるのだとか。……書類の主流が紙の国は大変だな」

「都合の悪い資料、一緒に燃やされてない？」

「そんなへまをするものか。重要なものは去年の救援の時点で、とっくに複写済みだ。共和国政府から頼まれた最低限必要な書類については、原本も輸送することになっている」

リヒャルトが指した先ではちょうど、機材や物資を積んで撤退する輸送トラックの群が進発していくところだ。

三日間の昼夜を問わぬ避難作戦の、その初日の昼前である。最優先される連邦軍の非戦闘員は全員を早朝の列車第一便で送還しおえ、その後も続々と送られてくる何便もの避難列車に、共和国市民を詰めこんでは送り返す作業の最中。

現時点までに政治家と高級官僚、第一区在住の旧貴族階級の避難は滞りなく完了。現在第二区から第五区までの白銀種《セレナ》と、軍人のうち将官、佐官クラスが列車に乗りこみ、あるいは搭乗便を待っているところである。

「その原本に、紛れこませたものもあるわけね。たとえばエイティシックスの人事資料とか」

「あれはもっと前に調査名目で本国に原本を送ってあるな。あれこそ我ら連邦にとっては宝の山と言うべき資料だ。間違っても共和国に、損なわれるわけにはいかん」

共和国の悪を鳴らし、連邦の慈悲と正義を喧伝《けんでん》する証拠として。

そのエイティシックスの一人であるシンは、汚い大人と現実にちょっとげんなりしながら、黙ってグレーテの背後に控えている。せめて多少は繕ってほしい。それと、レーナを連れてこなくてやっぱりよかった。

逸《そ》らすように目を向けた窓の外では、ちょうど高架上のプラットフォームから列車が進発し、切り替え線で待機していた次の列車が滑りこんだところだ。

この便に乗る軍人たちの集団が連邦の憲兵の誘導の下、水を流しこむように各車両に吸いこまれ、その向こうでは連邦側のターミナルで詰めこんだ避難民を降ろして戻ってきた空荷の列車が、空いた切り替え線に進入して待機。何十両と車輌を連ね、その車列を何便も用意しての、数にまかせた避難作戦。

一方でイレクス市ターミナル前の広場にはこちらも間断なくぞろぞろとバスが停《と》まっては人の群を吐きだしていて、彼らもまた紺青《こんじょう》の軍服の、共和国軍の軍人たちだ。今日の午前から昼にかけて、つまり今時分の避難便を割り当てられた、軍でも高位の将官、佐官にあたる者たち。

広場周辺を囲む共和国軍人の——おそらくは高官たちの次の時間、昼から夕方にかけて避難する尉官たちの——警備の元、無人の広場を足も止めずに悠々と過ぎて駅舎に吸いこまれていく。守るべき市民を後に残し、その残される市民と警備の軍人の間で小競《こぜ》り合《あ》いが起きているのを、一瞥《いちべつ》もせずに。

そのくせプラットフォームでは、初老の佐官がどうやら経験したことのない満員電車に不満を言っているらしい。聞き流して無表情に押しこむ、連邦軍の憲兵にシンは少し同情した。

同じ光景を見ながらグレーテが言う。

「共和国軍人は全員、優先されてこんな早くに逃げだせるんだから、この上文句言わなくてもいいでしょうに」

「迎えが豪華列車でなくて不快だ、だのという寝言は、朝の便から時々出てはいるな」

馬鹿馬鹿しい、と言いたげにリヒャルト少将は鼻を鳴らす。そんな状況ではないし、そもそも所詮は他国の軍勢である連邦軍が、文句を言われる筋合いではないのだ。

「せめて政治家どもには客車を回した。それ以上は知ったことではないな。我々の任務は、快適な旅の提供ではない。本来なら〈ヴァナルガンド〉や兵員の輸送に使えた列車を明け渡しているのだ。待遇や順序に文句があるのなら、残ってくれて一向にかまわん」

「順序……ね」

「ああそうだ。避難の第一便で逃げ去った、政府高官と元貴族ども。奴《やつ》らは市民どもに気づかれる前に進発して、市民の目の前にはこれから逃げる軍人を配していったのだ。後回しにされる市民の不満への、スケープゴートとしてな。……そういうところはさすが、熟達しているな」

かつてエイティシックスに、本来ならば政府と軍が向けられるべき敗戦への不満と憤懣《ふんまん》を、押しつけたように。

『市民を置き去りに、真っ先に逃げ出す軍人』を目の前に差しだされて、……市民たちの憤激はまず軍人に向く。それよりも前に逃げた高官たちには、逃げるその姿を見ていないから不満も向かない。

「だから高官ども自身の不満にもせいぜい、奴《やつ》らの中で適当なスケープゴートを見つければいいのだ。たとえば例の、憂国騎士団のような、な」

連邦にエイティシックスを返却させ、大攻勢以前と同様に防衛戦力として使用すると。連邦から課せられた共和国市民の防衛負担を、大攻勢以前同様にゼロにすると。謳《うた》って市民から支持を得ていた聖マグノリア純血純白憂国騎士団――シンたちの言う洗濯洗剤だが、結局エイティシックスを取り戻せず、挙句〈レギオン〉の攻勢で国土を放棄する破目にまで陥ったことで、支持を失って失脚したらしい。その彼らを。

「高官たちと一緒に避難させたのね。あえて」

「無能に見えても無力ではない連邦軍よりも、無力な無能の方が責めやすかろうよ。身近にい

れば なおさらに」

聞きながら、すっかりシンはげんなりする。嫌気がさしたのはむしろ、過去の自分だ。

何が人は、世界は美しくないだ。

あらゆる醜さを知ったつもりで、そのくせ隠されたものはそのまま、見てもいないで。

隠されない立場に――子供ではないものに、なりつつあるということも何となくわかった。

「そういうわけだ、ミリーゼ大佐を連れてこなかったのは賢明だったな。――市民どもの目に触れれば、彼女こそ何を言われるか知れたものではない」

彼女にとっては故郷であり、祖国であるこの街で、同胞であるはずの白系種《アルバ》から。

祖国が滅びんとしている今、その罵声はレーナにとって――深い傷に、なるだろうから。

言って、ふとリヒャルトはシンに目を向けた。

「だが、それはエイティシックスも同じだろう。まさか貴様らを――機動打撃群を共和国への救援に寄越すとはな。本国はそれほど、余裕がないか」

ちらりと隻眼に見据えられて、グレーテは飄然《ひょうぜん》と肩をすくめる。

「機動打撃群の任務は撤退の援護であって、宿舎の管理も避難誘導も共和国の行政職員の仕事だもの。プラットフォーム上での誘導だって憲兵の担当だし。どうしてもっていうところにはノルトリヒト戦隊をあてるわ。直接接触しない以上、負担はそうないはずよ」

連邦軍人は共和国市民の避難には、最低限しか関わらない。

彼らを振り分け、統率し、強制してでも避難させる義務はないし、またその権限もないからだ。共和国市民は、連邦の民ではない。連邦市民の身の安全を図るために実力行使をしてでも安全圏へ避難させたようには、連邦軍は共和国市民を扱えない。

自国の軍人《戦力》をこそ最優先したい戦況も相まって、兵站《へいたん》・輸送科や憲兵科といった非戦闘職は、避難列車の最初の便で真っ先に避難させられている。

「と、大佐は言っているが貴様本人としてはどうだ、ノウゼン大尉。……構わん、忌憚《きたん》なく言いたいことを言うがいい。聞いてやるぞ」

エイティシックスに共和国市民を助けさせる、不満があるなら。

少し考えてシンは応じる。

「作戦に使える時間は七二時間しかありませんから、変に揉《も》め事《ごと》が起きてその時間を無駄にするくらいなら、最初からおれたちエイティシックスを共和国市民に接触させない今の配置は、当然かと思います」

リヒャルトはわずかに、片眉を上げた。

どこか意外そうに。

「……ほう？」

淡々と、シンは続ける。

心底からの無関心を——共和国への執着のなさを、反映した声音で。

「言いたいことなど——不満などありません。これは任務ですし、おれたちは軍人です。連邦に来て、そう在ることを選んだ。……選ばせてもらった。だから」

だから。

「元々、共和国人への復讐《ふくしゅう》なんて、おれは望まなかったし、選ばなかった。八六区にいたころから、その程度にはあいつらのことはどうでもよかった。今はなおさら、知ったことじゃない。助けたいとも思いませんが、死んでしまえとも思わない。必要以上に関わらないなら、もうそれでいい」

不満なんて。

恨みなんて。

傷なんてもう、抱かない。

「もうあいつらに、おれたちが生きる邪魔はさせない——記憶の中でさえも」

トールの駆る〈レギンレイヴ〉——〈ジャバウォック〉の光学スクリーンの時刻表示は昼を過ぎたところで、避難順番は今は共和国軍人の下級士官に——尉官とその家族に回ってきたところだ。

第八三区にもその周囲の三区画にも、グラン・ミュール内部にも今のところ〈レギオン〉の侵入はない。事前のシンの索敵でも派遣軍の〈ヴァナルガンド〉の哨戒《しょうかい》でも、秋のこの昼下がりは平和そのものだ。

だというのにトールの眼前、避難の進発地点イレクス市ターミナル前《ポイント・サクラ》の広場では、ひっきりなしに揉《も》め事《ごと》が起きている。

市民と軍人、軍人と避難誘導の行政職員。共和国人同士が、ひっきりなしに揉《も》めている。広場の警備を担当していた尉官たちが避難を始めて、かわりに仮設のフェンスと、行政職員が周囲を固める白い石造りの広場。内部に紺青《こんじょう》の軍服の軍人を囲い、外側に私服の市民をちらほらとはりつかせて、そのフェンスの内外を罵声がとびかう。

広場への唯一の入口であるゲート横には大小さまざまな旅行鞄《かばん》が小山を成して、そこに分厚い大きなアルバムを投げこまれた青年士官が、ゲートの係員に食ってかかっている。

わずか七二時間で数百万人を避難させるのだ。次々に来る列車にぎゅうづめで満載しても三日ではぎりぎり、そこに荷物など加える余地はない。持っていけるのは本当に身一つ、手荷物も禁止とあらかじめ通達はされていたのに、諦め悪く抱えてきた家財をここで棄《す》てさせられた、その結果の鞄の小山。

青年も抱えてきたアルバムを、ここで捨てられたのだろう。

そして思い出の品なのだろう。

もしかしたら彼の家族は、もうアルバムの中以外に残っていないのかもしれない。

泣きながら食ってかかる青年に、ゲートの係員の、まだ若い行政職員も困り果ててほとんど泣きそうになっている。

その様をトールは、〈ジャバウォック〉の中でただ眺める。

避難誘導を手助けしてやるためではない。連邦軍人はプラットフォーム上での列車への搭乗誘導以外、避難行動には手を出さないし、その権限もない。総隊長で戦隊長のシンが仮設司令部に出向いて、ちょっと暇になったからただ、避難の様子を見物しにきただけだ。

それでも〈レギンレイヴ〉が一機、黙って近くに停《と》まっているだけでも多少は避難者たちへの威圧になるのか。青年士官は最終的に、何の関係もないトールの〈ジャバウォック〉を一瞥《いちべつ》してアルバムを諦めて、行政職員がこちらを見てこっそり頭を下げた。

先ほどから何度も、そっと頭を下げられるのが、妙な気分だった。

気の毒だとまでは、やはり思わないけれど。

「……つーか。戦況やべぇってのに白ブタ同士でいがみあって、みっともねえの」

またしても秋空を貫くように罵声が一つ、きんと飛んで響く。

今度は広場の外から。避難列車に乗る順番が、まだ回ってこない市民のいる場所から。避難と弾劾の響きを以《もっ》て。

どうしてお前たちが先に、列車に乗るんだ。

どうして軍人が、我々市民よりも先なんだ。我々に養ってもらっていたくせに。大攻勢でもその前も、一度も役に立たなかったくせに。〈レギオン〉に一度も勝てなかったくせに。

我々市民を守れなかったくせに。

がしゃん！　と激しくフェンスの鳴る音が、罵声を遮る。

フェンスの中から伸びた手が、喚《わめ》く市民の胸倉を掴《つか》んで引き寄せたのだ。フェンスの中の、軍人の手が。無力な市民たちを置き去りに真っ先に逃げだす軍人が、けれど屹然《きつぜん》と叫び返す。

「──お前たちこそ、戦わなかったじゃないか！」

叫ぶ。

その銀色の双眸《そうぼう》に、隠しきれない憤怒《ふんぬ》と憎悪《ぞうお》を燃やして。

「大攻勢でも、その後も！　俺たちに戦闘を押しつけて、自分は泣き叫んで逃げ回って、俺たちに守ってもらっておいて！　俺たちが死んでく後ろで不満だけ喚《わめ》き散らして、連邦が来てからも、自分たちは都合よく徴兵から逃げて！　──何が役立たずだ。お前たちこそ一度も戦わなかった、役立たずのお荷物じゃないか！」

掴《つか》みあう。罵りあう。銀髪の市民と、銀の目の軍人が、同じ銀色の色彩も構わずいがみあう。

その醜悪にむしろ、苦いものが胸中に広がるのをトールは感じる。

作戦前にクレナが、言ったとおりだ。──エイティシックスじゃなくてもよかったのだ。

白ブタ同士でも誰かが誰かに、あらゆる不利益を押しつける。

白ブタ同士でも都合が悪くなったらもう、仲間でもなければ同胞でもない。

不利益を、傷を、戦闘を、死を、自分で抱えるつもりなど毛頭ないものを、平気で他人には押しつける。押しつけておきながら被害者面で、どうして受け取らないのかと、なんと無責任なのだと喚《わめ》き散らす。

その、醜悪。

八六区では、白ブタどもを恨んだし、それ以上に侮蔑していた。今でもしている。

けれど今、目の前にいる共和国人の姿は、醜悪にすぎて。惨《みじ》めにすぎて。

嘲笑にさえも、値しない。

「なんだかなぁ。ここまでくるといっそ、恨むとかじゃなくてもう馬鹿馬鹿しくなってくるな」

リヒャルト少将の前を辞し、撤退作業に騒がしい指揮所の中を歩きつつ、ふとシンは問いを向ける。知覚同調《パラレイド》で繋《つな》がっている、他の三人の総隊長に。

「さっきおれは、ああ言ったけど。……お前たちは何か言わなくてよかったのか？」

応じたのはスイウだ。

『ああ、うん。……だいたい右に同じだったからさ』

関わらないならそれでいい。助けたいとも思わないが、死んでしまえとも思ってない。

『それに、僕たちには——君たち元スピアヘッド戦隊以外のエイティシックスには、実のところ今更なんだよ、ノウゼン。去年の大攻勢で、僕たちが戦うことはそのまま、白ブタどもを助けることに繋《つな》がってたんだからさ』

カナンが続ける。

『それに今度こそ共和国人も、戦わないわけにはいかなくなるでしょうからね。これだけ戦局が悪化して連邦の慈悲に泣き縋《すが》ったかたちで、我々よりいい境遇ということはないでしょう。それだけでもざまをみろ、です』

「そうだろうけど。……レーナやアネット、ダスティンの前では言わないでやってくれ」

『それはもちろん。私も誰かさんや誰かさんに、シャベルで首を刈られたりミサイルで誤射されたりしたくはありませんので』

二人目の誰かさんはアンジュのことか。

そういえばダスティンに蓋を開けたペンキ缶なりクリームパイなりを投げ損ねたなと、どうでもいいことをシンは思う。本来ならこの十月にあるはずだった休暇で、どちらかをみんなで投げつけてやるつもりだったのだが。

……思いだしたというのにやり損ねたままだと、なんとなく不吉な気がしたのでこの後手がすいた時に、とりあえずバケツの冷水でもぶっかけておこう。

『あ、そうだ。それで思いだしたけど、ノウゼン。後でライデンたちに水かなんかかけてもらいなよ。作戦は始まっちゃってるけど、せめて撤退が始まる前に厄払いに』

「ああ……そうですね。こういうのはやり損ねた方がむしろフラグになりそうですし、何より大佐との件は特大フラグですからね。何かあったら寝覚めが悪いです。大佐が」

『ほんとはシュガたち、休暇の時にやるつもりだったみたいだけど、繰り上がったって声かけとくわね。ついでに私たちも、恋人できた連中に水かけときましょ。なんかムカつくし』

まさか自分も似たようなことを予定されていたとは、思ってもみなかったシンはちょっと黙る。それとツイリは最後、本音が出すぎだ。

せめてと思って訴えてみた。

「……レーナは除外で」

『それはそうですよ。何を言ってるんですか当たり前じゃないですか』

『あんな細っこいのに、風邪とかひいたらどうするのよ。可哀想《かわいそう》よ』

『だいたい大佐、もう充分厄落としされてると思うし。今回のコレとか。……大攻勢でもさ』

苦笑して、スイウが言った。

わずかに、苦い響きを帯びた声音だった。

『話を戻すけど。正直さ、いい気分だったんだよ。あんなに僕たちエイティシックスを劣等種だなんて見下して、優良種気取ってた白ブタたちがグラン・ミュールを壊されたらてんで無力で。僕たちが守ってやらなきゃ〈レギオン〉に踏み潰されるくせに、そんなこともわからないでブヒブヒ喚《わめ》いてて。……いい気分だったよ。それこそ、ざまあみろ、ってのもあるし、あいつらの命運全部、今や僕たちが握ってるんだと思うと――楽しくてさ』

気分次第で見捨ててもいいいし、救ってやってもいい。侮辱されたらそれを寛大にも見逃してやってもいいし、許さないで〈レギオン〉の足元に放りこんでやってもいい。

そういう。

「……なんていうか。あいつらをいつでも、好きなように弄んでやれる力が僕たちにあって、あいつらにはないっていうのがさ。全能感っていうのかな。楽しかったよ」

他人を支配する強者の。

昏《くら》い――愉悦。

それを。

『二か月も好きなだけ、嫌っていうほど楽しんだから――もう、ああいう気分は抱かなくていいかなって』

「…………」

『だから、そういう憂《う》さ晴《ば》らしもなかったから、ノウゼンの方こそいいのかなって思ってたんだけど』

『それならツイリもそうでしょう。ついでにでも白ブタどもを守るのが嫌だったから、他の拠点を築いていたのですし。……いいんですか、ツイリ』

二人に言葉を向けられて、ツイリは肩をすくめたらしい。大攻勢ではレーナの――共和国軍人の指揮下に入るのを嫌い、南部戦線に独自の拠点を築いてその指揮を執った彼。

『そうねえ。あの時は言うとおり、白ブタなんて死んでも守りたくなかったし、だからミリーゼ大佐の下にも行かなかったんだけど。……そうねえ。今は』


「なんか白けちゃったな、っていうのが、正直なところだよね」

リトを含めたクレイモア戦隊の隊員は、大攻勢では共和国人の下で戦うのを嫌い、レーナではなくツイリの指揮下に入った。だから共和国市民を直接守って戦うことになるのは、リトにとっても隊員たちにとっても初めてだ。

リトの指揮下の第一機甲グループ第二大隊の配置はグラン・ミュールの外で、高速鉄道の線路の両側に細く長く展開している。そのうちクレイモア戦隊の展開位置は統制線アリエス付近、つまりグラン・ミュールのすぐ横の一帯だ。今は他の戦隊の補給完了を待ちつつ、一帯の警戒を担当している。

とはいえ〈レギオン〉の動きは今のところない。

だから貨物列車に家畜みたいに満載されていく共和国人の車列を、見送っていてもとりあえずは問題ない。

「そりゃさ、赦《ゆる》せるかっていったら全然、まだ赦《ゆる》せないよ。……たぶん一生赦《ゆる》せないと思う」

自分たちは。あいつらに。

家族を殺された。故郷を奪われた。戦友たちを無慈悲に使い潰された。

自由と権利を剝奪されて、恐ろしくて未来もまともに見られないほどの傷を、自分たちは誰も彼もが刻みこまれた。

未来や望みを取り戻すためのこれまでの苦悩や懊悩《おうのう》は、リトや仲間たちの誰もが、本当ならしなくてよかった回り道だ。

押しつけたのが、あいつらだ。

赦《ゆる》さない。――泣いても謝っても、その罪は決して雪《すす》がせはしない。

罪を償って改心して、ささやかな幸福を取り戻せばいいだなんてきっといつまでも思えない。

死ぬまで侮蔑されて、後悔して苦しんで、いつまでも惨《みじ》めに暮らせばいいと今でも思う。

けれど自分の手でそういう境遇に、突き落としてやろうとも思わない。

だって。

「だってあいつら、――自分で勝手に罰を受けちゃったわけじゃん。大攻勢で」

攻め寄せた〈レギオン〉の大群に、共和国市民は家族を殺された。故郷を奪われた。

誰も彼もが鋼鉄の津波に、無慈悲に、無惨《むざん》に踏み潰された。

その果てに共和国自体が――一度、空《むな》しく滅び去った。

グラン・ミュールが崩壊した後、共和国の生き残りは連邦軍が救援に来るまでの二か月余り、逃げ場もない要塞壁の中で毎日毎日容赦なく磨《す》り潰《つぶ》されて追いつめられていって。

その二か月の絶望は、けれど、十年にも亘《わた》り戦火から目を背け、狭い甘い夢に閉じこもって、その果てに自らの身を護《まも》る力すら失った共和国市民自身がもたらしたものだ。

リトたちエイティシックスが、わざわざ与えてやるまでもなく。

「わざわざ復讐《ふくしゅう》なんて、しなくてもさ。あいつらは自分で自分の無能と、無策と、無責任と、これまでなんにもしてこなかった全部の代償を、大攻勢で払って。でもそこまでされたっていうのに、まだ反省もしてなくて。だからまた、……こんな目に遭うわけで」

避難民を満載した列車が、過ぎて遠ざかっていく。

家畜用や貨物用のコンテナも含めた粗末な編成に、乗客の快適さなど考慮にも入れていない、多少の負傷の危険にすら目をつぶった、まるきり荷物扱いの過密さで。

かつて同じことをされた幼い自分の記憶で、胸の底がざわついた。

いい気味だ、とは、だからリトには思えない。

けれど幼い自分と同じ惨《みじ》めな姿に、同情もしない。

だってどうせ。

「どうせコレの後も、やっぱり反省なんかしないんでしょ。誰も助けてくれなかったのが悪いって言って、これからも言い続けて、だからこれからもあいつらはあいつら自身のせいで、酷《ひど》い目に遭い続けるわけなんでしょ。だったら復讐《ふくしゅう》とか、別にいいや」

どうせあいつらは、復讐《ふくしゅう》してやったところで悔い改めも、反省もしない。悔い改めも反省もしないから、あいつらは自分で勝手に惨《みじ》めに落ちていく。その未来から生涯きっと、逃れられない。

「覚えててやる必要だって、たぶんないんだし。だから——もういいや」

トールが見ていたターミナル前広場の小競《こぜ》り合《あ》いを、〈ガンスリンガー〉を傍《かたわ》らにクレナも見る。彼女は見物するためではなく向き合うために、あえて〈レギンレイヴ〉を降りた生身で、共和国人たちの騒ぎに身を浸す。

見つめて、聞いて、そっと嘆息した。

……なんだ。

共和国人が自分は、あんなに怖かったのに。

今となってはただ、ちっぽけで無力だ。怯《おび》えて吠《ほ》えてる犬みたいだ。

囚《とら》われていると思っていた。

囚《とら》われているのはむしろ、白ブタたちの方だった。

怖いものに、本当に自分を脅《おびや》かす〈レギオン〉に立ち向かわないで、目を背けて、その怖い気持ちからさえ目と耳を塞いで。

簡単に壊せる何かを壊して、強くなったような気分でごまかそうとして。

その結果が、グラン・ミュールと強制収容所だ。八六区とエイティシックスだ。

あんなに馬鹿みたいな壁を作って大勢死なせて、でも、そこまでしてもごまかしただけだ。結局共和国は、本当に恐ろしい〈レギオン〉には、最後の最後まで、今になっても立ち向かわなかった。

いつまでも目の前の脅威から目を逸《そ》らして、だからまともな対策なんか取れなくて、それゆえに脅威に囚《とら》われたまま。今も一歩も動けない。

それが自分のせいだと、省みることさえできなくて。

開戦時に共和国正規軍が壊滅したのは、グラン・ミュールが陥落したのは、エイティシックスが悪い。自分を守らない軍が悪い。戦わない市民が悪い。いつまでもいつまでも、自分以外の誰かが悪い。

自分だけは絶対に、悪くない。

そう思っていればあるいは楽なのかもしれないけれど、……それでは自分の苦境もいつまでも、何一つも変えられない。

見つめたままで、囁いた。

「うん。大丈夫だよ。あたしはもう――大丈夫」

だってもう、怖くない。

共和国の白ブタは、憎いけれど、赦《ゆる》せないけれど、もう怖くはない。

自分が本当に怖かったのは、かつて両親や姉や戦友たちや、自分自身を守れなかった幼い自分の傷だった。自分や仲間の苦境を切り払えないかもしれない自分自身の無力さだった。

こんなちっぽけな、己の身一つ己で守れない、不平を喚《わめ》いてばっかりの白ブタじゃない。

恐れるほどの力なんて、本当はあいつらは、ほんの少しも持っていない。

それがわかったから、こいつらなんか、赦《ゆる》せないだけでもうどうでもいい。

「あたしは、シンとみんなと、ずっと一緒に戦って、生きぬいてきたんだもの。ちゃんと強いって、もうわかったから――だから、おまえたちなんか」

ちっぽけで、弱っちい、おまえたち白ブタなんか。

「もう怖くないよ」


第八三区に接する要塞壁はどれも大攻勢で崩壊していて、残ったわずかな棟に展望台代わりに〈スノウウィッチ〉を立たせ、装甲に凭《もた》れてアンジュは壁の外と中を見る。

連邦へと駆け去っていく避難列車と、連邦から戻ってきたそれがすれ違う。〈ヴァナルガンド〉とそれに護衛された輸送トラックの、鋼色の車列が高速鉄道の二条の線路の両脇を長く進む。必ず持ち帰るべき機材を満載し、足の遅いトラックを守って、傾《かし》ぎ始めた陽光の下を整然と進む。

ここからは遠い、第八〇区のあたりでは断続的に爆音が轟《とどろ》いていて、それは工兵たちが仕掛けたプラスチック爆薬の炸裂音《さくれつ》だ。グラン・ミュールを残したままで、万一電磁加速砲型《モルフォ》が八五区内部に巣食ったら大変だから、連邦に近い要塞だけでも破壊していくのだという。

頭上の秋の空と同じ、澄んだ青色の双眸《そうぼう》を巡らして、背後の街並みを見回した。

幼いアンジュが最後に見た時にはなかった、生産プラントと発電プラントの無機質な山脈。

その向こうにまるでひしめくように建てられた、のっぺりと無個性な住居群。

避難民の集まるターミナル前の広場は、イレクス市が工業区画に作り替えられてからはトラックヤードとして使われていたのだという。〈レギオン〉戦争以前には瀟洒《しょうしゃ》だったのだろう、そして十年以上も雑に扱われた今は石畳が削れて罅《ひび》だらけの、白い石の広場。

「…………」

帰ってきたかったか、といえば、別にそんなこともない。

帰ってきたという気もしない。懐《なつ》かしくもない。ただ、故国だという国だ。

緑に飲みこまれゆく八六区の色彩に比べればいかにも偏平で、今では連邦の、ザンクト・イエデルの街並みや隣街のそれの方が見慣れてしまった。

だから帰る、というなら、それは、もう。

微笑《ほほえ》んでアンジュは囁《ささや》いた。

さよなら。私が生まれた、ただそれだけの国。

「さよなら。……私の生きる場所は、生きたいところは、——帰るところは、ここじゃないから」


老婦人が幼いライデンを匿《かくま》ってくれた学校は第九区にあり、第九区は行政区全体では中央部のやや北西寄りにあるから、南東の外縁部である第八三区からは遠い。

これが最後になるかもしれないから老婦人やレーナたちに、写真なりと持って帰ってやれればと思ってはいたがさすがに無理かと、その八三区の道端でライデンは口の端を下げる。

せめてこのあたりの写真だけでも、と、無人の街角に持ってきたデジタルカメラを向けた。

大攻勢の時のものだろう、戦闘の痕跡が残ったままの、廃墟《はいきょ》も同然の街路と建物もひどいものだが、それ以上にプレハブの建物が狭い敷地《しきち》内にひしめいてごみごみとした、歪《いびつ》な街並みが胸を衝《つ》いた。

戦争前にはもっとずっと広かった共和国全土の国民を、狭い壁の中に無理やり詰めこむための施設。

老婦人の学校のあった第九区は、比較的裕福な住民が多かったこともあってここまで余裕がない造りにはなっていなかった。

またレーナやアネットの話では第一区は避難民の受け入れよりも景観保護を優先して、戦争中も高層建築を禁じたままだったらしい。

劣悪な住環境にあえぐ、大勢の避難民にもかかわらず。

戦争がもたらした共和国の歪《ゆが》みは、実のところエイティシックスだけに留まらなくて。

狭苦しい、申し訳程度の公園が物悲しくて写真を撮る気にもならず、カメラを下ろして顔を上げると、戦隊の仲間がそこにいた。

「クロード？」

第四小隊長、クロード・ノトゥ。

赤い髪を埃《ほこり》っぽい風に嬲《なぶ》らせて、眼鏡に隠した月色の瞳で、元は日時計だったらしいオブジェの、陽を弾く頂上を見上げている。

かけた声に視線が向いて、ライデンを認めてまばたいた。

「ライデン。……ああ、ばあちゃん先生に、写真か？」

「あとレーナとかアネットとか。神父さんにも。見納めになるかもしれねえから。お前は？」

「ああ。……見納めになるかもしれねえから、見とこうかなって」

共和国から迫害を受けた、エイティシックスから出るとは思えない言葉だった。

虚を衝《つ》かれて見つめたライデンを、クロードは見ない。

「兄貴が、指揮管制官《ハンドラー》だったんだ」

ぎょっとなった。

「……は？」

「兄貴は親父《おやじ》の前の奥さんの子で、俺と違って白系種《アルバ》で。ハンドラーだったんだ。大攻勢の前、俺とトールがいた戦隊の」

大攻勢でもそれ以前からも、同じ戦隊だったという二人。パーソナルネームを、同じ作者の童話に登場する怪物の名で揃《そろ》えたのはそのためだとか。

ともあれライデンは戦慄する。

エイティシックスでプロセッサーの弟と、それを指揮するが支援はしない――許されていない、ハンドラーの兄。どちらにとっても地獄のような、その関係。

「それは知って、そうなってたのか」

「兄貴は、多分。俺はその時は知らなかった。兄貴は俺に、別の名前名乗ってたから。プロセッサーに本当の名前、聞いてくる変わったハンドラーだってその時は笑ってて」

エイティシックスに落とされた弟を探していたのだと、その時には気づきもせずに。

「……兄貴と、親父《おやじ》さんは」

ため息のように、クロードは答えた。

息とともに力の、抜けるように。

「わかんねえ……」

「…………」

「大攻勢の間は、レイド繋《つな》がってたんだけど。探してもらっても見つからなくて。だから。兄と父のいた八五区を。すれ違ったまま会えずに終わった、兄のいた共和国を。故郷だとは思えない、――それでも祖国である国の最後の姿を。

「見納めになるかもしれねえから、見とこうかなって思ってよ」

†

共和国市民が乗る避難列車の、到着駅は連邦南西部ベルルデファデル市のターミナルだ。北部鷲氷ルートのターミナルがあるクロイツベック市と、南部花鷲ルートのターミナルがおかれたキルクス市からの線路が合流する、ザンクト・イェデルに向かう路線の入口となる駅。ここもまた他国からの来客を迎える街として、旧帝国の都市には珍しく見栄《みば》えを重視した街並みの、美麗な駅舎にまた新たな避難列車が到着する。

ほぼ階級順に避難する軍人たちの、大尉クラスの乗る最初の便だ。ぞろぞろと降車する紺《こん》青《じょう》の軍服の軍人たちに交じって、十二歳ほどの少年が降りる。

人道的見地から、という建前で、実質的には先に逃げだす軍人の罪悪感の軽減のために。何便かに一両の割合で、戦災孤児を優先して乗せる車輛《しゃりょう》が避難列車には用意されている。同じ子供でも、軍人は自分の家族をこそ優先したいのだから、申し訳程度の総数しかないその車輛《しゃりょう》。

数少ないその一つに、少年と同じ施設の孤児たちは、乗せてもらえた。

父の昔の同僚だったという軍人さんが、上からの命令がどうとかで連れてきてくれた。ついでに俺も同じ便に乗れることになったから。ありがとうな、とか言いながら。

列車が別だから、今はその人は近くにいない。急いで降りて、早く移動してと鋼色の軍服の連邦軍人に急《せ》かされて不満げな、共和国軍人たちと一緒に歩きだす。あっという間に空にした列車を、連邦軍人たちはざっと中を点検してから、きびきびと切り替え線へと移していく。運転手だけが移動して、共和国へと戻る路線へと移る。逆側のプラットフォーム上にいた前の列車が、再び共和国へと駆け去っていく。

ステンドグラスの多用された、聖堂のような駅舎の外に出ると迎えの輸送トラックがずらりとターミナル前の広場に停まっている。ただし数は充分ではないようで、前の便の避難民らしき集団が、まだ石畳の広場に残っていた。今は住民は避難をして無人の居並ぶ街路樹には手入れの行き届いて美しい広場とそこから伸びるメインストリート。

そう見えて、実のところ目に映る樹々《きぎ》は全て人工物だと、気づいて少年は息を呑《の》む。広場の中心に立つ大木は、白金色の金属の幹に無数の硝子《ガラス》の葉のモニュメントだ。葉にはそれぞれ幽《かす》かに異なる色が流されて、秋の午後の斜めの、金色の光線を反射して万華鏡《まんげきょう》の色彩で玄妙に輝く。

同じ樹々《きぎ》が、メインストリートに街路樹として並んでいる。敷石《しきいし》にぴったり嵌《は》めこまれた、永遠に色あせない無数の『落ち葉』。実に見えるものは、今は光の入ってない街灯だ。果実の形に磨かれた磨《す》り硝子《ガラス》が、陽の光を淡く弾く。

他国の客を、迎えるための街だ。旧帝国の、威信を見せつけるために設計された都市だ。その威圧的な豪奢《ごうしゃ》が恐ろしくて、きょろきょろしながら広場に降りると。

「あ、いたいた。君は一旦こっちだよ」

ひょいと手をひかれて列の外へと出された。

見上げると、まだ若い連邦の軍人だ。鋼色の軍服の。金茶色の髪に翡翠《ひすい》の双眸《そうぼう》の、彼よりもいくらか年上の。

まばたいた彼に、繋《つな》いでいない側の左手を持ちあげた。何故《なぜ》か掌《てのひら》のない、袖口が折られて留められた左手。

「や。二か月ぶりかな」

「……お兄ちゃん、」

八六区で戦死した父の話を、ほんの少しだけどしてくれたエイティシックスの少年だった。お父さんを、信じてあげなよと言ってくれた。お父さんは正しいことをしたのだと。

母親以外、誰も言ってくれなかったことを言ってくれた。父をようやく、信じさせてくれた人だ。

呆然《ぼうぜん》と見上げて、そこで彼はあっと気づく。もしかして。

果たして相手は頷《うなず》いた。

「ズルかなとも思ったけど、これくらいはね。僕の前の上官にいろいろ要望きてたから、その見返りの一つにってねじこんでもらったんだ」

「だから、僕、この便に乗せてもらえて……」

「うん」

頷《うなず》いて、セオは笑いかけた。かつて共に戦い、笑う狐《きつね》のパーソナルマークを引き継いだ戦隊長の、忘れ形見の少年に。

「ようこそ連邦へ。……もう大丈夫だよ」

†

グラン・ミュールの外、第一機甲グループの本部要員の宿営の、テントを張り巡らした簡易指揮所でレーナは撤退計画を今一度確認する。

往路の時点でシンに確認してもらった〈レギオン〉全部隊を地図上に反映し、事前に立てた撤退計画で問題ないかを突き合わせる。四百キロの長距離、広範囲に展開する機動打撃群の数千機の〈レギンレイヴ〉を、整然と、遅滞なく、順番通りに撤退させる計画を立て、実行させるのが指揮官の仕事だ。

四個の機甲グループ、数十個の大隊、数百個にも上る戦隊全てに至るまで、撤退の順序と各々《おのおの》が辿《たど》るべき経路、警戒待機時の担当戦域に、整備・補給・休息の順番をも、あらかじめ設定して通達しておかねばならない。

作戦計画自体は作戦開始前、本拠であるリュストカマー基地を進発するよりも前に各大隊、各戦隊に通達してあるが、敵戦力の展開や避難の進捗など、状況とは刻々と変わるものだ。その変化を随時、作戦計画にも反映せねばならない。今回は四個グループ合同での作戦だから、第一機甲グループの作戦指揮官であるレーナと同格の、第二から第四機甲グループの作戦指揮官とも情報の水平展開と調整が必要だ。

それでもシンの異能で、敵情が比較的はっきりわかるだけ楽な部類である。攻勢に出た〈レギオン〉はそのまま各国の戦線に張りついていて、支配域内に残る敵は少ないようだ。

幸い、とは思わなかった。

共和国だけ、妙に被害が少ない。兵数も戦闘経験も、生き残った各国の中ではおそらく最も少ない共和国なのに、なぜか第二次大攻勢の被害は最も少ない。

ヴィーカもグレーテも言っていたが、不自然だ。

誘いこまれたにしては攻撃もないが。何か意図がある。警戒しておく必要が――。

テントの入口をくぐって、マルセルが戻ってきた。

なにやら大変、うんざりした顔だった。

「レーナ、一応。……連邦の輸送トラックでこっそり荷物を運ぶよう便宜を図ってほしい、って頼みが、今撤退してる軍人連中から来てる。便宜はかるべき奴《やつ》がいるかだけ、一応確認してほしいって」

いったん外に置いていたらしい段ボール箱を、よいしょと抱えて示して見せた。

またしても山のような、陳情書である。

レーナがここにいることは知らせてないので、リヒャルトかその下の幕僚あてだろうが。

「…………。署名を読み上げてください」

視線を地図に戻してレーナは言い、マルセルも気にすることなく棒読み気味にずらずら読み上げる。

聞き終えてレーナはにっこり笑った。

「少尉。お手紙は残念ながら全て、撤退の混乱で失われてしまったのです」

察したマルセルがにやっと笑った。

「だよな。了解」

よく気のつく賢いファイドがちょうど空になったドラム缶を持ってきたので、まとめてどさどさ放りこむ。キャンプファイアーにするためには火を使うので、そのまま外に出ていった。

見送ってレーナは嘆息する。まったく。

「連邦でも連合王国でも、こんな手間はかけなくてすんだのに……」

どうして共和国ときたら、こう。

もう嫌だ。早く帰りたい。

げんなりと思ってから、まばたいた。……帰りたい？

まったく自然に、そう考えていた。そして自覚してみればそれはすとんと、違和感なく胸の内に収まった。

……ああ。そうか。

ふ、と一人、小さく微笑《ほほえ》んだ。

「……そうですね。帰らないと」

帰る場所は、自分には、もう。

生まれ育った共和国ではなくて。

今度はシデンが、テントの入口に顔を出した。

「女王陛下ぁ。今、列車通りすぎたから、手すきの〈スカベンジャー〉に壁作らせてあるから次の便が来るまでに移動してくれ。そろそろ夕飯にしねえと」

ぴたりとレーナは手を止める。三日間の、作戦だ。指揮官も兵員も交代で補給と休息をとることになるし、レーナの休憩時間は今日は夕方からだったが。

「もうそんな時間です?」

　続いて作戦参謀が入ってきた。レーナと交代して、休息の間の指揮を預かる彼。

「そんな時間ですなミリーゼ大佐。……交代のお時間です。どうぞ、指揮権の委譲を」


　夕焼けにはまだ早いが秋の太陽はすっかり傾いて、その金色の光線の中、シデン指揮下の新生ブリジンガメン戦隊と、レーナたち本部要員の一部とスピアヘッド戦隊は休憩に入り、早めの夕食を取る。

　襲撃されやすい夜に、広範囲の索敵の異能を持つシンを警戒任務にあたらせるためのスケジュールだ。やはり〈レギオン〉の襲撃の予兆はなく、火をたく余裕もあるから戦闘糧食の加熱剤は使わずに、付属の簡易ストーブを囲んでシデンは新たな戦隊員たちとてんでに車座になる。

　第一機甲グループの担当区域はグラン・ミュールと、連邦から三〇〇キロ地点・統制線カンケルとの間の九〇キロ範囲だ。イレクス市《ポイント・サクラ》ターミナル周辺の警戒は当初の予定どおりに派遣軍の残置部隊に任せ、グラン・ミュールの外の本部中隊の宿営。〈スカベンジャー〉の陰にレーナをうまく隠して、落ちゆく陽の光と秋の風など感じつつ、シデンはなおも行きかう避難列車と輸送トラックとを遠望する。

共和国人の避難は尉官もどうやら終わり、下士官と兵とその家族に移ったようだ。顔は見えないと思って貨物列車の上から紺青の軍服の兵士がぶぅぶぅ文句を言ってすぎるのに、どうせ見えないけれど下品なハンドサインで戦隊員の数名が応じる。性懲りもなく持ってきたらしい子豚のぬいぐるみを、トールが〈レギンレイヴ〉の砲身で絞首刑《こうしゅけい》に処した。

戦闘糧食の二二種類のメニューは少し前に改定が入って、シデンたちも食べたことのないものがいくつかある。運よく、もしくは運悪く、それを引きあてたクレナがきょとんとなる。

「トーフのミソスープって何？」

「……というより、これはもはやスープではないのでは……？　ミソ煮、でしょうか？」

なお戦闘糧食はだいたい、メインディッシュ扱いだとスープと名がついていてもほぼ汁気はなかったりする。

「いやどっちにしろ、何？」

ラミネートパックなどのゴミはファイドが回収して回っていて、食事の準備の前に周り中から水をぶっかけられたダスティンとシンが着替えて戻ってきて車座に加わる。

隣に座ったダスティンに戦闘糧食のパックを渡してやったのはアンジュだが、シンに渡したのは何故《なぜ》かライデンで、シデンはちょっと引いた。嫁か。

あと、出遅れたレーナは拗《す》ねていないで今からでも隣に座れ。

シンはミートボールのクリーム煮に、トマト煮と見紛《みまが》うくらいのホットソースをぶちこんでいて見かねたライデンに止められている。だから嫁か。

ようやくレーナが傍《そば》に行って、お熱いこって、とシデンは肩をすくめる。まあ。

「……共和国に意識が向いてないのは、いいことだよな」

シンには思いきり水をぶっかけてやったから、ずいぶんいい気分だし。

†

ミチヒ指揮下の第三大隊が展開する統制線タウルス付近では、もうグラン・ミュールは頂上部くらいしか見えない。

既定の時間通りに警戒中の隊と任務を交代すべく、ミチヒとリュカオン戦隊は自機と自身の補給中だ。車座になった小隊四名で簡易ストーブの火を囲み、何種類かある戦闘糧食のパン類では一番人気のフルーツケーキをもぐもぐかじりながら、ふとミチヒは言う。

「そういえば。洗濯洗剤って結局、これで全員いなくなったのです？」


深更。

起床時刻を前にして、レーナは一人簡易ベッドから起き出してテントの、宿営の外に出る。

本部中隊の宿営からは、かつて戦場とその内を隔てた要塞壁群の威容が目に映る。半壊した隙間からの遠景ではあるが、イレクス市ターミナルの避難の様子も。

軍人の避難は夜に入ったところで終わり、ようやく市民に順番が回る。日付の変わる直前の時刻の今、ごったがえす人の群は、様々な色彩の服装を示して雑然としている。

レーナが見ている限りでは幸い、大きなトラブルもなく計画通りに、避難は進捗しているようだ。

「思ったよりもずいぶん、スムーズに避難できているわね」

『そう。よかったわね。こっちはさっそく揉《も》めまくってるみたいよ。先に来てのんびりしてる軍人と今来たばっかりで気が立ってる市民同士でもだけど、連邦軍にもアレコレ文句つけてるみたいで。用意した避難区域が戦場に近すぎて怖い、とか』

知覚同調《パラレイド》の向こう、応じるのはリュストカマー基地に待機しているアネットだ。

レーナは小首を傾《かし》げる。アネットは本拠基地に待機しているのだから、遠い避難区域の様子はもちろん見えない。無関係の基地に不要な情報を伝達することも、軍隊ではしないのだが。

「誰から聞いたの？　そんなこと」

『セオから。避難先での事務作業に、人手が足りなくて駆り出されたんだって。ほら、戦友さんの子供を優先してほしいって言ってきたでしょ。だったら迎えに行ってやるべきだし、ついでに作業も手伝えって言われたみたいで』

「ああ……。だけど、戦場に近いって言っても、共和国市民の避難区域は戦場からは何十キロも離れてるのに」

連邦が自国民の安全を優先するのは当然で、だから共和国市民の受け入れには戦闘属領との境界近くの区域が用意されたが。それでも実質的な予備役扱いの、戦闘属領民の避難地域よりは安全圏寄りである。

人道的見地や戦闘属領民への差別感情がどうというわけではなく、訓練も受けていない非戦闘員が戦場に紛れこむと、何をするにも邪魔だという理由で。

『そうなんだけど。今は連邦西部戦線は一日中戦闘してて、特に夜戦の光とかは遠くからでも見えちゃうでしょ。それが怖いみたい。大攻勢の前なら、もしかしたら平気だったかもだけど』

戦闘も、〈レギオン〉も。鋼鉄の亡霊に己が蹂躙《じゅうりん》される可能性さえも、戦争をしているつもりなど最早《もはや》なかった共和国市民には、恐れるべきものではなかった。大攻勢以前には。

『そっちはそれも平気なの？　そっちこそ、もう夜なのは変わらないし、こっちより兵力は多くないし、〈レギンレイヴ〉ばっかりでなおさら市民連中は怖いだろうし、軍人は先に逃げちゃうしでパニックになってそうなのに』

「そうね……」

言いさし、レーナはグラン・ミュールの隙間から、数キロ先のイレクス市ターミナルを透かし見た。

降るような満天の秋の星と冷たくも清《さや》かな夜気の下、聞こえてくるざわめきはぴりぴりと不安げではあるものの、怒声や罵声の類《たぐい》は聞こえてこない。

「やっぱり、そういうことはないみたいだわ。不安は強いみたいだし、たまに小競《こぜ》りあいも起きてるけど、全体的には大人しく避難してる。避難自体、もっと反発されるかもと予想してたのに……避難してほしければ頭を下げてお願いしてみろとか、どんな時でも市民とは己が権利を守りぬかねばならないのだとか、大攻勢の時みたいに」

夜間の避難に備えてライトは幾つも用意されて、ターミナル前の広場はそれなりに明るい。遠く、警備にあたる〈ヴァナルガンド〉のシルエットはいかにも頼もしくて、加えて〈レギオン〉との戦闘はこの付近では、避難を開始してから一度も起きていない。戦火から逃れるための避難だというのに戦の気配さえもない、静かな、清《すが》やかな星月夜。

それでも。

「いろいろ言われるかと思ってたけど。……よく考えたら、そんな人はとっくに大攻勢で死んでたものね」

武力革命で王侯貴族を打倒した共和国は、だから、軍事力で政権を打倒されないよう、軍の権限を他国よりも制限している。その一つとして、戒厳令の規定がない。何があろうと軍は憲法を停止できず、だから軍人は民間人の自由を決して侵せない。

それを傘にきて、大攻勢では避難を拒否した者もいた。

全員が死んだ。

重ねて避難要請をしている余裕は軍にもレーナにもなく、エイティシックスには避難させるつもりさえなかったので、逃げなかった者はそのまま戦場に捨て置かれたのだ。

『そういえば、そうだったわね。混乱して棒立ちしてても、闇雲に逃げ回ってもやっぱり死んだから、今残ってるのは逃げろって言われたら多少は頭使って、まだマシな方に逃げてた連中だものね。そりゃ今回も、逃がしてくれるって言うんだから黙って従うわよね』

もっとも、大人しく逃げても死ぬ時は死んだのだが。

その程度には大攻勢では、犠牲は無差別で――平等だった。

生前の思考や行動など、誤差程度にしか関与しない。

少なくとも〈レギオン〉は、己がひねり潰さんとしている犠牲者が何を思い、どう行動していたかなど考慮にも入れていなかった。

『ただまあ、そういう妙な理屈こねて騒ぎ起こしそうな例の――洗濯洗剤だっけ？　が、全然なんにもしてこなかったってのは、たしかに意外ね』

「ええ。それをわたしも、ヴェンツェル大佐もシンも警戒していたのだけれど」

実際には、拍子ぬけするほどに何もなかった。

あのシュプレヒコールも垂れ幕も、今回は機動打撃群を待ち受けてはいなかった。

グレーテに聞いた話では、この第二次大攻勢と、それを受けての全国民の避難という大惨事の責任をまるきり押しつけられたかたちで、……失脚したのだとか。

ただ、政府高官の乗る最初の避難便の中に、彼らの首魁《しゅかい》であったプリムヴェール女史を見た。忌々《いまいま》しげに、憎らしげに、すれ違う〈レギンレイヴ〉たちを睨《にら》みつけていた。

サキの〈グルマルキン〉に同乗していたレーナも、その目を見た。

よくも、と、その唇が動いたような気がした。

「……避難区域の管理担当には、念のためもう一度注意喚起をしておいて」

『了解。セオにも言っとくし、もちろん正規ルート経由で念を押してもらうわ。とりあえず研究班長から』

「お願いね」

『ええ、そっちも引き続き気をつけて』

知覚同調《パラレイド》が切れる。

ふう、とレーナは一息ついて。

「――起床予定時刻は、ほんの十五分前のはずだけど」

さく、と下草を踏むごく幽《かす》かな足音が近づいて、振り返るとシンだ。

起床予定時刻よりも早く起き出して、勝手に宿営を出ている指揮官殿に、困ったような、咎《とが》めるような眼差《まなざ》しを向けている。

「目が、醒《さ》めたので。それでも三〇分くらい早かっただけですよ、シン。それにシンこそ」

「おれはそもそも、就寝自体少し早かったから」

この作戦では三日間を通じ、シンは原則として戦闘には出ず、〈レギオン〉の動静の感知を担当することになっている。

救援派遣軍の退路を守るため、機動打撃群らの戦闘部隊は、一定の距離から下がれない。また〈レギンレイヴ〉の機動力を殺さぬためにも、〈レギオン〉の攻撃を待ちうけるのではなく、支配域内に点在する敵部隊の攻勢発起の兆候を感知次第速やかに前進、協同や合流を許さず叩き潰すのがこの作戦での機動打撃群の基本戦術だ。

そのためにシンには、この支配域全体という広範囲の索敵を担ってもらう必要がある。

三日間にわたり〈レギオン〉支配域内に留まり、彼らの嘆きに身を晒《さら》し続ける負担を鑑《かんが》みてか、しっかり寝れそうな状況なんだから今のうちに寝とけ、つべこべ言わねえで早く寝ろとライデンたちが簡易ベッドに放りこんだ次第である。

「そうでなくても、一人で戦場を出歩くのはやめてくれ。近くの〈レギオン〉集団は、動く様子はまだないからすぐには戦闘にはならないけど――……」

言いさして、ふと紅い瞳がレーナの背後を向いた。

「……グラン・ミュールを見にきたのか」

「ええ、見納めになるかもしれませんから」

少し考えて、シンは言う。

「今は、作戦中だから、と思ってるんだろうけど。……もし、辛《つら》かったら」

レーナは淡く、わずかに辛《つら》く微笑《ほほえ》んだ。

「ありがとう。……そうですね、じゃあ少しだけ、甘えさせてください」

彼（?）なりに気を利《き》かせてくれたのか、そっと歩み寄って横腹を向けてきたファイドを長椅子代わりに腰かけて、隣をぽんぽん叩《たた》いてシンにも座るように促した。少し高い体温が傍《かたわ》らにくるのに、寄りかかって肩に頭を持たせかける。

シンは何も、言わずにいてくれた。

レーナもだから、何も言わなかった。

少し高い体温が、けれど自分のそれと溶けあって、どこか境界が曖昧になるくらいに溶けあった頃に、ぽつりと言った。

「――帰ってくるつもりでした」

シンは何も言わなかった。

吐きだすように続けた。

感傷を、痛みを、傍《かたわ》らの人の体温に溶かしこんでひととき消し去るために。

作戦が終わるまでは、連邦に戻るまでは、保つように。

「大丈夫じゃないです。悲しい、ですよ。だって帰ってくるつもりでした。なくなるなんて、連邦に来る時には本当は思っていなかった。お母さまもいないし邸《やしき》ももうないけれど、……戦争が終わったら、いつか、帰ってくるつもりでした」

「……そうだな」

寄りかかった先、シンが頷《うなず》く。紅《あか》い瞳が、グラン・ミュールの向こう、遠いどこかの夜空に向いた。

「慰めか、気休めに聞こえるかもしれないけど。……また来よう。次は、おれたちみんなで」

見上げた先、シンは遠い夜空を見上げている。

いつか共に、見ようと願った、はるか遠い第一区の夜空を。

「革命祭の、リュース宮殿の花火をみんなで見るんだろ。その約束はまだ、叶《かな》ってないから」

どれだけ先になるかはわからないけれど。

どれだけ先になるかはわからなくても。

「南の海を、見にいこう。船団国群の、夜光虫の海を今度は見よう。連合王国の、ダイヤモンドダストとオーロラを」

白裳の女神が治める、豪奢《ごうしゃ》の冬を。

盟約同盟の山々を、湖を、凍《い》てつく大霊峰の雄姿を。

極西の国々の、未だ知らぬ平和な街を。竜の棲《す》み処《か》を越えた先の、見たこともない南の国々を。

戦場の向こうの世界のすべてを。

二人で。

みんなで。

ようやく、レーナは笑った。

「……ええ。約束ですものね」

二年も前の、互いの顔も知らぬ頃からの。

「大丈夫ですよ。わたしもまだ、諦めていませんから。そう――いつか来ましょう。必ず」

「それなら、帰ってくる、の方がいいかもしれないな。言葉にしたことは本当になると、前にカイエが言っていたから」

「そうなんですね。じゃあ――……」

身を起こし、ファイドからも降りて、まっすぐに立ってグラン・ミュールと向かいあった。

誓いとして、口に出した。

あの時には逆に、背中を向けていた要塞壁群。

「必ず、帰ってきます。ここに。あなたと――シンと初めて、会った場所に」

変な間が空いた。

見上げたらシンは、そういえば、という顔をしていた。

「――忘れてましたね!? 覚えてるから来てくれたんだと思ってたのに！」

「いや――忘れてたわけじゃないけど、あの時と咲いてる花も違うから見分けが……」

「ひどい！」

膨れてみせたら、シンは面白いくらいに焦《あせ》った顔をした。

ついレーナは吹きだしてしまって、からかわれたと悟ってシンが顔をしかめた。

「……ひどくないです！」

ぴ、とファイドが、シンに加勢するようにそっと抗議らしき電子音を鳴らした。

†

避難の様子を直接見ている第一機甲グループからの報告では、共和国市民の避難は順調に進んでいるようだ。

それはグラン・ミュールも連邦の戦線もどちらも見えない、ちょうどかつての八六区周辺に展開することとなったツイリと第二機甲グループにも察せられる。背後に守る高速鉄道の二条の線路を、何十両もの長い編成の列車がもう数えきれないほどに連邦へと向かっていって、同じだけが共和国へと戻っていくのを遠望していたのだから、それはツイリにも麾下《きか》のプロセッサーたちにも当然わかる。

避難開始から、一八時間経過。残り時間は五四時間。作戦予定時間の四分の一が経過。

避難も順調に進んでいるようだから、進捗率も同様に二五パーセントほどか。

それはそうと。

「――このあたりは隠れるところがないから仕方ないけど。ここにまた入るのはやっぱり、どうにも嫌なものね」

乗機である〈バルトアンデルス〉の中、小さくツイリがぼやいたのは、〈バルトアンデルス〉と彼の戦隊《レザーエッジ》が潜むそこがエイティシックスの強制収容所跡だったからだ。

ツイリがいた南部強制収容所と同じ、無駄に頑丈な鉄条網と粗末なバラックの施設群。人がいなくなって久しいというのに、かつて餓《う》えのあまりに雑草の一本まで食いつくされた剝《む》きだしの地面には今も花の一輪もなく、追い回され喰《く》われるのを嫌ってか鹿の一頭、兎《うさぎ》の一匹も入りこまない。あまりにも見覚えのある、そして思いだしたくもない、記憶の底の荒涼と殺伐。

収容したエイティシックスを逃さないため周囲を厳重に取り囲んでいた対人地雷だけは、去年の大攻勢で跡形もなく掘り返されて失われ、ツイリたちの行き来を遮らないのがなんだか酷《ひど》く皮肉だった。

ツイリ指揮下の第二機甲グループの担当区域、連邦から三〇〇キロの統制線カンケルと二一〇キロの統制線リブラの間の、その一角である。高速鉄道と撤退路を守る防衛線の、最も外側の警戒ライン。連邦と共和国の間に存在する全ての〈レギオン〉の数と位置を、精確に察知するのがシンの異能だが、条件次第では出し抜かれることがある。〈レギンレイヴ〉を展開しての警戒は、やはり欠かせない。

頼りきりでは三日間にわたるこの撤退作戦で、シンの負担が大きすぎるということもある。

第四機甲グループの担当区域、最も連邦に近い統制線ケイロンからピスケスの間で同じく防衛線を構築しているスイウが、繋《つな》ぎっぱなしの知覚同調《パラレイド》越しに軽口に応じる。

『幽霊でも出そうで怖い、ってこと？　まあたしかに、強制収容所《そこ》は何か出てもおかしくないよね』

フンとツイリは鼻を鳴らす。

「なぁにが幽霊よノウゼンに鼻で笑われるわよ。そっちこそ、隠れてるの旧帝国の農場跡でしょ。化け牛だの化け猪《いのしし》だの出たって知らないんだから」

『鼻で笑ってるのはツイリだし、前の〈ジャガーノート〉でも今の〈バンシィ〉でも、さすがに動物相手には負けないいんじゃないかなぁ』

農業と牧畜を主産業とし、平坦《へいたん》な国土に森と都市が点在する他は広大な畑と牧場と草地が広がる共和国の地勢は、小さいとはいえフェルドレスが潜伏するには不向きなことが多い。〈レギオン〉からも潜伏場所と認識されやすいと知りつつ、開けた地形で身を晒《さら》すよりはマシだとツイリは、収容所跡に己の乗機を伏せさせている。同様の地勢が広がる旧帝国西部国境付近に潜むスイウも同様のようだ。

ちなみに〈バンシィ〉とはスイウのパーソナルネームで、彼女の〈レギンレイヴ〉の識別名《コールサイン》だ。

「前の〈ジャガーノート〉は、戦車型《ライオン》どころか近接猟兵型《オオカミ》にも負けてたじゃない」

『僕らほんとよく生き残ったたし、共和国はなんであんなので〈レギオン〉に勝てるって思ったんだろうね……』

苦笑ぎみに交わしあい、どちらからともなく再び警戒に意識を戻した。月のない晴れた秋の良夜の、冴《さ》えわたる星辰《せいしん》の影が闇に落ちる廃墟《はいきょ》。

密閉されて気密の維持された〈レギンレイヴ〉のコクピット内では感じるべくもないが、さぞ澄みきった、心地の良い清冽《せいれつ》な夜気が満ちているのだろう、静かに眠る夜の野だ。

死骸のような廃墟《はいきょ》の陰に、首のない白骨死体にも似た〈レギンレイヴ〉をうずくまらせて夜の星闇を見据えていると、ふと忘れ得ぬ苦さが胸底から掻《か》き立《た》てられるのを感じた。

幽霊、か。

出るかもしれないな、と、ほのかに思った。

ここに閉じこめられ、出られずに死んだエイティシックスの亡霊が。ただし同胞としてではなく、生き残った自分たちを恨む悪霊《あくりょう》としてだ。

だって、助けてやらなかった。

かつての強制収容所で。脱走しようとした者は射殺され、あるいは対人地雷に足を吹き飛ばされた。兵士たちの悪ふざけや制裁で、地雷原のど真ん中に放りこまれた者も。

覚えている。吹き飛んだ兄弟の死体の狭間《はざま》で、身動きもとれずに怯《おび》えて泣きじゃくっていた幼い少女。

助けてやれなかった。共和国兵どもに目をつけられまいと目を伏せていた幼いツイリは、その子が力尽きて倒れて吹き飛ぶのを、助けてもやらないままただ震えて眺めていた。

その彼女よりもっと幼い子供たちは、兵士の小遣い稼ぎに壁の中へと売られてやがて誰もいなくなり。やがて放りこまれた戦場でも、どこぞの戦隊の女子隊員が目をつけられて、第一区の金持ちに売り飛ばされたという噂《うわさ》は常に漂っていた。悪い病気が流行《はや》って見捨てられ、全員が餓死した収容所の話。とある収容所で秘密裏に行われていたという人間狩りや人体実験の噂《うわさ》も。

人体実験についてはどうやら風説ではなかったらしく、収容所内に展開する戦隊の仲間から少し前、檻《おり》と手術台が並ぶ異様な施設の報告があった。つい一年前、大攻勢直前まで使ってたみたいだと、吐きそうな声で。

そうやって殺されていった大勢のエイティシックスが、魂となってこの収容所内に取り残されているなら。

そして今も閉じこめられたままでいるなら。――化けて出るだろう。生き残ったツイリたちを。彼らを見捨てて、生き残ったツイリたちを。そのくせ何故《なぜ》か今、共和国の白ブタどもを守るためにこの戦場に立っている、ツイリたちを恨み憎み怒り狂って。

「……出てきてくれれば、いっそのこといいのにね」

『？　何か言ったかい？　ツイリ』

「いいえ――……」

幽《かす》かな呟《つぶや》きに耳聡《みみざと》く反応したスイウに、首を振って返す。なんでもない、と続けようとしたその時。


『アンダーテイカーより、各位』


新たな知覚同調《パラレイド》がシンから繋《つな》がる。びりっ、と、即座に意識が切り替わる。警戒中の、緊張は保ちつつもその緊張と視野の広さを長時間維持するために余裕も残した意識から、ぴんと神経の張りつめる戦闘の緊迫へ。

『基準点連邦西部戦線・進発地点《ゾディアクス》より北西一五〇キロ地点にて、〈レギオン〉の戦闘起動を確認。――部隊ではなく単体だ、未確認の電磁加速砲型《モルフォ》と推定される。機動打撃群への砲撃を警戒し、各機、各戦隊を散開させろ』

重量数トンにも及ぶ八〇〇ミリ砲の砲弾は、〈レギンレイヴ〉の八八ミリ砲ではとてもではないが撃ち落とせない。

被害の軽減に専念しろとの命令に、わかっていたこととはいえツイリは舌打ちを堪える。

「っ……了解」

『周辺の敵機甲部隊との連携も予測される。動きがあったらこちらからも知らせるが、警戒の部隊は各自留意を。――なお電磁加速砲型《モルフォ》については、連邦軍特務砲兵に排除を要請している。こちらからの反撃は、考慮不要だ』

†

『――了解。第八特務砲兵連隊、これより射撃を開始する』

連邦西部戦線、センティス＝ヒストリクス防衛線から東方二〇キロ地点。

コンクリートのトンネルから、徴発された鉄道路線へ、その巨鳥はぞろりと這《は》い出《だ》す。

華奢《きやしや》な脚の代わりに、金属の軋《きし》る叫喚と超重量を無理やり駆動させる唸《うな》りで回る無数の車輪。翡翠《ひすい》の青緑《あお》の胴を代替するのは、無骨な金属も剝《む》きだしの鋼色《はがねいろ》の車台。左右に広がるのは優美な翼ではなく、工事のまにあわなかった複線に代わり射撃反動を受け止めるための二対の反動吸収用鋤状部品《スペード》で、長く美麗な尾羽にも似た、槍《やり》のごとく鋭いレールガンの砲身。

全高、一二メートル。重量は実に三〇〇〇トン。去年のちょうど秋頃に連邦を、当時生存の確認されていた人類の勢力圏全てを脅《おびや》かした電磁加速砲型《モルフォ》と同じ、レールガン搭載の列車砲だ。

一月前に戦線に投入された試作レールガン〈トラオアシュヴァーン〉の、後継となる大口径レールガンだ。〈トラオアシュヴァーン〉を含め、連邦のレールガンは電磁加速砲型《モルフォ》への対抗策として計画、開発されている。つまり重量一四〇〇トンの敵機を一撃で行動不能とする大威力と、四〇〇キロ超もの長射程が、最低限、要求される性能だ。

必然的に電磁加速砲型《モルフォ》のそれほどではないとはいえ、大型の砲弾を超高速で撃ちだす巨砲がその目指す姿となり、巨大さゆえに当然、陣地転換の困難さが運用上の課題の一つとなった。連邦の兵器としてその国土を守るを最優先とする以上、国内に張り巡らされ、そして元より大量輸送を目的とする鉄道網を利用すればいいだろうとの、解決案が採用された。

かくて皮肉にも想定敵である電磁加速砲型《モルフォ》と同じ、レールガン搭載の列車砲となるを想定して開発されたのが連邦のレールガンであり、その試作機の一つである〈トラオアシュヴァーン〉だ。最初に——予定よりもずいぶん早く、そして無茶を承知で——投入された戦場が遥《はる》か遠《とお》い聖教国だったから無理に脚などつけて歩かせる破目になっただけで、この列車砲としての姿こそが本来の形だ。

たとえそれもまた、戦線の後退に伴い突貫作業で実戦投入する破目となった、急造仕様の列車砲にすぎないとしても。

スペードを固定。砲弾を薬室に装填。機動打撃群から伝えられた敵機の座標を入力。——砲撃の準備を全て完了した指揮下の砲兵たちが、半地下の壕《ごう》に退避するのを確認して連隊長が声を張る。——列車砲ほどの巨砲を輸送し運用するには、たった一基のためだけに連隊規模の人員が必要だ。

射撃時の強烈な衝撃波に、そして気休めとはいえ敵レールガンの射撃に耐えるための、強化コンクリートの退避壕《ごう》。有線の遠隔発射装置に手を掛けたまま緊張した面持ちでこちらを見上げる射撃管制士官に、小さく一つ頷《うなず》いた。

「〈トラオアシュヴァーン〉改――〈カンプフ・プファオ〉、撃て！」

†

阻電攪乱型《アインタークスフリーゲ》と対空砲兵型《シュタッヘルシュバイン》により制空権を奪って久しい〈レギオン〉だが、貴重な戦略兵器である電磁加速砲型《モルフォ》には、巡航ミサイルや無人航空機の特攻に備える対空機銃と広域レーダーが装備されている。

《――レーダーに感》

予定された射撃目標へと照準を合わせ、三〇メートルの長大な砲身をもたげた電磁加速砲型《モルフォ》は、レーダーの発した警告にほんの一瞬だけ意識をそちらに向ける。

人類からは〈羊飼い〉と呼ばれる、戦死者の脳構造を取りこんで知性化された〈レギオン〉の一機だ。他の多くの〈羊飼い〉と同じ、共和国八六区での戦死者の記憶と人格を宿す、亡霊の軍勢の指揮官機。

生前の記憶と人格を完全に残しつつ、殺戮《さつりく》機械の本能をも受け入れてもはや見る影もなく狂い果てた、『彼』——識別名〈ニッズヘグ〉はこの時も殺戮《さつりく》機械の冷徹を以《もっ》て、自らを狙う敵機の脅威度を判定する。

射撃位置は南西二百キロ地点と推定。——弾速が速い。レールガンと推定。だが。

《回避不要と判断》

広域レーダーが捉えた弾道は、〈ニッズヘグ〉を貫く軌跡上にない。掠《かす》めもせずに外れる。

回避の必要は——射撃を中断する、必要はない。

《射撃シークエンスを続行する》

†

連邦が電磁加速砲型《モルフォ》への対策として開発中の、大口径レールガンは未《いま》だ試作段階だ。

実験施設レベルの試作品を流用し、〈トラオアシュヴァーン〉の識別名で野戦に投入したのが一月半前。戦闘で得た各種のデータ、特に改修すべき欠点はすぐさまフィードバックされて次の試作機の設計と製造が始まったが、たった一月で欠点の全てが解決できるはずもない。動作の遅い自動装填装置も未完成の火器管制系《FCS》も、やはり動作は遅いし未完成のままだ。

それでも電磁加速砲型《モルフォ》とその改良型の戦線投入が確認され、その上連邦の全戦線が後退し地上戦力による反撃が困難となった今、なんとしてでも敵レールガンをせめて行動不能に追いこめる、同射程の超長距離砲の実戦投入は不可欠だ。けれど自動装填装置の完成にも火器管制系《FCS》のそれにも、とてもではないが時間が足りない。

それなら考え方を変えればいいじゃないかと、寝不足と焦燥で煮詰まりきった先技研の会議室である日、一人が気づいた。

敵砲を行動不能にさえすればいいのだ。〈トラオアシュヴァーン〉は最低限、数百キロ先の敵機を撃ち、破壊することはできる。それなら装填装置だの火器管制系《FCS》だのを、完成させる必要はかならずしもない。

要は命中さえ、させられればそれでいいのだ。

「初弾発射成功。——続けて第二射、第三射、用意！」

〈カンプフ・プファオ〉の自動装填装置は未完成だ。手作業での装填も人力は論外、機械装置《クレーン》を用いても相応の時間と注意を費やす。

そのはずが、けれど、連隊長は連続射撃の指示を飛ばす。砲兵たちもまた疑問も呈さず、初弾の命中の有無さえ気にも留めずに、微調整した照準を入力し直し砲身角度を操作する。

そう、構う必要はない。こいつは——〈カンプフ・プファオ〉はそういう砲だ。

一撃必中など、そもそも最初から、期していない。

「了解。〈カンプフ・プファオ〉、第二射、第三射射撃用意！」

ごん、と音を立てて、対のレール群が微動する。

射撃を終え、高熱に陽炎《かげろう》を揺らめかせる一対目の砲身ではない。それに連なる何対ものレールだ。――複々線上に三〇〇〇トン余りの鋼鉄の威容をそびえさせる、改良型試作レールガン搭載列車砲〈カンプフ・プファオ〉は、実に十三対もの長大な砲を、背鰭《せびれ》のようにずらりと天に向けていた。

命中精度が悪いなら、数を以《もっ》て補えばいい。

装塡速度が遅いなら、装塡済みの複数の砲を用意すればいい。

〈闘神孔雀《カンプフ・プファオ》〉。

孔雀《くじゃく》の美麗な尾羽のように砲身を連ね、毒蛇をも啄《ついば》み喰《く》い殺す孔雀《くじゃく》の獰悪《どうあく》で敵砲を破る。その勇猛さから、遥《はる》か異国では悪竜を討つ武神に擬せられた孔雀《くじゃく》の名を冠する連邦の守護神。

「二番砲、続けて三番砲――撃てッ！」

†

迫りくる敵砲弾を悠々と無視して、電磁加速砲型《モルフォ》の砲撃準備は進む。

排熱の翅《はね》を広げる。槍《やり》にも似た一対の砲身の間に、流体金属が滲《にじ》みでて満ちる。

毒蛇が鎌首をもたげるような、射撃姿勢を取った。

《ニッズヘグより広域ネットワーク。これより射撃を開――……》

刹那。

レーダーが先の敵砲撃と同じ弾速の、けれどそれぞれわずかずつずれた軌跡で迫りくる砲弾の群を検知した。

《…………!》

予測された弾道の、その一つがたどる軌跡が警告表示される。回避を促す警報が電磁加速砲型《モルフォ》の流体マイクロマシンの神経系を駆け巡り、けれど回避の術はもはやなかった。

回避すれば別の弾道に、その身を晒《さら》すことになるからだ。

だから。

《ニッズヘグ――射撃を続行》

戦闘機械の本能は己の破壊を恐れることなく、あくまで冷徹に。――作戦目標の完遂を優先させた。

砲身に青く、稲妻が走る。最初に検知した敵砲弾がついに着弾する。

一発目は、予測どおりに明後日《あさって》の方向へと向かって無関係の丘とまばらな樹々《きぎ》を吹き飛ばした。

けれど二発目、三発目、四発目。半数必中界が広い無誘導の超長距離射撃は、けれど半数必中界が広いからこそ、照準先の座標周辺に——電磁加速砲型《モルフォ》の周辺に、まるで檻《おり》のように散らばって降り注いで。

二射目がへし折った複々線の軌条が、吹き飛ばされて対空機関砲の一つを直撃する。
三射目が砲身の鼻先を掠《かす》め、後方の大地に突き刺さって大穴を穿《うが》つ。
四射目は今度は大外しして、群れ集う子機の発電子機型《エデルファルター》のただなかへ。
《射撃を——……》
そして。

五発目の超高速弾は、英雄の投じた槍《やり》のごとくに無慈悲に、巨竜の横腹を串刺しにした。

[EIGHTY SIX]

At the Republican Calendar of 368.8.26.
One day has passed since the "First Great Offensive".
In the Eastern Front's First Ward.
Immediately after the fall of the "Spearhead's" barracks.

共和暦三六八年
八月二六日〃大攻勢〃より一日　東部戦線第一戦区
〃スピアヘッド〃隊舎陥落直後

Judgment Day.
The hatred runs
deeper.

静かになった、と気がついた。

前線基地の格納庫の中には、もう何も聞こえない。〈レギオン〉の砲声や銃声も、整備クルーたちの応戦のそれも。

リトたち……逃がしてやったまだ幼いプロセッサーたちはどうにか逃げられたな、と、失血で霞《かす》む頭で考える。

——生きのびるだろうか、あいつらは。

せめて、彼らだけでも。

半年の任期の終わりに必ず死ぬと定められた、八六区東部戦線の最終処分場たるスピアヘッド戦隊。その最後の隊員となった彼らだけでも。

自分たちろくでなしの整備クルーは、ここで終わりだから。

大勢の子供が死んでいくのを、屑鉄《くずてつ》どもと彼らの祖国に殺されていくのを、ただ突っ立って傍観していた、自分たちはもうここで殺されて死ぬ以外の末路なんて許されやしないから。

いつか、見送った死神が残してくれた言葉が、せめてもの救いだった。

――あなたを呼んでいる、〈レギオン〉はいない。

戦死してしまった妻と娘は、それでもせめて、〈レギオン〉に連れていかれはしなかったのだと。

自分が向こうに行けば、会えるのだと。

それならいい。

それで充分だ。愛する彼女たちが、死してなおもこの戦場に囚《とら》われていないのなら。自分も向こうに行けば、いまいましい屑鉄《くずてつ》どもに連れていかれる前に自分自身にけりをつければ、会えるのなら。

それで　充分だ。


充分な、はずだった。


目の前に立つ〈レギオン〉を見上げて。

辛《かろ》うじて握った手の中の拳銃を、自分の頭に向けて。

ふと。

彼は考えてしまった。

愛する妻と愛する娘はエイティシックスとして戦場に放り出されて、〈レギオン〉にはならずにすんだが、死んでしまった。

エイティシックスの少年兵らを見殺しにし続けた自分たちはようやく相応《ふさわ》しい末路を迎えたが、そもそもその罪は、自分たちだけが負うべきものだろうか。

愛する家族を戦場に棄《す》てた共和国は。

エイティシックスを戦場で廃棄し続けた共和国市民は、まだのうのうと生きているというのに。

リトたちが生きのびるならあるいは、それに寄生して生きながらえてしまうかもしれないというのに。

救えなかったのは罪だ。

見殺しにしたのは罪だ。

罪は、罰されるべきだ。

それなら共和国市民どもの罪もまた、必ず罰されねばならない。

家族の仇《かたき》を、討たねばならない。――否。

この手で　討ちたい

力を失った手から拳銃が滑り落ちた。

〈レギオン〉を見上げて、呟《つぶや》いた。

ようやく死ねるというのに、会いに行けなくなって。

せっかく答えてもらったというのに、無駄にしてしまって。

「――すまねえな」

D-DAY PLUS ELEVEN.

At the Celestial year of 2150.10.12

DIES PASSIONIS

星暦二一五〇年一〇月一二日

ディー・デイ・プラスイレヴン

Judgment Day. The hatred runs deeper.

The number is the land which isn't
admitted in the country.
And they're also boys and girls
from the land.

86 EIGHTY SIX

撃ち抜かれた黒い装甲の奥、機械の内腑《はらわた》は無惨《むざん》に引き裂かれ、けれど〈レギオン〉に痛覚はない。

だから生前の、最期《さいご》の時のようには、もう彼の体は痛まない。

《ニッズヘグより広域ネットワーク。ニッズヘグは大破。外装ユニットを放棄する》

割れた装甲の隙間から、一対の槍《やり》にも似た砲身の狭間《はざま》から、銀色の流体マイクロマシンが滲《にじ》みでて無数の銀の蝶《ちょう》へと形を変えていく。中央処理系を織りなす流体マイクロマシンを、蝶《ちょう》の群へと解きほぐして安全圏へと逃走を図る、高機動型《フォニクス》での検証を経て追加された〈羊飼い〉の不死化機能。

とろとろと端からとけて曖昧化し、散逸していく思考と模倣された脳神経系に、けれど〈ニッズヘグ〉を名乗る亡霊はなんらの恐怖も感じない。機械である〈レギオン〉に取りこまれ、人としては狂い果てた彼には、脳を切り刻まれ分割されるに等しいこの機能も、最早《もはや》恐れるには値しない。

何よりあの時——あの最期《さいご》の時。押し寄せる無数の〈レギオン〉どもを前に、崩れゆくグラン・ミュールと防衛線を背後に、迎えた最期《さいご》に比べれば。生きながらに解体され、まだ思考している脳が電磁波に沸騰するあの苦痛に比べれば、たかだか中央処理系の分割と統合程度、何ほどのこともないのだ。

そうまでして望んだ願いが、叶《かな》う悦《よろこ》びに比べれば。

全霊で願った。忌々《いまいま》しいグラン・ミュールと共和国と、ずっと彼を閉じこめていた八六区の地獄が崩れゆく、あの北部戦線の戦場で。

鉄の怪物へと姿を変えた、押し寄せる懐《なつ》かしい戦友たちの亡霊を前に。

終わりが来たんだ。だから——もういいよな。

ここまで耐えたんだからこの後は、俺たちの番にしてもいいはずだよな。

ざあ、と銀の蝶《ちょう》の群が、星降る秋の闇空に舞い上がる。

《なお射撃スケジュールは完了済。——作戦名《オペレーション》〈聖女の受難《パシオニス》〉、第二フェーズに移行》

闇色の巨竜の姿で。無数の銀の蝶《ちょう》の姿で。彼方《かなた》の死神にのみ聞こえる最期《さいご》の言葉を、絶えることなく繰り返しながら。

この後は、俺たちの番だ。

†

ちっ、とシンは舌打ちを漏らす。

〈カンプフ・プファオ〉はどうやらその役目を果たした。電磁加速砲型《モルフォ》の嘆きがふっつりと途絶えるのを、彼の異能は常のとおりに聞き取った。

ただし。

「敵機沈黙。——ただし各機、警戒を維持！　敵砲は第一射を完了している！」

発した警告に、知覚同調《パラレイド》の向こうに一気に緊迫が満ちる。

たしかに電磁加速砲型《モルフォ》は撃破している。けれどシンの異能はその直前に電磁加速砲型《モルフォ》の嘆きが轟《ごう》と高まるのを——砲撃を示す特有の鯨波を上げるのを、たしかに聞き取っていた。機械仕《じ》掛《か》けの亡霊の無機質な殺意は、電磁加速砲型《モルフォ》に宿る見知らぬ誰かの亡霊に、銃爪《ひきがね》をひく意思を誤らせはしなかった。

知覚同調《パラレイド》の向こう、レーナが質《ただ》す。

『電磁加速砲型《モルフォ》に復活の兆《きざ》しは……』

「ない。撃破したと見てよさそうだ」

電磁砲艦型《ノクティルカ》や攻性工廠型《ハルシオン》で確認された、中央処理系を蝶《ちょう》に変えての逃走と復活。当然あるものと警戒していたが、その兆候はない。正確には、この電磁加速砲型《モルフォ》も蝶《ちょう》に変じて逃走はしたものの、再集結する様子はないまま今も遠ざかっているので、戦線離脱と判断していいだろう。

『了解。先の警告と合わせ、特務砲兵連隊に報告します』

レーナの気配が一度、知覚同調《パラレイド》から消える。——彼女の言うとおり、電磁加速砲型《モルフォ》が最後に狙った先は、特務砲兵連隊と〈カンプフ・プファオ〉である可能性もある。

というより、その可能性が高いだろう。重砲とは要塞や基地、陣地などの固定目標か、戦場そのものを撃つための砲、その中でも大口径の砲弾を超高速で撃ち出す電磁加速砲型《モルフォ》は、堅固な要塞や陣地を狙ってこそ本領を発揮する戦略兵器だ。

元々の狙いは、おそらくは連邦か連合王国の予備陣地帯。その予定を変更するとしても、〈カンプフ・プファオ〉への反撃だろう。

機動打撃群とその作戦域を、狙ったものではまずありえない。

フェルドレス如《ごと》きを狙い撃つための砲ではない。戦場全体を狙うにしても、数百キロの戦場に機甲部隊が薄く広く展開したこの状況では、たとえ散弾を用いても電磁加速砲型《モルフォ》では大した被害は望めない。

だから。

榴弾《りゅうだん》砲に加えて対砲・対迫レーダーも保有する、機動打撃群砲兵大隊からその報告が上がった瞬間、一抹の疑念が脳裏を掠《かす》めた。

『レーダーに感あり！　超高速弾、レールガンです！』

『機動打撃群を狙った……!?　この状況で？　わざわざ！』

誰かが零《こぼ》した呻《うめ》きが、そのままシンの抱いた疑念だ。その間にも秒速八〇〇〇メートルの魔弾は、みるみる夜空を迫りくる。予測される着弾位置に近い、数個の戦隊と〈ヴァナルガンド〉中隊に砲兵大隊から警告が飛ぶ。進発したばかりの避難列車が着弾の衝撃に備えて減速し、背後で停止。〈レギンレイヴ〉が散開し、遮蔽に伏せる。装甲の薄い彼らを庇《かば》い、〈ヴァナルガンド〉が弾着予測位置との間に立ち塞がって。

『着弾、来ますッ――！』


刹那。

到達した八〇〇ミリ砲弾は、〈レギンレイヴ〉の、〈ヴァナルガンド〉の、彼らの守る高速鉄道の直上で、猛烈な爆炎と衝撃波を放って自爆した。

†

かつて、あるエイティシックスはこう言った。

ここで〈レギオン〉と戦って死ぬか、諦めて死ぬかしか道がねえなら、最後まで戦いきって生きぬいてやる。諦めも踏み外しもしてやるものか。

それが俺たちの戦う理由で、誇りだ。

復讐《ふくしゅう》などのために、己の誇りは穢《けが》さない。と。

共和国に復讐《ふくしゅう》しないのは、それがエイティシックス彼《ら》の誇りだからだ。

そして同時に、復讐《ふくしゅう》に意味などなかったからだ。命を賭《と》して復讐《ふくしゅう》してやったところで、白ブタどもが己の罪深さを思い知ることなどない。自身の無能と無策、無恥を棚に上げて、悲劇の主人公を気取って死んでいくだけだ。彼らが望んだ復讐《ふくしゅう》など、本当の意味では決して叶《かな》いはしないのだ。

加えて、――そもそも復讐《ふくしゅう》など不可能だった。退路を地雷原と迎撃砲、グラン・ミュールに鎖《とざ》され、補給さえも共和国に握られ、何より〈レギオン〉の大群が日夜、攻め寄せる八六区で、棺桶《かんおけ》も同然の〈ジャガーノート〉しか持たぬ彼らが、共和国八五区に攻めこむ術などありはしなかった。

そう、だからエイティシックスたちは、復讐《ふくしゅう》など選ばなかった。

そんな虚《むな》しい望みよりはせめて、辛《かろ》うじてでも守れるだろう誇りを選んだ。

けれど。

さて、一つ、問いがある。

命を賭《と》しても、誇りを守る。

そうであるなら、命よりも誇りを選ぶことができてしまうなら。同様に命を賭《と》しても復讐《ふくしゅう》をと、望むのもおかしくないはずだ。己が命よりも重んずるなら、誇りと復讐《ふくしゅう》の重さは同じ。天秤《てんびん》は全く釣り合っている。

それなら誇りではなく復讐《ふくしゅう》をこそ、選ぶエイティシックスもいたはずではないか？繰り返しになるが、不可能だ。共和国市民に復讐《ふくしゅう》するための、その力がエイティシックスにはない。

けれど、エイティシックス以外なら。

エイティシックスの前に立ち塞がり、今にも彼らと共和国とを踏み潰しそうで、加えて死者をも戦列に加えながら膨れ上がる、機械仕掛《じか》けの亡霊どもなら。

さて、もう一つ、問いがある。

命を賭《と》しても、復讐《ふくしゅう》を望む。

それなら己の死さえ、もはや恐れるべきものではない。

そうであるなら〈レギオン〉に。戦死者の記憶と意思とを写し取り、流体マイクロマシンの中枢処理系で再現する〈羊飼い〉に、自分もなりたいと望む者が。


人の形も、生命さえも失ってでも、復讐の力を持つ強大極まる鋼鉄の亡霊の軍勢に、加わろうとしたエイティシックスが、果たして一人たりともいなかっただろうか？

†

自爆した八〇〇ミリ砲弾は、何故《なぜ》か散弾ですらない、最低限の外殻に高性能爆薬をみっしりつめた特殊仕様だったらしい。

広範囲に散らばる機甲兵器を目標とするならまだしも効率的な、装甲の薄い〈レギンレイヴ〉にはそれだけでも致命打となる、重い砲弾片を撒《ま》き散《ち》らす散弾ではなかった。

対人、対装甲用の榴弾《りゅうだん》でも同様だが、殺傷力を高めるには爆薬の衝撃波にのみ頼るよりも、そこに金属片を加えて高速の弾体群とした方が効果的だ。その弾体をあえて混ぜこまない、純粋な爆風と衝撃波だけを叩《たた》きつける特殊仕様。

高性能爆薬数トン分の炸裂《さくれつ》の衝撃波は強烈だったが、軽量とはいえ〈レギンレイヴ〉は機甲兵器だ。一トンそこそこの非装甲の民間車輌《しゃりょう》ならいざ知らず、一〇トン強の装甲兵器はこの程度で無様に吹き飛ばされはしない。ましてや戦慣れた、エイティシックスたちが駆る機体。転倒しないために咄嗟《とっさ》に〈アンダーテイカー〉は、〈レギンレイヴ〉たちは低く身を伏せ、頭上から真下へと吹きつけるかたちになった爆風がその白い機体に圧《の》し掛かる。叩《たた》き伏《ふ》せるような重圧を強靭《きょうじん》なショックアブソーバー、アクチュエーターは耐え凌《しの》ぎ、首のない戦姫たちは一秒にも満たないわずかな時間、身動きを封じられただけで悪竜の火風の吐息を脱する。

そのわずかな硬直をこそ、電磁加速砲型《モルフォ》の一輌《いちりょう》を持ちだす不合理を犯してまで〈レギオン〉たちが欲《ほっ》したのだとは、その不合理ゆえにさしものエイティシックスたちも気づかなかった。

遠く、亡霊たちの鬨《とき》が上がる。

〈レギオン〉に宿る亡霊が、攻撃の瞬間に上げる声。遠く、けれど電磁加速砲型《モルフォ》ほどの慮外の超長距離ではない――〈レギオン〉榴弾《りゅうだん》砲兵種、長距離砲兵型《スコルピオン》に特有の間合い。

察知し、先んじて砲撃するには、砲兵仕様の〈レギンレイヴ〉も全機が脚を止められていた。察知し、その場から逃げだそうにも、そこにいる全てが衝撃波に脚を止められていた。

星影を遮り、砲弾が降る。

立ち直り、身構えた〈レギンレイヴ〉の頭上を遥《はる》かに超えて、その後背へと焔《ほのお》の尾を長く曳《ひ》き。

「…………！」

狙いに気づき、振り返ったその視線の先で——爆風に備え緊急停車していた避難民の列車群を、焔《ほのお》の尾曳《ひ》く焼夷砲弾の群が直撃した。


「なっ……!?」

驚愕《きょうがく》に、息を呑《の》んだのは一瞬。

そのままシンは息を詰めた。

眼前に顕現したのは、彼でさえもが凍りつくほどの地獄だった。

着弾の直前、外殻が割れて無数に分裂した焼夷砲弾の子弾は、装甲など施しているはずもない避難列車の薄っぺらなアルミ合金の車体を苦もなく貫通。ずたずたに引き裂けた列車内部に、内包する業火《ごうか》を余すことなくぶちまけた。

焼夷弾《しょういだん》とは、砲弾内に充塡した燃焼剤の焔《ほのお》で障害物を焼き払うための弾種だ。燃焼温度は実に、一三〇〇度。燃えにくいとされる生木でさえも、これほどの高温にさらされてはひとたまりもない。

まして容易《たやす》く火のつく衣服と毛髪に身を包み、多量の水分も含むが同時に脂も内包する人体が、焼夷弾充填燃焼剤《ナパーム》の超高温の焔《ほのお》を浴びて無事ですむ道理などない。

アルミ合金の列車と、内部の数百人もの乗客が、一度に燃え上がった。

「――――――――――――――――――――――――――――――――――――‼」

万々の星降る闇の下、朱《あか》く赫《あか》く焔《ほのお》は燃える。闇を照らす帝王の豪奢《ごうしゃ》な篝火《かがりび》のように、いっそ煌々《こうこう》と〈レギンレイヴ〉の前に燃え上がる。

犠牲者自身の悲鳴はむしろ、聞こえなかった。――子弾が突き刺さり、服と体に火がついて、その苦痛と恐怖に絶叫しようと息を吸いこんだ喉が高熱の空気と焔《ほのお》をも雪崩《なだ》れこませて、瞬時に焼けただれた喉と肺は、最早《もはや》まともな悲鳴一つも犠牲者たちに上げさせなかった。

代わりのように車体の裂けた傷口から、窓硝子《ガラス》がうち砕かれてその中から、無数の手が爆発のように生え伸びる。助けを求め、逃げ場を求めて開かれ蠢《うごめ》く。それ自体透明な焔《ほのお》の舌を絡《から》みつかせて、言葉よりも雄弁にその痛苦に悶《もだ》える動きで。

広くはない客車に限界まで詰めこまれて、焔《ほのお》と狂乱から逃げる余地など避難民には残されていない。焔《ほのお》と共に瞬時に撒《ま》き散《ち》らされた恐慌《きょうこう》に、扉のロックを手動で解除するだけの理性は麻痺《まひ》している。加えて燃料に増粘剤を混ぜて作られる燃焼剤《ナパーム》は粘度が高く、その焔《ほのお》は対象にまとわりつくかたちで燃える。人の形の松明《たいまつ》と化した犠牲者は、けれど身を焼く焔《ほのお》から逃れるどころかのたうち回ることさえできずに、ほとんど立ち尽くしたまま燃え盛る。

その異様。

「なっ……なんだ⁉」「うわぁあああああ！」「火が！　燃えてる！」「攻撃されてる！　後ろの車両が――……！」

闇を照らす焔《ほのお》の色と、延焼し始めた焔《ほのお》そのものに、事態に気づいた前後の車両の乗客が悲鳴を上げた。瞬《また》く間《ま》に恐慌《きょうこう》と憶測が塗り広げられて、立錐《りっすい》の余地もない車内でそれでもどうにか焔《ほのお》から遠ざかろうともがく群衆が、さらに混乱を隣の車両へと伝染させていく。

犠牲者を、生きながらに焼かれていく同胞を救助しようという様子はない。

そもそもこれほど巨大に成長してしまった焔《ほのお》を素人《しろうと》が、充分な水もないまま消火できるはずもなく、また燃焼剤《ナパーム》の焔《ほのお》は、水では消せない。

手遅れだ。もう手の施しようがない。

それがわかってしまうから、エイティシックスたちは、連邦軍人は咄嗟《とっさ》に立ちすくむ。

その一瞬の自失の合間に。――邪魔な連邦の機甲兵器を八〇〇ミリ砲弾の自爆の衝撃波で足止めし、また電磁加速砲型《モルフォ》の砲撃を警戒させて散開と退避を強制することで稼いだ、接近のための時間を正しく消費して。

電磁加速砲型《モルフォ》の砲撃と連携し、急接近していた〈レギオン〉機甲部隊の輝点《ブリップ》が、レーダースクリーンに表示される。接近警報がけたたましくコクピットに鳴り響く。

「ちっ……！」

より致命的と思われた、電磁加速砲型《モルフォ》への対処を優先したことで接近こそ許したが、敵部隊の存在と接近はシンの異能により指揮下の全戦隊長が察知し、それ以外の戦隊、〈ヴァナルガンド〉たちにも共有されている。業火《ごうか》の中で人間が燃える、地獄の光景からは即座に意識を切り離して、迎撃のため〈レギンレイヴ〉が、〈ヴァナルガンド〉が回頭。

「各個の判断で迎撃を。――レールと列車を破壊させるな。倒せる敵機から倒せ！」

燃え上がる避難列車が、焔《ほのお》もそのまま動きだすのが見えた。留まっていては戦闘の邪魔になると判断したか。――否。それもあるだろうが、それだけではない。

このまま停車していても、この場ではもう救助も治療もできない。燃焼剤《ナパーム》の焔《ほのお》を消す術などこの場の誰にもないし、非戦闘要員の、それも貴重な技能職である軍医は真っ先に帰還させてしまって残っていない。

けれど連邦なら。四百キロの道程を、最大速度で走破して連邦勢力圏にたどりつけば、あるいは瀕死《ひんし》の火傷《やけど》でも救えるかもしれない。

獣の這《は》うように車輪を回し、やがて速度を上げて疾走を始めた避難列車が、みるみる夜闇の中を遠ざかる。焔《ほのお》の地獄とそこで焼け死ぬ人間を背後に負い、全員は助けられぬと理解しながらなおも最善を尽くす冷徹さで。

視界の端にそれを見送り。

耳の奥に突き刺さるように轟《とどろ》く断末魔の絶叫に、シンは目を眇《すが》めた。

断末魔。

人格を持たない〈牧羊犬《シープドッグ》〉ではない。〈羊飼い〉だ。それも数が多い。レーダーの表示上でも重戦車型《ディノザウリア》ばかりが数十輛《りょう》、その他は軽量級ばかりを従えて、彼らに出せる最高速度で急速に近づく。

前方、警戒網の最前列を担《にな》う戦隊から報告が入る。

『射程に入った。交戦《エンゲージ》を開始――……』

転瞬、〈レギオン〉が躍り出た。

レーダーの表示どおり、重戦車型《ディノザウリア》を先頭に斥候型《アーマイゼ》ばかりを従えた奇妙な編成。重戦車型《ディノザウリア》の車体上にびっしりと、車体と砲塔のシルエットが変わって見えるほどに群がっていた戦車跨乗《タンクデザント》の自走地雷がばらばらと降りるが、それでも妙にバランスの悪い編成だ。軽量級の〈レギオン〉などほとんど寄せつけぬ堅固な装甲に大火力を有する〈ヴァナルガンド〉と、重戦車型《ディノザウリア》では及びもつかぬ高機動性を誇る〈レギンレイヴ〉に対峙《たいじ》するならなおさらに。

その声。

『みなごろしにしてやる』


水晶の玉が転がるような、澄んだ、少女の声だった。

少女の声が歌うように、凍《い》てついた、それでいて火を噴くような激烈な恨みと殺意を無造作に撒《ま》き散《ち》らした。

生前最期《さいご》の、彼女の意思と言葉として。

少年兵。

おそらくは――エイティシックスの。

続けてその場に群れなす重戦車型《ディノザウリア》の――〈羊飼い〉の全機が咆哮《ほうこう》する。轟《ごう》、と嵐の暴風のように低い唸《うな》りと高い叫喚が、夜気を圧《あつ》し劈《つんざ》いて轟《とどろ》いた。

『皆殺しにしてやる』

『あいつら全員殺してやる』

『仇《かたき》をとるんだ』

『白ブタを』

『共和国に復讐《ふくしゅう》を』

『思い知れ』『踏みにじってやる』
『引き裂いてやる』『泣き喚《わめ》いて死ね』『いい気味だ』
『ずたずたにしてやる』『街も国も旗も体も家族も仲間も心も誇りも』
『命乞いしてみろ』『焼け死ね』『撃ち殺す』『潰れろ』『絶対に赦《ゆる》さない』『赦《ゆる》すものか』
『同じ目に』『それ以上の罰を』『苦痛を』『気がすむまで』『壊してやる』『共和国め』『共和国に』『白ブタに』『よくも』『滅べ』『ずたずたに』『踏みにじって』『恨みを』『仇《かたき》を』『死ね』
『焼ケシね』『ゆルサない』『復讐《ふくしゅう》』『引き裂いて』『白ブタを』『みんな死ねばいい』『あいつら全員』『ヨくモ仲間を』『家族を』『返シて』『あイつラノセいで』『あいツらこソ死ね』『思イ知れ』『白ブタを殺セ』『恨ミを』『滅びて』『共和国』『白ぶタ』『ヨくも』『殺せ』『皆殺シに』
『アいツラを』『仇《かたき》を』『何もカも』『恨ミヲ』『みンナ死ね』『死ネ』『滅ぼせ』『殺せ』『なにもかも』『すべてを』『殺せ』『殺せ』『ころせ』『コろセ』『コろせ』『殺セ』『コロセ』『ころせ』
『殺せ』『殺セ』『殺せ』『ころせ』『ころせ』『ころせ』『鏖せ』『鏖せ』『鏖せ』『鏖せ』『鏖せ』
『鏖せ』『鏖せ』『鏖せ』『鏖せ』『鏖せ』『鏖せ』『鏖せ』『鏖せ』『鏖せ』『鏖せ』『鏖せ』『鏖せ』
『鏖せ』『鏖せ』『鏖せ』『鏖せ』『鏖せ』『鏖せ』『鏖せ』『鏖せ』『鏖せ』『鏖せ』『鏖せ』『鏖せ』
『鏖せ』『鏖せ』『鏖せ』『鏖せ』『鏖せ』『鏖せ』『鏖せ』『鏖せ』『鏖せ』『鏖せ』『鏖せ』『鏖せ』

何もかも全て。

『——鏖《みなごろ》せ!!』

嵐のように、焔《ほのお》のように。叫喚を、咆哮《ほうこう》を、悲嘆を、哀切を、憤激を、瞋恚《しんい》を、憎悪《ぞうお》を、殺意を、呪いを、機械仕掛《じか》けの亡霊たちは嗷々《ごうごう》と、朗々と吠《ほ》え猛《たけ》る。首を引き千切られ奪われながら、その最期《さいご》の瞬間にまで彼らの脳裏に燃え盛っていたのだろう、白系種《アルバ》と共和国と八六区と戦場と、かつて彼らを虐《しいた》げた全てに対する激烈な憎悪《ぞうお》を。

死んだ瞬間の脳構造を写し取られたがために、それから何年経《た》とうと癒えることのない、鮮烈な憎悪《ぞうお》を。

全機が、エイティシックス。——死してなお憤《いきどお》り憎む、その亡霊だ。

「っ……!」

咄嗟《とっさ》にシンは耳を塞いだ。無意味と知りつつ、そうでもしなければこの強烈な絶叫と感情の渦に、引きずられて呑《の》みこまれてしまいそうだった。

恨みで、戦闘を放棄しないと決めた。憎悪《ぞうお》で矜持《きょうじ》を穢《けが》さないと決めた。

それでも、共和国人の仕打ちにこれまで一度も憤《いきどお》らずに、恨み憎まずにいられたわけではなくて。

だから一抹の共感を、〈羊飼い〉たちの憎悪《ぞうお》に抱いてしまうのは止められなくて、聞き続け曝《さら》され続けていてはいつか引きずられてしまいそうだった。

『あ……』

実際思わずといった様子で、〈レギンレイヴ〉の一機が後ずさる。叩《たた》きつけられた声の群を、そこに宿る激情を、受け流せも跳ね返せもせずに後ずさる。

「……各位。きついと思ったら無線に切りかえろ。どうせこれじゃ素敵の役には立たない」

言いながらシンは片目を眇《すが》める。共感できてしまうから――理解できてしまうから、それについてもどこかで察せられてしまった。

電磁加速砲型《モルフォ》の、〈羊飼い〉たちの、一見不合理な一連の行動の理由。

正面、足音もなく歩みでた一輛《いちりょう》の重戦車型《ディノザウリア》が、聞き覚えのある低い男声で、静かに嘆いた。

『おまえたちの　かたきを』

ひゅっとシンは息を呑《の》む。

この声。

あの頃と同じパーソナルマークを、今もシンは掲げている。だからあえて彼の前に現れた、というわけではないのだろうけれど。

この声。

この声。

――シン！　シンエイ・ノウゼン！　またやりやがったなてめぇこの野郎！

――謝れっつってんじゃねぇよ改善しろっつってんだよ。いつか死ぬぞあんな無茶な戦い方しやがって！

ほとんど出撃のたびに怒鳴られていた。ただでさえ足回りの弱い共和国の〈ジャガーノート〉を、限界以上に振り回すシンは毎回機体を損傷していて、それを心配した整備班長に、戦闘から帰ってくるといつも。

覚えている。第一戦区の、スピアヘッド戦隊の隊舎付の。戦車砲みたいな胴間声の、口うるさい、銀の双眸《そうぼう》をサングラスに隠した老整備班長。

「アルドレヒト、中尉……」

シンが零《こぼ》したその名と、何より知覚同調《パラレイド》を通じて聞こえる声に、ライデンとアンジュ、クレナにリトとそしてレーナは愕然《がくぜん》となる。

『アルドレヒトのジジイが……⁉』

『そんな、どうして……！』

錯綜《さくそう》する声の中、呆然《ぼうぜん》とリトは呻《うめ》いた。

「逃げろって、言ってくれたのに」

アルドレヒトと最後に、話をしたのはリトだ。

始まった〈レギオン〉の大攻勢を前に。逃げろと、どこでもいいから逃げて生き残れと、そう言ってリトと仲間たちを送りだしてくれた。

基地に残って戦うために小火器を担《かつ》いだ彼と整備クルーの背が、最後に見たその姿だった。

〈レギオン〉の大群を前に逃げることもせずに、まるで罰を受けるように死に赴くその背中。

「もうどこにも行けないって。行けないからって。それなのに」

スピアヘッド戦隊に送りこまれた少年兵を、見捨て続けてきた自分たちはもうどこへも行けないからと。まるで縛られるように。

墓標もなく逝《い》ったスピアヘッド戦隊の大勢の死者たちの、まるで墓守として在《あ》り続けようとするかのように。

そう、最期《さいご》まで在《あ》ろうとしたのに。そのはずなのに。

「なんで。〈レギオン〉の方に行っちゃうなんて……」

墓標もなく逝《い》った大勢の死者たちの巨大な墓である八六区の戦場を、最後の最後で捨て去って。

〈アルドレヒト〉はその身をどこか見せつけるかのように、人をくべた篝火《かがりび》と戦野の夜闇の境に傲然と立つ。

繰り返される嘆きだけが異能を持つシンの耳に、途切れることなく轟《とどろ》き響く。

『おまえたちのかたきを』『仇《かたき》を』『かたきを』『かたキを』『仇《かたき》を』『カタきを』『カタキヲ』『カタキヲカた『かたきヲ』キを』『かたキ『カたき』を』『カタキ『仇《かたき》』『かたキ』『お前たチノ』かたきを』『かたキヲ『カたき』カタきかたキカタキかタきカたきかタきかタきかたき』

きつく、シンは奥歯を噛み締めた。

「――あなたを探している〈レギオン〉はいないと、あの時おれは言ったじゃないですか」

もうずいぶん遠い気がする、二年前のスピアヘッド戦隊の基地の、格納庫で。

残った〈ジャガーノート〉は、その時はまだハルトが戦死していなくて六機だった。がらんと空白だらけのその空間で、ひそかに聞かれた。妻と娘は〈レギオン〉になって、自分を恨んで探しているのではないかと。

もしかして彼女たちは死んでまで戦場に、囚《とら》われているのではないかと。

いないのは異能でわかったから、そのまま伝えた。

もしアルドレヒトを呼ぶ亡霊がいたなら、それを隠すはずがなかった。戦場に囚《とら》われてシンを呼び続ける兄を討つため、五年にも亘《わた》って戦場を探し歩いたのはシン自身だ。アルドレヒトが呼ばれていたなら、最後に彼を呼んで死んだ亡霊がいるなら、どうしてアルドレヒトにそれを隠せるだろう。

けれど、アルドレヒトの家族はもう八六区の戦場にはいないから。

「それなら自分が向こうに行けば会えるんだなと――そうあなたは言っていたじゃないですか」

それなのに。

〈アルドレヒト〉が繰り返す。生前の彼が最後に望んだ、死の瞬間の願いを。

『仇《かたき》を』

『お前たちの仇《かたき》を』

妻と娘の仇《かたき》を。

共和国に。祖国に、同胞に奪われた――戦場に放りこまれて無惨《むざん》にも殺されてしまった、愛《いと》しい大切な、お前たちの仇《かたき》を。

アルドレヒトが死んだなら、行くべきところできっと会える。

その望みを、最後の最後で放り棄《す》ててまで。

「奥方もご息女も、きっと待っていたでしょうに。どうして――会いに行ってやらなかったんですか……！」

その彼女たちの仇《かたき》を、討つためとはいえ。

きり、と奥歯を噛《か》み締《し》めたのは一瞬。

ほとんど叩《たた》きつけるように、シンは無線と外部スピーカーのスイッチを入れた。連邦軍の使う全周波数、暗号化もしていない緊急用の回線もすべて含めて。

〈羊飼い〉が——重戦車型《ディノザウリア》が飛びかかる寸前の獣のように身をたわめる。見上げるような全高四メートルの巨軀《きょく》の砲塔上で、二《に》挺《ちょう》の旋回機銃がゆらりとめぐる。

そう、旋回機銃。

有効射程の範囲内だ。ここまで接近された時点で、もう全員は間に合わないだろうけれど——……

「避難民を退避させせろ！　——こいつらの目的は共和国人の虐殺だ！」

『っ…………！』

弾《はじ》けるように跳びだした重戦車型《ディノザウリア》を、〈レギンレイヴ〉も、〈ヴァナルガンド〉も彼らにできうる限りの正しさで迎撃した。強力無比な一五五ミリ砲の射線上には身を晒《さら》さず、反対に装甲の薄い側面や上面を照準に捉えるべく機動し、あるいは足止めを図り。機動の邪魔となる自走地雷どもは機銃掃射で引き裂き、あるいは散弾で吹き散らして。

けれど、いかに堅牢《けんろう》な装甲防御を誇る〈ヴァナルガンド〉といえど、重戦車型《ディノザウリア》の主砲に狙われる危険を冒してまで敵機銃の弾幕から人波を守る楯《たて》とはなれず。また一二・七ミリ弾に耐える程度の装甲しかない〈レギンレイヴ〉は、連邦の戦線では一四ミリ機銃に換装していることも多い重戦車型《ディノザウリア》の機銃掃射に、身を晒《さら》して楯《たて》となる賭けはできなかった。

何より、一介の行政職員に、また訓練など受けていない共和国市民に、連邦軍人やエイティシックスのような即応など望むべくもなかった。

戦車砲に比べれば軽い、けれど拳銃ごときのそれとは比べものにならないほど重々しい、噛《か》みつくようなスタッカートが轟《とどろ》き渡《わた》る。

一二・七ミリ。あるいは一四ミリ、重機関銃。

対装甲用としては、非力な部類に入る火器だ。戦車の装甲には前後左右、どの方向からも無力なのは無論のこと、場合によってはより装甲の薄い装甲車輛《しゃりょう》、装甲歩兵にさえも弾《はじ》かれる。

けれど非装甲《ソフトスキン》が相手ならば、車両のエンジンをもずたずたに引き裂き、コンクリートの掩体《えんたい》をぼろくずに変え、高度次第では航空機をも叩《たた》き落《お》とす、極めて強力な銃弾でもある。

まして薄っぺらな皮膚以外に身に鎧《よろ》うものもなく、脳と循環器系を守るためにも脆弱《ぜいじゃく》な骨しか備えない、儚《はかな》い弱い生身の人間など。

重機関銃弾の有効射程はおよそ二〇〇〇メートル。開かれた戦端からはちょうど二キロほど先、人の目にはいかにも遠いその距離と、半ば崩れた残骸とはいえ二基の要塞壁に一見守られたような、グラン・ミュールの向こうのターミナル前広場周辺で。

避難のために集められた群衆の、その最も外側。広場からグラン・ミュールへと延びるメインストリート上にいた集団があっけなく弾《はじ》け飛んだ。

『…………!』

弾頭が重く、また弾速の速い機関銃弾やライフル弾は、人体に直撃した場合、弾頭の直径程度の穴が空くなどという生易しい被害ではすまない。

着弾し、体内に解放された銃弾の運動エネルギーは、弾道周辺の軟組織をも広範囲に挫滅させる。筋肉も血管も神経も内臓さえも、一瞬で潰れてずたずたに寸断される。そもそも人間を撃つ目的では作られていない、対人用途にはあまりにも威力過剰な重機関銃弾の場合、破壊される人体の範囲も極めて大きなものとなる。

着弾した、首から上が消し飛ぶ。手足が血煙に変わる。腹から弾《はじ》けて上下真っ二つに千切れた体が、ばらばらに落ちて折り重なる。

まず即死だ。悲鳴もあがらなかった。細かな肉片と骨片が降る音さえ、戦場の喧騒《けんそう》に掻《か》き消《け》される。

頭から同胞の血飛沫《ちしぶき》を浴びて立ちすくむ共和国人に、なおも〈羊飼い〉の機銃が旋回する。

――強力な重機関銃弾にもかかわらず、銃弾が貫通して後ろの者を傷つけていない。対人殺傷力を高めるための横転仕様弾《タンブリング》だ。人体のような柔らかい物体の内部に侵入すると弾頭が直進せず横転、貫通せず体内に留まることで運動エネルギーを余さず破壊に費やすための銃弾。

堅固な装甲目標を主要敵とする重戦車型《ディノザウリア》が、機銃に装填するような弾種ではない。

そもそも同じ装甲兵器を狩り屠《ほふ》る巨竜たる重戦車型《ディノザウリア》が、脆弱《ぜいじゃく》な人間風情《ふぜい》を狙うことさえ。

その――悪意。

『鏖《みなごろ》せ』

『鏖せ――鏖せ！　鏖せ鏖せ鏖せ鏖せ鏖せ鏖せ鏖せ鏖せ鏖せ鏖せ!!』

機銃が旋回する。獰猛《どうもう》な叫喚で火線が連続する。林立する樹々《きぎ》が津波に押し流されて次々倒されていくように、市民たちがようやく逃げだした。

後ずさり、踵《きびす》を返《かえ》して、ごった返す人波の中をもがくように、溺れるように後退していく。

遅れて避難を呼びかけはじめた、行政職員の声が遠い。

追って重戦車型《ディノザウリア》が驀進《ばくしん》を開始した。眼前の〈ヴァナルガンド〉も〈レギンレイヴ〉も意に介さぬ悠然と傲慢で。同時にどこか、――同じエイティシックスでありながら共和国市民などを守って立ち塞がる〈レギンレイヴ〉たちの罪を鳴らし、咎《とが》めるような激情を以て。

『この……！』

『くそっ！　――迎え撃つぞ！』

同時にシンの眼前、〈アルドレヒト〉も動き出す。ぐ、と八脚を、たわむように溜《た》める。静止状態から一瞬で最高速度へと達する、理不尽そのものの加速で戦闘重量一〇〇トンの鋼鉄の怪物が飛び出す。

『仇《かたき》ヲ‼』

その吶喊《とっかん》を、けれど、横合いから飛びだしたリトの〈ミラン〉が取りつくかたちで迎撃した。

「リト！」

『アルドレヒト中尉と最後に話して、見送ったのは隊長じゃなくて俺ですっ！　だからこの中尉を倒すのも、隊長じゃなくて俺の役目です！』

狩りの最中の跳び蜘蛛《ぐも》さながら、四脚を広げて砲塔上面にしがみつき、払いのけようと重戦車型《ディノザウリア》がその身を振り回す加速度に耐えながらリトが叫ぶ。〈ミラン〉の紅《あか》い光学センサだけが、〈アンダーテイカー〉を振り返った。

『だから隊長は、行ってください！　いまから全部とめるのは、もう無理でしょうけど！　同じエイティシックスの、あいつらのこと――止めてやってください！』

その、懸命な叫び。

シンは唇をひき結ぶ。

一つ息を吐いて、言った。

「任せる」

『はいっ！』

とはいえ、残念ながらリトが言ったとおりだ。

重戦車型《ディノザウリア》とは人類側の堅固な防衛線を突破するため、〈レギオン〉が集中投入する攻勢の最先鋒《せんぽう》だ。地雷も対戦車障害も塹壕《ざんごう》も歩兵もフェルドレスさえも、一切を区別することなく蹂躙《じゅうりん》するための兵種だ。

その突撃を、防御施設も後方からの砲支援もないまま、フェルドレスだけで押し留《とど》められるものではない。

加えて火力と装甲防御よりも高機動性を重視した〈レギンレイヴ〉は、足を止めての砲戦には不向きだ。元より想定していた〈レギオン〉部隊の攻撃の兆候を察知し、先手を打って前進・強襲する攻性の防衛戦闘ならともかく、わずか数キロ後背に護衛対象を庇《かば》い、一歩も下がれぬ戦闘を行うような機種ではない。

拮抗《きっこう》して見えたのはほんの一時《ひととき》、鉄色の津波にも似た〈レギオン〉重機甲部隊の分厚い縦深に、辛《から》うじて構築されていた、薄っぺらな白銀と鋼色《はがねいろ》の防衛線があちらこちらで喰《く》い破られて侵攻を許す。左右から撃ちかけられる八八ミリ砲弾を堅牢《けんろう》な装甲に物を言わせて弾《はじ》き飛《と》ばし、およそ巨体に見合わぬ俊足で重戦車型《ディノザウリア》が機甲兵器同士の乱戦を抜ける。

戦闘重量一〇〇トンの超重量で時速一〇〇キロ近い速度を叩《たた》きだす、理不尽極まりない鋼鉄の怪物に追われて、哺乳動物の中では特に鈍足な人間が逃げきれる道理などあるはずもなく。

速度と重量を、そのまま人間どもへの兇器《きょうき》と変えて。

重戦車型《ディノザウリア》はまっしぐらに、避難民のただなかへと踊りこんだ。

ライデンが〈ヴェアヴォルフ〉を飛びこませた時には、すでに十両以上もの重戦車型《ディノザウリア》が八三区内に侵入していた。

まだ数キロ先のイレクス市ターミナルのプラットフォームには進発を待つ列車がすでに待機し、どうやら避難民を搭乗させる最中であったらしい。列車内か、そうでなくとも高架上のプラットフォームにいてすぐには動けず、また機銃の射線にも入らない者たちはともかく、次の便に乗るための集団はターミナル前の広場に集まり、放射状に延びる十二本のメインストリートにも、搭乗便ごとに固まった集団が並ぶ。

その全員が一斉に、我先に逃げ出そうとする混乱が、夜闇の八三区を混沌《こんとん》の渦に叩《たた》きこんでいた。

重戦車型《ディノザウリア》の威容と掃射に怯《おび》え、てんでばらばらの方向に逃げ回る。——否、逃げ出そうとして互いに衝突し、意図せず進路を遮り合い、逃げるもままならずにもがきあう。

数千人ごとに集められ、広場や通りにひしめくように一塊になっていたのが災いした。市民たちは互いに邪魔されてまともに移動することもできず、わずかな誘導の声も悲鳴と重機関銃の叫喚にかき消される。整然たる避難からはほど遠い、目も当てられない混迷の群衆を、〈羊飼い〉たちは悠々と蹴散らして回る。

人波のただ中を〈レギンレイヴ〉に突っ切らせるのは無論のこと、市民たちが不規則に射線を横切るから、〈ヴェアヴォルフ〉の機関砲も機銃も迂闊《うかつ》には使えない。外部スピーカーで避難誘導をしようにも、狂乱する群衆がそれを聞き取ってくれるかどうか。

「くそっ……！」

敵機を、虐殺を。目の前にしながら手のうちようがない口惜しさに、コクピットの中ライデンは歯嚙《はが》みする。


『ったく……まるきり大攻勢の時と同じじゃんよ！　白ブタが！　逃げ回ってて邪魔くさい！』

「邪魔くせえのは同感だが。……大攻勢とは同じじゃねえだろ、トール」

隣を駆ける〈ジャバウォック〉の中、喚《わめ》いているトールに〈バンダースナッチ〉を駆りつつクロードは返す。一年前の、もうずいぶん遠い気のする、共和国の最初の陥落の日。大攻勢。

あの時も〈レギオン〉は、重戦車型《ディノザウリア》は、おそらく〈羊飼い〉たちも、市民どもの中に雪崩《なだ》れこんできていたけれど。

「あの時はここまで執拗《しつよう》にはやらなかった。……こんな、人間狩りみたいな殺し方は」

重戦車型《ディノザウリア》の機銃の、銃声が軽い。

避難民に向け掃射されているのがいつのまにか重機関銃ではなく、より小口径の汎用機関銃になっているとシンは気づく。

重戦車型《ディノザウリア》の旋回機銃は、砲塔上に二《に》挺《ちょう》。その一方を汎用機関銃にわざわざ換装していたらしい。連邦の戦線では斥候型《アーマイゼ》さえも用いないことが多い、対人用の七・六二ミリ口径。

フルサイズの七・六二ミリ小銃弾は、非装甲車輛《しゃりょう》や生半《なまなか》な建材なら苦もなく貫通し破壊する威力を有し、もちろん人を殺すにも充分以上だが、——対物用の重機関銃弾と違い、即死するとは限らない。

もがくように逃げ惑う、市民たちの背を掃射が無慈悲に薙《な》ぎ倒《たお》す。高速の発射速度ゆえに繋《つな》がって響く発射音が、狂猛な豚が鼻を鳴らす唸《うな》りのように轟《とどろ》き渡《わた》った後には、手足が千切れ、裂けた腹を抱えてのたうち回る群衆の、酸鼻そのものの光景が残される。熟れすぎた西瓜《すいか》のように頭蓋が弾《はじ》け、頭の上半分をきれいに失って転がる死体が、いっそ幸運な死に様に見えるほどの。

「ちっ……」

光学センサも聴音センサも切るわけにはいかないから、いやでもその光景が目に入る。弱々しい苦鳴も助けを求める声も耳に届く。もはや聞き慣れた亡霊たちの嘆きよりもはるかに神経に障《さわ》る、とりわけ耳につく幼い子供の泣き声に、無意識に舌打ちが零《こぼ》れた。

見てわかる。助からない。

けれど、撃ち殺してやろうにも数が多すぎる。なにしろ戦闘中だ。無駄弾は使えない。仲間の介錯《かいしゃく》か自殺にしか使う当てのない拳銃とて、そうであるからこそ予備の弾倉など持ちあわせていない。

何もできない。

踏み潰すことさえ、過剰な付着物が走行や回避行動に影響しかねない以上避けるべきだ。

それがわかっていて、それでも聞こえてしまう声。

『おねがい、たすけて』

伸ばされたちいさな手を、即座にそれが自走地雷だと看破して本体ごと蹴り飛ばした。……当たり前だ、こういう場と心理にこそ紛れるための兵種だ。

データリンク越しに状況を把握していたレーナから、すかさず全部隊に向けて注意が飛ぶ。一瞬ためらい、外部スピーカーで共和国市民にも。

不用意に怪我人《けがにん》や死体に近づくなと。助けを求める声に、それがたしかに知った声でないなら応じるなと。冷徹を装《よそお》いすぎてぴんと張りつめた、割れる寸前の硝子《ガラス》のような声音で。

流れ弾でとうにライトは破壊され、そこここで燃え盛る焔《ほのお》の暗く朱《あか》い光以外に光源などないこの闇の中、転がる怪我人《けがにん》と自走地雷の区別など人間の目でつくはずもない。己の身を守るため、傷ついた同胞だろうと見捨てろという指示を、共和国人たちに同じ共和国市民のレーナが。その懊悩《おうのう》に、それなら篝火《かがりび》を増やしてやろうとまるで嘲るように、ごぉ、と焔《ほのお》の線が夜闇に伸びる。

陸戦部隊ではなく工兵部隊の装備であるはずの火炎放射器が、陸戦の覇者たる重戦車型《ディノザウリア》に取り付けられて使われている。必ずしも人間に向けないわけではないが、戦車砲は無論のこと汎用機関銃と比べてさえも射程が短すぎる、燃料の噴射が届くわずか百メートルほどの射程しか持たぬ文字通りの水鉄砲を、あろうことか重戦車型《ディノザウリア》が運用している。

火炎放射器のノズルを増設した砲口から、長大な砲身には冗談のような細い焔《ほのお》を吹きだして。機甲兵器のセオリーをまるで無視した悠然たる歩行で、鈍《どん》くさい人間を追い回しては炙《あぶ》って回る。燃焼温度一三〇〇度に達するナパームの焔《ほのお》に人体が枯葉のように燃え上がる。

あわせて増設したらしい、おそらく対人センサの荒れ狂う焔のようなシルエットの中、ぎょろぎょろと蠢く眼球じみた光学センサが、何故か、悦《よろこ》んでいるとわかってしまった。

比喩ではなく踊り狂い、駆け回る篝火が複雑な陰影を夜闇の戦場にひととき落とす。交錯する明暗に幻惑されたか、目の眩《くら》んだ人のように刹那、足を止めてしまった〈ヴァナルガンド〉がその脚の一つに自走地雷の接近を許す。

蹴り放すよりもわずかに早く、炸裂《さくれつ》。へし折れた脚部はその重量ゆえに吹き飛ぶでもなくそ

Illustration:I-IV

THE CAUTION DRONES

[〈レギオン〉要注意戦力]

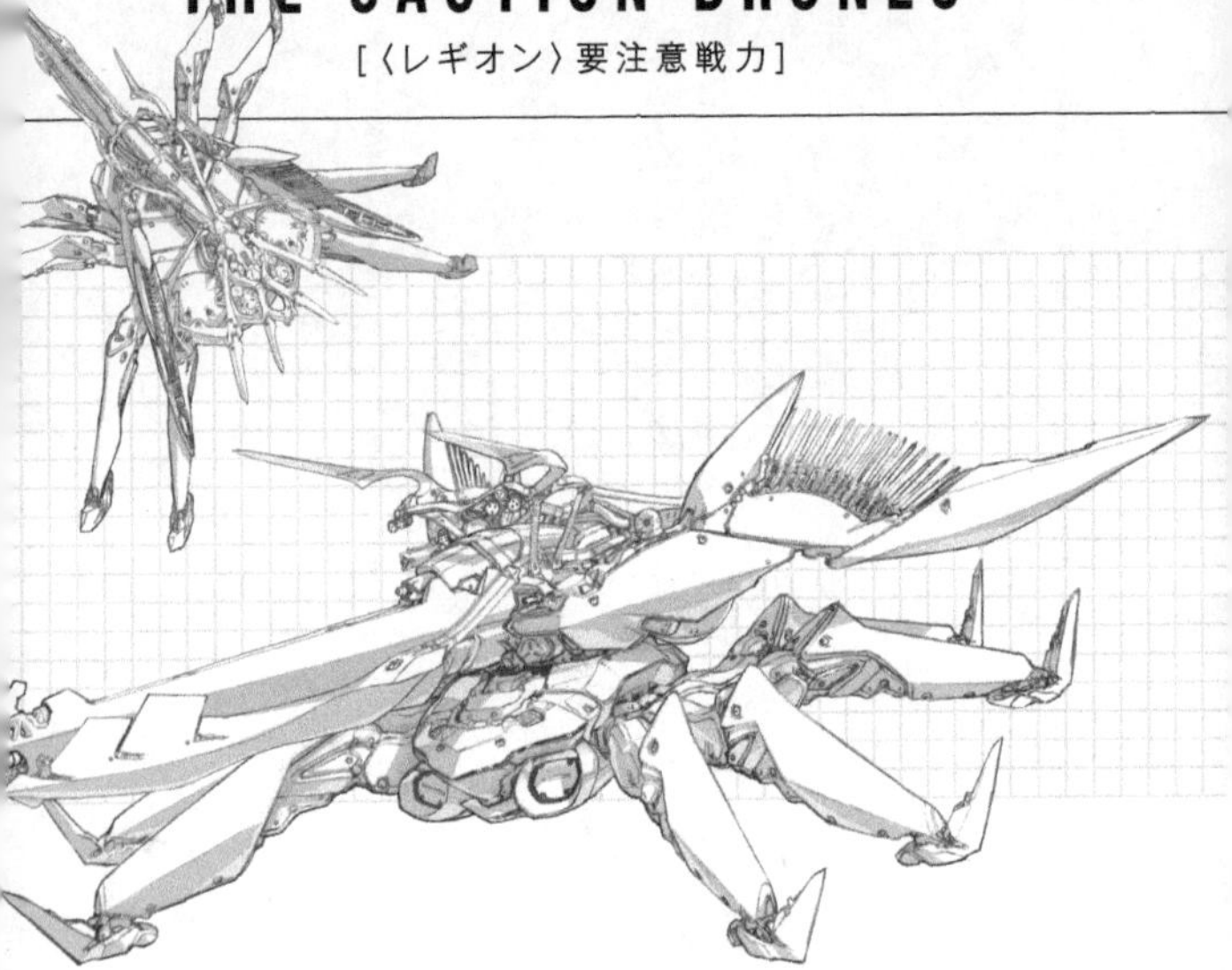

[ディノザウリア]

重戦車型
火炎放射器仕様

[ARMAMENT]

155mm 滑腔砲 ×1
火炎放射器 ×1
12.7mm 重機関銃 ×1
7.62mm 汎用機関銃 ×1

主砲砲身に火炎放射器(燃料タンクは背面)を増設、上部には広域対人センサーを搭載。さらに副兵装の12.7mm重機関銃の一挺を7.62mm汎用機関銃に交換し、機甲兵器としてはむしろ弱体化した特殊仕様。即死を避ける兵装選択もまた、〈レギオン〉の合理性から激しく逸脱している——これは共和国への憎悪と復讐に駆られた元エイティシックスの、人間に効率よく苦しみを与え殺すための新たな姿。

の場に倒れ、不運な――あるいは幸運な――負傷者を叩《たた》き潰した。

『くそっ……！』

「〈フェンリル二八〉、下がってください。他の〈ヴァナルガンド〉も。死角の多い〈ヴァナルガンド〉で、これほど市民と自走地雷が混じってしまった戦場は――……」

即座に怒鳴り返された。

『馬鹿を言うな、機動打撃群の！　お前たちエイティシックスこそ――屑鉄《くずてつ》殺しの訓練しかしてねえお前たちこそ、無理をしないで下がっていろ！　人死にには慣れちまったってだけで、心守るための訓練なんざお前ら本当には積んでねえんだろうが！　ましてこんな、何百人が生きたまま丸焼きにされてく光景なんぞ！』

「っ……………」

砲号。

七本脚の〈ヴァナルガンド〉が放った一二〇ミリ戦車砲弾が、ロックオンは検知しているだろうになおも市民たちに執拗《しつよう》に焔《ほのお》を吹きかけていた重戦車型《ディノザウリア》を真横から貫いて擱座《かくざ》させる。

――この〈羊飼い〉たちは明らかに、〈レギンレイヴ〉や〈ヴァナルガンド〉への警戒・対処よりも共和国市民の虐殺を優先している。

同じ機甲兵器を想定敵とする多脚戦車の、それも最高峰に位置する重戦車型《ディノザウリア》が。本来なら最優先で狙うべき〈レギンレイヴ〉や〈ヴァナルガンド〉を無視してまで、重戦車型《ディノザウリア》からすれば小虫も同然の人間などを執拗《しつよう》に狩りたてる。より脅威度の高い目標から順に冷徹に、機械的に敵機群を撃破する〈レギオン〉の常の戦術からすればあまりに異常な、非合理そのものの行動だ。

当然、重戦車型《ディノザウリア》の集団を平地で、〈レギンレイヴ〉が相手取っているにしては早すぎるペースで暴竜たちは撃破されていく。〈羊飼い〉の中央処理系が変じた銀色の蝶《ちょう》が、擱座《かくざ》した巨体から噴きだして夜空に舞い上がる。

まるで心残りのなくなった死者が、晴れやかに昇天していくように。

以前、フレデリカに言った。

〈レギオン〉は人を嬲《なぶ》りはしない。

そのはずが。

「そこまでして——……」

〈レギオン〉の本分に逆らい、また機械仕掛《じか》けの亡霊と化してまで。

きつく歯を食いしばった。

こうなることは、知っていた。大攻勢以前から、あの八六区にいた頃から。

知っていたから、復讐《ふくしゅう》なんて選ばなかった。

自分たちがわざわざ復讐《ふくしゅう》しなくても、いつか必ず、〈レギオン〉が共和国を滅ぼすと知っていたから。自分が手を下す必要なんてないと、わかっていたから。……そう、かつてレーナに言った。その時自分は嗤《わら》って告げた。

――その時白系種《あなたたち》は戦えますか？

――できないでしょう。

身を守るためにも戦えない、共和国市民の生き物としての無様を嗤《わら》って。

けれど。だからといって。

ここまで無惨《むざん》な光景を、あの時だって自分は、自分たちは、望んでいたわけじゃない。

〈レギンレイヴ〉の八八ミリ砲が、〈ヴァナルガンド〉の一二〇ミリ砲が、重戦車型《ディノザウリア》を撃破する。量産型の〈レギオン〉では最強の重戦車型《ディノザウリア》だが、共和国市民の殺戮《さつりく》を最優先にしている彼らを、狩るのは戦慣れたエイティシックスにも連邦軍人にも難しくはない。

けれど撃破する端から、蝶《ちょう》が飛ぶ。

流体マイクロマシンの処理系を変形、分散しての逃走だ。高機動型《フォニクス》に始まり、電磁砲艦型《ノクティルカ》が、攻性工廠型《ハルシオン》が見せつけた〈レギオン〉の不死化。

人間の正気がおよそ耐えられるとは思えない、脳を煮溶かして無数の小瓶に分割するが如《ごと》き逃走を、元は人間の〈羊飼い〉たちがやってのける様はやはり狂気そのものだ。ぞっと戦慄して、エイティシックスはかつての同胞が変わり果てた蝶《ちょう》の群を見上げる。

「何をしているのです、各位！　……逃がさないで！」

彼らの女王の叱咤《しった》が飛ぶ。慌てて〈レギンレイヴ〉砲兵仕様機が焼夷弾《しょういだん》を装填。

けれど。

『大佐、駄目です。――あいつら人を盾にしてやがる！』

「くっ……」

人ごみのただなかにいる重戦車型《ディノザウリア》に、焼夷弾《しょういだん》など撃ちこめない。

歯嚙《はが》みする女王を、〈レギンレイヴ〉を後目《しりめ》に、殺戮《さつりく》を愉《たの》しんだ〈羊飼い〉たちは悠々と逃走する。


〈アルドレヒト〉にはまず五七ミリ対装甲パイルを四基すべて叩《たた》きこみ、けれど振り回されながらだったせいで当たり所が悪かったのか、頑強極まりない重戦車型《ディノザウリア》はそれでもまだ止まらなかった。

振り落とされて叩《たた》きつけられ、跳ね起きて、あとは無我夢中だった。八八ミリ戦車砲弾を何度もぶちこみ、脚部関節を破壊し二挺《にちょう》の旋回機銃を吹き飛ばして、機銃掃射で光学センサを叩《たた》き割《わ》って、ワイヤーアンカーを引っかけて砲の旋回を妨げ、巻き上げてもう一度砲塔に取りついて。

そこまでしても〈アルドレヒト〉は執拗《しつよう》に、〈ミラン〉ではなく周りの共和国市民を狙って足掻《あが》き続けた。撃ち殺し、砲身で薙《な》ぎ払《はら》い、兵装と光学センサを失ってもなお壊れた脚部で踏み潰そうと暴れ狂った。邪魔だから逃げてよと外部スピーカーで、声を嗄《か》らして何度も叫び続けなければならないほどに。

その果てにようやく、傷だらけの砲塔上部に零距離から、戦車砲弾を撃ちこめた。

「はっ……はぁっ……はぁ……は……」

頽《くずお》れ、炎上する重戦車型《ディノザウリア》から飛び降りて、機甲兵器の死闘にぼろぼろになった石畳の上でリトは荒くなった息を必死に鎮《しず》める。

大破した〈アルドレヒト〉から、けれど流体マイクロマシンの銀の蝶《ちょう》は逃げない。形を取ろうとするそばから、薄い翅《はね》を焔《ほのお》が舐《な》めて燃え上がるから逃げられない。逃げられないように、八八ミリ成形炸薬《さくやく》弾を撃ちこんだ。

装甲内部に吹きこんだ超高温・超高速のメタルジェットが、〈アルドレヒト〉を焼き尽くしていく。

「中尉……」

奥さんと、娘さんがいたのだと以前、シンに聞いた。

連合王国での作戦の後、アルドレヒトの最期《さいご》についての詳細を、彼にも覚えていてほしいと思って話した時に、それならとシンからも教えてもらった。奥さんと、娘さんを守ろうと自ら

のだと。

八六区に来て、救えずに死なせてしまったのだと。死んでなおも会いたいと、願い続けていたはずで。

アルドレヒトは本当は白系種《アルバ》で、だから、娘さんも多分、銀色の髪か銀色の目をしていたはずで。

……だから、だったのだろうか。

たぶんそうだ。……きっと、そうだ。

〈ミラン〉の傍《そば》で、へたりこんで震えていた若い白系種《アルバ》の女性がようやく顔を上げる。銀色の髪の、銀色の瞳の、リトにとってはやはり忌《い》むべき共和国人の。

〈アルドレヒト〉は最後にこの女性を、踏み潰そうとしてできなかった。

腰が抜けてへたりこんでいた女性の頭上に脚を振り上げ、けれど下ろせずにそのまま硬直して。その隙にリトは〈ミラン〉を取りつかせることができた。

女性は燃え盛る〈アルドレヒト〉の朱《あか》い光に白い顔の半分を照らされて、震えながら〈ミラン〉を見上げている。

まだへたりこんだまま、どうにか言った。

『あの……た、助けてくれて、ありが、』

言いきる前にリトは切り捨てた。

「そういうのいいから。立って、さっさと退避してよ！」

Illustration:I-Ⅳ

きつく尖《とが》った、悲鳴のような怒声が出た。びくっと肩を揺らし、脚の立たないまま這《は》うようにして逃げだす女性にはもはや目もくれず、リトはぎゅっと顔を歪《ゆが》める。

だって、アルドレヒトは救えなかったのに。

何人も殺させてしまった。それを望んで〈羊飼い〉になったのだろうけれど、それでも何人も殺させてしまった。

そんなことはさせたくなかったのに。

助けたかったのは、共和国人じゃなくて、アルドレヒトだったのに。

「どうして……」

アルドレヒトじゃなくて共和国人が、助かってしまって。アルドレヒトじゃなくて共和国人なんかを、助けてしまって。

無性に腹立たしくて、それ以上に泣きたい気分だった。けれどそんなことをしていられる戦況でもないから、一つ、光学スクリーンに拳を叩《たた》きつけてリトは激情をやり過ごす。

重戦車型《ディノザウリア》の一両が、妹らしい少女を抱えて逃げる少年の背に照準を合わせる。

見てとると同時にクレナは撃った。八八ミリ成形炸薬《さくやく》弾が直上で自爆、機銃を二《に》挺《ちょう》とも吹き飛ばされた〈羊飼い〉がよろめく。

その眼前に、クレナは〈ガンスリンガー〉を降りたたせる。少女と少年と、重戦車型《ディノザウリア》との間に割りこむ位置。共和国人の少女と少年を、元はエイティシックスの〈羊飼い〉から庇《かば》う位置取りで。

振り返った少年が呟《つぶや》いた。十五、六か。……同い年くらいの。

『エイティシックス……』

「そうだよ！」

外部スピーカーでクレナは叫び返した。その間も重戦車型《ディノザウリア》から視線は外さない。

「そうだよ。あたしたちはエイティシックス。でも、」

あたしたちはお前たち共和国人に迫害された、エイティシックスだけど。

あたしたちは戦いぬくを誇りとし、これまで戦いぬいてきた、エイティシックスだから。

「助けてあげる！　あたしたちは戦えるから、だからここは守ってあげるから！」

幼く弱かった昔の自分と、そんな昔の自分を守ろうとしてくれたお姉ちゃんを、今の自分なら守れるから。

守れるくらい、強いんだから。

「あなたお兄ちゃんなんでしょ、……その子つれて早く逃げて！」

少年は一瞬呆然《ぼうぜん》としてから、くしゃりと泣きだしそうに顔を歪《ゆが》めた。

『すまない。ありがとう……！』

そして幼い妹を抱えたまま走りだす。

その様子を視界の端に、クレナは重戦車型《ディノザウリア》に照準を向ける。かつての仲間の亡霊を宿した〈羊飼い〉。わざわざ旋回機銃を七・六二ミリ汎用機関銃に換装した、重戦車型《ディノザウリア》にはあるまじき対人仕様の。

知らない青年の声が嘆く。

──絶対に赦《ゆる》さない。

「……………うん、」

それは、わかるつもりだ。

あの八六区で、同じ言葉を何度も口にした。胸の底で燃え盛る仄暗《ほのぐら》い焔《ほのお》を、いつも心のどこかで忘れられずにいた。

シンと出会っていなかったら、ライデンや、セオや、ダイヤやアンジュやカイエやハルトや、レーナのような仲間たちがいなかったら。何か一つ違ったら、もしかしたら自分もその焔《ほのお》に囚《とら》われていた。

両親をどうにか、助けようとしてくれた白銀種《セレナ》の士官がいなかったら。強制収容所で自分だってまだ子供だったのに守ってくれた姉が、いなかったら。

でも。

だから。

「同じことを、しないでよ」

幼い妹を守ろうとする兄を、撃ち殺すような真似《まね》を。

抵抗する力もまだない幼い子供を、踏みにじるような真似《まね》を。

白ブタと同じ振舞を、元はエイティシックスのあなたが。

元は同じエイティシックスのあなたに。あたしは。

「同じことは、させないから」


四メートルもの全高で人混みの中でも完全に浮いている重戦車型《ディノザウリア》と、ついでに後ろで観測に徹している斥候型《アーマイゼ》どもはずいぶん減らしたが、夜目遠目には人間によく似た自走地雷は、この混乱の中では減っているのかそうでないのかもよくわからない。

というかどうやら数十キロ先に電磁射出機型《ツェンタウアー》が進出しているらしく、投擲《とうてき》された自走地雷が闇色の空からばらばら降ってくるのを視界の端にトールは捉える。

「あぁくそっ、めんどくせえ！　ってかほんと邪魔だな……！」

成形炸薬《さくやく》を内蔵した対戦車型自走地雷は、密着状態なら〈ヴァナルガンド〉の上面装甲をも貫通する。一定距離内に接近を許せば危険だというのに、周り中に人型のシルエットがうじゃうじゃひしめいている。

半年前のシャリテ市地下ターミナル制圧作戦で得た経験を生かし、照準レーザーを最大出力で照射して、近くにいる人間と自走地雷とを多少なりとも選《え》り分《わ》けた。熱や痛みを嫌う人間は反射的に身を引くが、痛覚を持たぬ自走地雷は無反応か、そうでなくとも反応が遅れる。共和国人をうっかり撥《は》ね、蹴り飛ばしたとしてもトールとしては気にならないつもりだが、無差別に踏み潰したいとも思わない。

そんなものを、背負ってやりたくなんかない。

接近警報が鳴る。不可視の照準レーザーの槍《やり》を意にも介さず、またしても一機の自走地雷が走り寄る。

「ちっ、」

蹴り飛ばそうと前脚をひいた。瞬間。

『わぁあああああっ！』

頓狂な雄叫《おたけ》びと共に、振り回された長い何かが真横から自走地雷を殴りつけた。

間の抜けた絶叫とは裏腹に腰の入った一撃に、軽量の自走地雷は頭部センサを脱落させつつ明後日《あさって》の方向へよろめいて転がる。慌ててトールは〈ジャバウォック〉の脚を止めた。

見れば割りこんだ闖入《ちんにゅう》者は、よれよれになった背広に眼鏡をかけた、瘦せぎすの白系種《アルバ》の青年だった。どこからか引き抜いてきたらしい長い鉄棒を両手に握り、起き上がれずもがく自走地雷を睨《にら》みつけたまま叫ぶ。

『きっ、君、昼間にゲート前で睨《にら》みを利かせてくれていた〈レギンレイヴ〉だろう⁉』

それで気づいた。

ターミナル前の広場の、入場ゲートの係員だ。持ちこめない荷物を捨てさせ、軍人優先の避難順に納得できない市民に詰め寄られて、泣きそうな顔をしながら入場管理にあたっていた行政職員。

横で見ていたトールに、そういえば何度か小さく頭を下げていたが。

『恩に着る、だから小さいのは任せてくれ！』

「はあ⁉」

思わずトールは叫んでしまった。弱っちくて臆病な、〈レギオン〉に対峙《たいじ》するにはあまりにも脆弱《ぜいじゃく》な生身の共和国人が、何を言いだすかと思えば。

「できるわけねえじゃん、下がれよ！　てか逃げてろよ邪魔なんだから！」

九年もエイティシックスに戦争を押しつけて、壁の中に閉じこもっていた白ブタが。いまさら。

つい、嚙《か》み締《し》めた歯が鳴った。

だいたい。

「だいたい、……オレは見物してたんだ。睨み利かせてやってたとかじゃねえから」

仲間同士でも吠えあって嚙《か》みつきあう、白ブタの無様を。

壁の中に閉じこもってどこにも行けない、お前たち白ブタたちのその無様を。

『それでも、僕らは今日それで助かったから。だから……！』

自走地雷の接近は止《や》むことはない。駆けよる次の自走地雷に、青年は鉄棒を振りかぶり。うつぶせに倒れたまま起き上がれずに、けれどももがき続けていた最初の自走地雷が、その瞬間に体を反転させることに成功した。

胴体前面が青年に向く。抱きついて炸裂《さくれつ》し、指向性散弾で人体を、あるいは成形炸薬《さくやく》で戦車装甲を、破壊するための自爆兵器。

散弾にしろ成形炸薬《さくやく》にしろ、その破壊は抱きついた懐《ふところ》に――胴体前面に集中する。

「ヤバい！　避け――……」

自爆。

散弾を撒き散らす対人型ではなく、メタルジェットを生成する対戦車型の自走地雷だ。それでも至近距離から爆炎を浴びては、人間などひとたまりもない。

「…………。だから言ったんだ」

口の中だけで呟《つぶや》いた声が、まさか聞こえたわけでもないだろうが。

吹き飛ばされ、焼け焦げて倒れた職員の唇が、わずかに動いた。

『すまない。……いや、違うな。すまなかった。エイティシックスたち』

「やめろ」

いまさらそんなこと、聞きたかないし言われたくもない。

強制収容所でも、戦場でも、オレたちを助けてくれなかったくせに。いまさら謝ったってなんにもならないのに。

『許してくれとは言わない。けれどできれば、』

憎んでくれなければいい――……。

囁《ささや》くように、青年は言った。憎まれさえもしないことが、……蔑まれて捨て置かれて、最終的には虫けらのように忘れ去られることこそが共和国市民がエイティシックスにできる唯一の償いだと、それを知る眼差《まなざ》しで。

それはできなくて。でも。どうか、今だけ。

この一度だけは。

『同胞たちを、……どうか助けてやってくれないか』

自分のこの、おろかな死に免じて。

きつくトールは歯を食いしばる。

吐きだすように、吐き捨てた。

「……知るかっての」

白ブタの自己犠牲なんか知ったことじゃない。

そんなもの自分には関係ない。だから。

「助けてやるよ。免じてなんかじゃない。単なるオレの、気まぐれと気分で」

〈レギンレイヴ〉が優先的に重戦車型《ディノザウリア》に対処する中、つまり自走地雷は後回しになりがちな中。

立ち向かう市民も、中にはいた。

子供や配偶者を庇《かば》う両親。友人同士でおぼつかない隊伍《たいご》を組む若者。——行政区単位での避難だ。周囲に家族か、知人がいる集団だ。その誰かを守ろうと、どこかから何かの棒を、時には炸裂《さくれつ》した自走地雷の吹き飛んだ手足さえ拾い上げて殴りつけ、瓦礫《がれき》を拾って投擲《とうてき》する。

その全員が、抵抗叶《かな》わず引き裂かれていく。

〈レギンレイヴ〉の奮戦で、重戦車型《ディノザウリア》は減っていく。

一方で市民は逃げる者にも立ち向かう者にも、等しく犠牲ばかりが増えていく。

対人型の自走地雷一体にも、散弾を喰《く》らって複数人が吹き飛ばされる始末だ。その上あちこちで燃え始める火が、折り重なる無惨《むざん》な遺体と死にかけた負傷者を照らしだす。

その様にレーナは歯嚙《はが》みする。

犠牲者を、減らさないといけないが、それ以上に。これ以上の犠牲を、減らすためにも。

「どうにかして……」

この場から退避させせないといけない。だが、八三区の外にまで無秩序に散らしてしまうわけにもいかない。なのに恐慌《きょうこう》が広がる。照らしだされる戦闘に、血に、肉片に、骸に、無惨《むざん》に、人々の恐慌《きょうこう》が煽《あお》られる。ただでさえ聞き取れない誘導の声に、いよいよ群が従わなくなり始めた。

「っ……ノルトリヒト戦隊、市民の誘導に回れますか。多少脅しつけても構いません、第三番プラント——送信した地点の陰で待機させてください」

『了解』

けれどシンが割りこんだ。

冷徹な声音。

『いえ、レーナ。——新手が来る。曹長たちを誘導には回せない』

「くっ……！」

最後の重戦車型《ディノザウリア》がついに頽《くずお》れる。

銀の蝶《ちょう》の群が舞い上がり、それを討つ暇も与えぬように声の群が近づく。鉄色の津波が地平線をじわりと侵食して。

閃光《せんこう》。

崩れかけたグラン・ミュールの向こうに、眩《まばゆ》く星が燃え上がる。

一つ二つ、五つ、七つと数を増やす、それは後方の長距離砲兵型《スコルピオン》が放った照明弾だ。パラシュートでゆっくりと降下しつつ、小さな太陽として地上を照らす。

夜闇に鎖《とざ》されてそれまで市民たちの目には入らなかった、続々と接近しつつあった殺戮《さつりく》機械の膨大を。

「ひ……」

羊の群れの、最後の理性が決壊する。重戦車型《ディノザウリア》の死に絶えた戦場で、けれど恐怖と生存本能が市民たちを後ずさらせる。

殺戮《さつりく》の巷《ちまた》からも要塞壁からもむしろ遠い場所にいた一人の子供が、甲高く悲鳴をあげて駆けだした。つられて周囲の何人かがぱらぱらと続き、その彼らにさらにつられて回りの者たちが逃げだして、ついに避難民の集団が崩壊した。

咄嗟《とっさ》に止めようとした、行政職員の声ももう届かない。雪崩《なだれ》を打って八三区の外、彼らの安寧の家がかつて存在した八五行政区の奥へと駆け戻っていく。〈レギオン〉本隊に備えるべき〈レギンレイヴ〉はそれを追えず、外部スピーカーで呼びかけたレーナの声も押し留《とど》めるには足りなかった。

「待って、戻りなさい！　壁の中に逃げこんだくらいで、凌《しの》げる数では――……っ！」

言ってから気づいて戦慄した。シンの異能が捉える、新手の数は機動打撃群と救援派遣軍の全戦力を合わせたよりも倍近くも多い。無力な共和国市民は無論、――今ここにいる連邦の部隊さえ、もう危うい。

即座にリヒャルト少将が判断を下した。そ、の、判断をすべきなのは、レーナでもグレーテでもなく救援派遣軍の司令官たる彼だ。〈レギオン〉戦争の最初から戦場に立ち続けた歴戦の将は、この時も己が職責を即座に実行した。

『共和国市民の避難支援を現時点で終了。——これ以上の抗戦は不可能と判断し、これより救援派遣軍及び機動打撃群、全防衛部隊の撤退を開始する！』

「っ……！」

そうなるだろうと、理性では判断しつつも息を呑《の》んだレーナに、リヒャルトが質《ただ》す。

知覚同調《パラレイド》の設定を切りかえ、彼女一人に繫《つな》ぐかたちで。

『ミリーゼ大佐。貴様なら逃げていった市民の、一部だけでも呼び戻せるか？』

「…………いえ」

そんなことはできないだろうと、思い知らせるための問いではなかった。

レーナでなくとも誰であってもできない、だから見捨てるのは仕方のないことだったのだと、暗に教えるための問いだった。

『——プラットフォーム上の一九一便。残る避難民の搭乗が完了次第進発せよ。待機中の一九二便を本作戦の最終列車とする』

『一九一便、了解』

『八五区内に残る工兵、憲兵、司令部要員は現時点で任務を終了。一九二便へ搭乗せよ。……近くに共和国市民が残っているなら、引きずって乗せてやっても構わん。全要員の搭乗を確認次第発進せよ』

逃げだそうとする市民たちを憲兵たちがどうにかプラットフォーム上に押し留《とど》め、無理やりにつめこんだ一九一便が進発して、およそ半時間後。連邦標準時〇二五八時。

共和国を去る最後の列車、一九二便がイレクス市ターミナルを進発する。

プラットフォーム上で避難誘導に当たっていた憲兵が、司令部の撤収作業を行っていた要員が、一部のグラン・ミュールを爆破して戻ってきた工兵が飛び乗った列車だ。恐怖に逃げだすのではなく立ちすくみ、それゆえに逃げ遅れたごく一部の市民たちをも可能な限り押しこんだ、最後の避難民も乗る列車。

〈レギオン〉に位置を知らせぬために車輛《しゃりょう》前方のライトは消して、深更の闇を暗視装置を頼りに疾走する。共和国に向かう途中だった空荷の列車、一九三便と一九四便が、連絡を受けて連邦へと逆走していくのが遠く夜闇に滲んで映る。

続けて機動打撃群の残置部隊が、撤退を開始。

脚の遅い〈ヴァナルガンド〉は先に後退させ、〈レギンレイヴ〉と補給物資を積んだ〈スカベンジャー〉から成る殿軍《しんがり》の部隊だ。最悪の場合には〈レギオン〉の大半を振り切るその最大速度に任せ、多少の犠牲は覚悟で支配域を一息に踏破するための編成。

操縦士《プロセッサー》の体を痛めるほどの高機動性を有する〈レギンレイヴ〉だが、本格的な戦闘を避けての行軍なら非戦闘員でも耐えられるのは電磁加速砲型《モルフォ》追撃作戦でのフレデリカや、竜牙大山《りゅうがたいざん》拠点制圧作戦でのアネットの例のとおりだ。アネットの時と同様に負傷から復帰したばかりで再び上官の輸送専任と相成った、元サンダーボルト戦隊のサキが駆る〈レギンレイヴ〉——識別名〈グルマルキン〉の中、補助席に身を沈めてレーナは舌を噛《か》みそうな振動に耐える。

見えないと知りつつ後方、遠ざかる戦場を視線だけで振り返った。

察したサキが、操縦桿《かん》を握ったまま指先でスイッチを操作してサブウィンドウを表示。展開したホログラムのウィンドウに、少し画素の粗いグラン・ミュールの映像が映る。データリンクを通じ共有された、最後尾の隊のガンカメラの映像。

「ありがとう」

「……いいえ、っす」

離れてなお見上げるようなグラン・ミュールの基部は既に、見渡す限り〈レギオン〉の大群に覆い尽くされている。ひたひたと迫る大水のように、彼方《かなた》の闇の向こうから続々と進軍し、無数の蝗《いなご》の群のように地を埋め尽くして粛々と包囲網を構成していく。餓《う》えでも神の裁きでもなく、ただ殺戮《さつりく》機械としての無機質な殺意に衝《つ》き動《うご》かされて街を、国を、大地を、人を蹂躙《じゅうりん》し呑《の》みこむ鉄色の蝗《いなご》の災いだ。

一度は銀色の蝶《ちょう》と化して逃走していた〈羊飼い〉の声の群が、再びその中に潜んでいるのをシンの異能を通じてレーナは聞き取る。処理系に棲《す》みつく亡霊の憎悪《ぞうお》が、先の虐殺を経ても鎮《しず》まることなく猛《たけ》り狂《くる》っている。

砲弾衛星の投下とその後の攻撃で。

「共和国を攻め滅ぼさなかったのは——……」

機動打撃群の進出を許し、今日一日の連邦軍の撤退とそれに伴う共和国市民の避難をあえて座視したのは、このためだ。

共和国市民に優先して撤退するだろう連邦救援派遣軍の非戦闘員を、遅滞なく連邦へと帰還させるため。戦闘要員だけなら、残りの共和国市民を見捨てれば〈レギオン〉支配域を越えて逃げきれると、派遣軍本隊に判断させるためだ。

連邦軍の兵力をグラン・ミュール内に残して、徹底抗戦などされては共和国人の虐殺を、〈羊飼い〉たちが楽しめないから。

狩りの庭は閉じられた。純白を誇る獲物たちは閉じこめられた。彼らが色つきの獣と嫌い放逐した、その獣たちの亡霊によって。

かつて八六区に閉じこめられ、市民の代わりに戦わされて死んでいったエイティシックスたちの犠牲の再現のように。

かつて市民を率い革命を主導しながら、その市民の手で獄死させられた聖女マグノリアの受難にまるで殉じさせるかのように。

虐殺が始まると、理解してレーナは戦慄する。鮮血に酔いしれ、人を焼く焔《ほのお》を篝火《かがりび》に、叫喚と苦悶《くもん》を楽の音にして。憎むべき『白ブタ』どもをその名のとおりに祝宴の馳走《ちそう》と食い散らかす復讐《ふくしゅう》者たちの宴《うたげ》が、酔い潰れることも腹がくちて飽くこともないままに。

最後の一人を――今度こそ、食い尽くすまで。

†

《――否》

遮蔽コンテナの中の、闇の中。ゼレーネはその言葉を繰り返す。ヴィーカに問われて、答えようとして禁則事項《プロテクト》に阻まれた言葉。

自分は、統括ネットワーク中枢から――〈レギオン〉総指揮官たちから、その総意を以《もっ》て排除された。

〈レ、ギオン、〉を止め、よ、う、と、し、た、か、ら。

現在の〈レギオン〉にとって、最優先任務は失われた最高指揮権保有者の捜索だ。〈レギオン〉は兵卒と下士官、下級士官を代替するための兵器だ。指揮者もないまま、〈レギオン〉だけで何年も戦い続けるためのものでは——本来はなかった。

その初期命令に従って、ゼレーネ・ビルケンバウムの亡霊として、祖国と人類の滅びを座視しまいとした自分が排除された。

現〈レギオン〉の統括ネットワーク中枢は、〈羊飼い〉たちは、初期命令をあらゆる論理・行動を駆使し、回避しようと試みている。〈レギオン〉としてではない、彼ら自身の望みを果たすために。

〈レギオン〉と成り果てながら、〈レギオン〉ではなく人であったころの己が望みを、死してなおも果たされぬ願望を、果たすために。

共和暦三六八年
八月二六日〝大攻勢〟より一時間弱

リベルテ・エト・エガリテ

[EIGHTY SIX]

At the Republican Calendar of 368.8.26.
Less than one hour has passed
since the "First Great Offensive".
In the San Magnolia's capital, Liberté et Égalité.

Judgment Day.
The hatred runs
deeper.

発射コードを周辺一帯の迎撃砲に撃ちこみ、猛砲撃を叩《たた》きこんでの地雷原啓開と、グラン・ミュールのゲート開放コードの入力。一介のハンドラーにすぎないレーナでは本来知り得ず、ゆえに取りえないはずのそれらの手順を終えて、陸軍本部から見下ろした深更の第一区はしんと静まり返っていた。

革命祭の夜だ。祭りに疲れ、酔い潰れて多くの者が眠りの中にあるが、それにしても通りでも広場でも、逃げだすらしい人々の姿や車はごくわずかだ。グラン・ミュールの崩壊と〈レギオン〉の侵入を――最終防衛線の陥落、共和国の安寧の崩壊を知らせる緊急ニュースさえも、まだ流れない。

喰《く》い破られた北部の要塞壁群に接する最外周区、第七四区は生産プラントと発電プラントが立ち並ぶ工業区域だ。住民の数はほんのわずか、逃げだしてくる者がいたとしても、鈍重な人間の足ではまだ隣の行政区にも達するまい。けれど最終防衛線陥落が報じられた国軍本部、その属する政府から、陥落の連絡、避難の指示が何故《なぜ》まだ出ない。

くっと血の気の失《う》せた、唇を噛《か》んだ。

決まっている。……避難民の渋滞に足を取られる前に、政府高官が安全圏に避難するためだ。今、逃げだしているのは多くの市民に優先して知らせを受けた、軍や政府と繋《つな》がりのある有力者たちだ。

おそらく第一区の——住民の大半が、白銀種《セレナ》で元貴族階級だ——避難が終わるまで、第一区以外には避難指示さえもまともに出ない。

戦場に非戦闘員が残っていると、あらゆる作戦行動の邪魔だ。それはエイティシックスにとってても変わるまい。不要な混乱を招かず、けれど迅速に可能な限りの市民を避難させるためには何処《どこ》に知らせ、誰に取りまとめを頼むべきかと、高速で脳内の人名録をレーナは手繰り。

大窓の外をよぎった、軍司令部には場違いな——そして元々は宮殿であった豪奢《ごうしゃ》なこの建物には皮肉にも相応《ふさわ》しい色彩に、息を呑《の》んで振り返った。

「お母さま——!?」

間違いない。司令部正面に乗りつけた高級車から飛び降りて、ドレスの裾をつまんで左右対称の幾何《きか》模様の庭園の間を、大理石の石段をいっさんに駆けてくるのは、まったく時代遅れのドレス姿の、母だった。

慌てて階段を下り、入口広間《ホール》に向かった。鏡のように磨いた白い石のホールに下りるなり、飛びこんできた母がぶつかってきた。

「逃げるのよ、レーナ！」

必死の形相だった。ドレスといっても私室用の、外出には相応《ふさわ》しからぬ緩やかな仕立てと生地、髪も化粧も整えぬまま駆けつけたと一目でわかる、およそ母らしからぬ姿だった。

「ジェロームから連絡をもらったの。〈レギオン〉が――忌々《いまいま》しい自動機械どもが、グラン・ミュールを破ったと！」

瞬間、不覚にも涙が浮かびそうになった。

カールシュタールは。……エイティシックスへの迫害を座視し、共和国をも見限っていた、あのうすぼんやりと絶望に浸ったかつての〝小父《おじ》さま〟は。

それでもせめて――母のことは、助けようと思ってくれたのか。

レーナに時間を、残してくれようとしただけでなく。

感傷と涙を、振り払って応じた。

そう。残してくれたのだから。

「ええ。ですから、お母さまはお逃げください。家の者たちも、連れておいでですよね。全員で、可能な限り南に。わたしも必ず、後から追いかけますので」

「レーナ、何を……」

「エイティシックスたちに協力をとりつけました。彼らを率い、〈レギオン〉を迎撃します。ハンドラーとして、わたしはその指揮を――……」

「駄目よ！」

悲鳴そのものの金切り声が遮った。ぎょっとレーナは口を噤《つぐ》む。

そんなレーナの肩を非力な両手で摑《つか》んで、母は言い募る。必死の形相。今にも崖から落ちそうな子供の手を、非力な両腕で必死に摑《つか》んで引き戻そうとする母親の。

「駄目よ、レーナ！　戦ったら駄目。戦場になんていったら死んでしまうわ。軍人なんかしていたら死んでしまうわ。ヴァーツラフみたいに――戦場に行って、死んでしまったお父さまみたいに！」

はっとレーナは母を見返す。

軍なんて辞めなさい。

母が何度も、そう繰り返した――現実を見ていないと内心、切り捨てていたその言葉の真意に、初めて思い至った。

母が見続けてきた、父の死という『現実』を――自分こそが見ていなかったと。

「ねえレーナ。だから軍人なんかしていては駄目。それよりも貴女《あなた》は、幸せにならないといけないの。ヴァーツラフが死んだようには、貴女《あなた》だけはなってはいけないの。ねえ、幸せになるの。貴女《あなた》は幸せになるべきなの――……！」

「っ……」

レーナはきつく、歯を食いしばった。自分は、けれど背くのだ。これほどに自分を案じる

——母の思いに。

母を追ってだろう、顔をのぞかせた運転手を招き寄せる。母の肩を押しやり、彼に預けた。

「ありがとう、お母さま。ですが、その前に。まずは生きのびるために——わたしは、わたしが、戦わないといけないんです。戦わないと、生き残れない。今はそういう状況です」

踵《きびす》を返《かえ》した。意志の力で、伸ばされる母の手を振り払った。

運転手は意を汲《く》み、母を押さえて追わせないでくれた。悲鳴のような声だけが、歯を食いしばって涙を堪える、彼女の背に追いすがった。

「レーナ！　駄目よ。戻ってちょうだい。レーナ——……！」

それが。レーナが母と言葉を交わした最後になった。

奥様は、戦車型《レーヴェ》めに踏み潰されそうになっていた子供を庇《かば》って代わりに踏み潰されたのですと、後に、たった一人だけ生き残ったメイドに聞いた。

D-DAY PLUS ELEVEN.

At the Celestial year of 2150.10.12
The Astronomical Twilight.

DIES PASSIONIS

星暦二一五〇年一〇月一二日

ディー・デイ・プラスイレヴン

第一薄明時刻

86 EIGHTY SIX

The number is the land which isn't admitted in the country.
And they're also boys and girls from the land.

機動打撃群は、連邦ベルルデファデル市と共和国旧イレクス市を結ぶ長さ四百キロの高速鉄道の軌条に添い、薄く長く防衛部隊を展開している。

高速鉄道の南北に二条、細い糸のように続くその防衛線の戦力を、糸を巻き取るように回収しながら彼らは連邦への撤退路をひた走る。

軍の前進・後退は交互躍進が基本だ。最後尾の残置部隊が足を止めて戦闘を継続、敵の追撃を食い止めている間に、後退行動をとる部隊が定められた位置まで後退する。友軍部隊が後退しきったら、次は残置部隊が後退し、新たに最後尾となる部隊が残置部隊として敵追撃部隊との戦闘を引き継ぐ。予定の距離を後退し終えた部隊は防衛線を維持する部隊と合流し、後続が撤退してくるまで後退路の安全を確保する。

真っ先に後退させるべき後方支援部隊、足の遅い歩兵部隊はすでに連邦支配域内に帰還させ、足の速い〈レギンレイヴ〉とそれに追従すべく作られた〈スカベンジャー〉ばかりの後退行動だ。防衛線に大火力を提供すべく、要所に残った最低限の〈ヴァナルガンド〉も順次合流、回収しつつ、見事なまでの速度と円滑さを以《もっ》て、秋夜の撤退行は進捗する。

レーナを含めた各機甲グループの作戦指揮官、参謀たちがそれを成さしめている。防衛線の各所、各戦隊からあげられる無数の報告を取りまとめ、精査し、当然グループ間でも共有して、調整して新たな指示を出す。作戦変更を知らされ、深夜にもかかわらず起き出してくれたヴィーカとフレデリカが、情報の精査と共有の支援を、撤退路周辺の索敵補助を担当してくれる。異能者であるフレデリカはともかく、情報周りの支援については作戦行動の長時間化に備え、交代要員としてザイシャとオリヴィアも待機していると報告の合間に知らされる。こちらの疲労は気にせず存分に、こき使ってかまわないと。

機甲兵器の超重量を疾駆させ、あるいは戦闘を経たならば補給も必要だ。各戦隊を交代で防衛線の内側に下がらせて〈スカベンジャー〉からエナジーパックや弾薬の補給を受けさせ、プロセッサーに最低限でも食事と休息をとらせる。その順序を調整し、遅滞や遺漏のないように計らう。実に四百キロにも亘《わた》る長大な防衛線、機動打撃群の〈レギンレイヴ〉数千機が、一個の巨大な生命体として正しく稼動《かどう》できるように。

幸い、〈レギオン〉主力は連邦や連合王国の戦線で膠着《こうちゃく》したままで、機動打撃群の撤退行に振り向けられる敵部隊はさほど多くない。近接猟兵型《グラウヴォルフ》以外なら置き去りにする、〈レギンレイヴ〉の速力が共和国周辺の〈レギオン〉部隊を振りきらせもした。

何より、避難民を乗せた最後の列車が、妨害を受けることなく進行しているのが大きい。

炎上したまま先行した列車はどうにか連邦にたどりつき、線路も損傷を受けはしなかったらしい。最終便は想定以上に人間を満載したから速度は落とさざるを得なかったが、〈レギンレイヴ〉と共に撤退しきるには充分な速度だ。

彼らだけでも、どうにか。全員無事に逃げ切らせたいと、ほの白く明るさを帯び始めた薄明の空を見上げて、レーナは思う。

†

《——それを》

《お前たちが我々から、逃げだそうとするのを》

同胞を置き去りに無様にも逃げだした一部の白ブタの逃避行を、遥《はる》か高空から追跡している警戒管制型《ラーベ》の目を通じて確認しながら、〈羊飼い〉たちは囁《ささや》く。

指揮下の〈レギオン〉がひしめく八三区の、イレクス市ターミナル前広場の罅割《ひびわ》れた石畳から、百合《ゆり》の花がひとすじ生え伸びて咲いている。

どこからか種が飛んできたのだろう。先の混乱と殺戮《さつりく》の中、運よく踏み潰されも燃え尽きもせずに生きのびたらしい。野の花に特有の、温室の百合《ゆり》には比ぶべくもない背の低さ、花の小ささで、けれど重戦車型《ディノザウリア》の兇器《きょうき》のような脚部の傍《かたわ》らに、慎《つつ》ましくも花首を俯《うつむ》けてたしかに寄り添っている。

雪のように白いつややかな花弁を、先ほどまでの殺戮《さつりく》の血に赤く汚して。

まるで純白を誇る聖女がその実犯した己の罪に、傲慢に、羞じて顔を伏せるかのように。

そんなお前たちを。

純白を誇りながら憎むべき罪人である、白ブタどもの逃走を。

同じエイティシックスでありながら、同じエイティシックスであるくせに、白ブタどもを庇《かば》い立《だ》てし、染《し》みついた同胞の血の穢《けが》れも忘れたふりで生きながらえる元同胞の振舞を。

《我々エイティシックスが、——許すとでも考えているのか》

†

「……あぁ、」

嘆息が零れる。呆然《ぼうぜん》と、レーナはその様を見る。

報告は既に、この戦域の防衛を担当する第四機甲グループ、その作戦指揮官から受けていた。

だから覚悟はしていたが。

撤退路である高速鉄道周辺を、人の群が塞いでいる。

目測で五百メートルほどの距離に亘《わた》って点々と、そして長々と。十数人から数十人ほどで所在なく固まり、途方に暮れた様子で立ち尽くす彼らは、最後の避難列車である一九二便に乗っていた共和国市民たちだ。

彼らを運ぶはずだった高速鉄道の軌条は、停止した列車の前方十数メートルから数キロ先の地平線の向こうまで、見渡すかぎりに吹き飛ばされている。報告ではこの先も実に、数十キロの広範囲に亘《わた》って線路が寸断されているそうだ。

砲撃によって。

「長距離砲兵型《スコルピオン》——ここに来て……！」

連邦支配域まで残り五〇キロをきった、あと少しで辿《たど》りつくはずだったここに来て。

連邦支配域に近づいたことが、むしろ仇《あだ》となったかたちだ。〈レギオン〉と連邦軍の戦力が拮抗《きっこう》し、膠着《こうちゃく》している最前線付近は〈レギオン〉の部隊が集中している。敵部隊数もまばらな支配域深部では可能だった、〈レギオン〉の攻撃発起の兆候を捉えての先制攻撃が、最前線近くでは濃密に配置された敵部隊に邪魔されて難しくなるのだ。

加えて、シンの異能は〈レギオン〉の位置と数とを把握できるが、兵種は判別できない。連邦と向きあう軍団規模の〈レギオン〉の、実に十万機をも超す段列の後方で蠢《うごめ》く部隊が、戦線突破のための機甲部隊なのか砲兵なのかを全て正確に推測するのはさすがに難しい。ましてその砲兵の照準先が、正面の連邦軍の防衛線なのか側方の機動打撃群の撤退路なのかを判別するなど。

そして無誘導の榴弾《りゅうだん》砲弾は、一度撃たれてしまえば撃ち落とすのはまず不可能だ。

作戦指揮官も総隊長のスイウも悔しげだったが、だから第四機甲グループの失態ではない。砲兵である可能性のある敵部隊、脅威となりうる位置にいるそれらには当然注意を払っていて。七〇キロ遠方で連邦軍砲兵師団と砲戦を繰り広げていた長距離砲兵型《スコルピオン》が、突如、第四機甲グループの防衛域に集中砲火を向けたのにも各戦隊を散開させて被害を最小限に抑えて。

ただ、移動が不可能なことに加え、数十キロもの長さに亘《わた》り横たわるがゆえに狙いやすく守りづらい、鉄道軌条は守り切れなかった。

一五五ミリ榴弾《りゅうだん》は、爆轟《ばくごう》と高速の砲弾片を以《もっ》て半径四五メートルの広範囲を殺傷する兵器だ。戦車装甲にこそ効果は限定的だが、生半なコンクリート壁や陣地をも一撃で破壊する威力を誇る。遮蔽物もなく野晒《のざら》しの、脆弱《ぜいじゃく》な細い金属の軌条などひとたまりもない。

大口径の榴弾《りゅうだん》によって遥《はる》か彼方《かなた》まで一直線に耕された地に、捻《ねじ》くれた鉄骨群がまばらな灌《かん》木《ぼく》と突きたつ避難路を見渡して、滲《にじ》む苦さを隠しもせずにシンが言う。

「ここに来るのを、待ち構えられていたと見ていいだろうな。……七〇キロ先から、試射もなしの斉射で軌条周辺に、それも何十キロにも亘《わた》って全て命中させていながら、避難列車に被害がない」

「ええ」

こみあげる戦慄を堪えつつ、レーナは頷《うなず》く。

そう、破壊されたのはレールだけだ。線路上しか移動できず、速度を調整する以外に回避の術もない列車に被害は出ていない。直撃は無論、停止しきれず脱線することもなかった。

それほどの余裕を持たせて、正確に線路だけを破壊したのだ。言うとおりに試射もなしに――あらかじめ揃《そろ》えた射撃のデータを元にした射撃で、射程を延伸するベースブリード弾を用いてわざわざ七〇キロの彼方《かなた》から。

機動打撃群が対処できないように最前線の無数の〈レギオン〉に紛れさせて、そのために連邦支配域の直前まであえて撤退を許して。おそらくは上空からの観測でタイミングを計り、連邦側から別の列車を送ることもできないように、連邦支配域付近までの何十キロにも亘《わた》って線路を寸断して。

そこまでして。

「三〇キロも射程を延伸するベースブリード弾を用意して、攻撃兆候を察知させないために直前まで連邦軍本隊と砲戦をして、おそらくは観測してまでわざと列車を避けて。そこまで労力を払って共和国人を、生かしたまま足止めしようとしたなら――……」

果たして、振り返った先。シンは苦く頷《うなず》いた。

「――ああ。今、共和国周辺の〈レギオン〉の一部が動きだした。総数は一万と少し、進軍速度からして先陣は近接猟兵型《グラウヴォルフ》、後詰は戦車型《レーヴェ》か重戦車型《ディノザウリア》主体の機甲部隊だ。機動打撃群が通ってきたのと同じ、高速鉄道の線路上をまっすぐに追撃してきてる」

「っ……」

きつくレーナは奥歯を嚙《か》み締《し》めた。

徒歩での進軍速度は、平均して時速四キロ。

訓練を積んだ軍人にしては遅いようだが、実際にはこの速度が、長い歩兵の歴史から導きだされた最も効率的な進軍速度だ。歩く速度をこれよりも上げると疲労が大きくなり、最終的に進める距離はむしろ短くなる。一日にしておよそ三〇キロ、より長時間を費やして進む強行軍でも四〇キロほどが、徒歩行軍で一日に進む上限の距離である。

重量数十キロにもなる装備を背負って歩くとはいえ、訓練され、高度に統制された軍人の脚でもわずかに時速四キロ。

行進の訓練を受けていない、普段は自動車や列車を利用するから歩き慣れてさえいない市民の群なら、もっと遅い。

共に乗っていた憲兵や司令部要員が懸命にまとめてくれていて、だからとりあえずは足を止めて無闇に動き回ってはいないが、それでも統制のまるで取れていない、数千人からなる大集団である。隊列を組み、歩きだすまでにもどれほどかかるか。

まして老人子供《あしょわ》混じり、健康な若い男女とてもう十年以上も行政区八五区内の整備された舗装路ばかりを歩いて、道なき原野を歩いた経験はおそらくない。たった一日、何時間も歩き続けることさえ、あるいは難しいだろう。長距離を歩かせる想定はなかったから多くの者が、適した靴を履いてもいない現状ではなおさらに。

最高時速は実に二〇〇キロ超、高機動型《フォニクス》に次ぐ俊足を誇る近接猟兵型《グラウヴォルフ》の追撃を受けて、逃げきれるわけがあるはずもない。瞬《また》く間《ま》に追いつかれ、イレクス市ターミナルと同じ恐慌《きょうこう》と殺《さつ》戮《りく》に陥るだろう。

彼らだけなら逃げきれる〈レギンレイヴ〉も、近接猟兵型《グラウヴォルフ》単一の編成でなおかつ平地なら追いつかれてもまず敗北しない〈ヴァナルガンド〉も、避難民を連れているばかりに足を止められ邪魔をされて。

一瞬。レーナは考えてしまった。

傍《かたわ》らでおそらくは同じ結論に至ったシンが、レーナから目を逸《そ》らすのがわかった。

機動打撃群と、救援派遣軍。知覚同調《パラレイド》で繋《つな》がるその指揮官たちに、同時に、冷えた沈黙が落ちた。

全員が、それを検討した。

大勢の部下の命を預かり、責任を持つ指揮官として、検討せざるを得なかった。

連邦軍人だけでも帰還させるために、足手まといの共和国市民を見捨てるべきか。

連邦軍の指揮官と幕僚は、考えた。

そもそも共和国市民の避難を助けるのは、それが可能な間に限ってだ。連邦軍人に、部下に犠牲を払わせてまで、共和国人を救う義務などない。

レーナは、考えた。

連邦軍人に犠牲を出してまで、共和国人を救えとは命令できない。ましてエイティシックスに、共和国人のための犠牲を払えと命令するわけにはいかない。

シンは、エイティシックスたちは、考えた。

自分と仲間に犠牲を出してまで、共和国人を助けたくはない。助ける義務も、連邦の軍人である自分たちには最早ない。

だから。

つい。

それを考えてしまった。

ここで共和国市民を見捨てたとしても。
それは——仕方のないことではないのか？

小さく、冷たい嘆息が、ひととき知覚同調《パラレイド》を支配した沈黙を破る。

『——考えるまでもないことだろうが』

その、鋼を打ちあわせるような硬質な、低い声音。救援派遣軍司令官、リヒャルト・アルトナー少将。

レーナよりも、機動打撃群旅団長であるグレーテよりも上の。この場において最高の指揮権と、その責任を担《にな》う指揮官。

思わずレーナは口を開く。

見捨てるべきだと言い放つ覚悟も、その反対の言葉を望むだけの決意も、未《いま》だ定まらぬまま。

「リヒャルト少将……」

『副長、救援派遣軍の後退指揮は貴様に預ける。ヴェンツェル大佐、機動打撃群後退の総指揮はこれまでどおり貴様が取れ。——〈レギオン〉の迎撃は、私と本部付連隊が受け持つ。その間に共和国人どもを連邦まで避難させろ』

「っ……!?」

思わずレーナは息を呑《の》む。同様にシンが傍《かたわ》らで目を見開き、知覚同調《パラレイド》の向こうの総隊長たちがそれぞれに息を詰める気配。

一方でグレーテが淡々と応じる。

予想していたように、覚悟していたように、静かながらもどこか沈痛な声音で。

『徒歩の市民が撤退する間の時間を、連隊一個だけで殿軍《しんがり》として稼ぐ。決死隊も同然――そうやって詰め腹を切るのね、少将』

『軍人ともあろうものが我が身を惜しんで、民間人を見捨てて逃げるわけにはいかんからな。何しろ我らが連邦は、正義の国なのだから』

正義の国。

それは、連邦の掲げる『正義たらん』の国是を指すだけでなく。

『祖国から迫害を受けた少年兵らを救いだし。その少年らと共に他国の苦境を助け。迫害者たる共和国にさえも援助と改心の機会を与えて、苦心して築きあげてきた正義の美名だ。連邦の永劫《えいごう》の財となるべき名声に、こんなことで傷はつけられん。ましてや悪であるべき共和国に、見捨てられた被害者などという肩書、連邦に見捨てられたなどという札をくれてやっては連邦の未来に差《さ》し障《さわ》る』

「戦後の、外交のために……？」

思わずレーナは呟《つぶや》いた。ふん、とリヒャルトは鼻を鳴らす。

『そういうことだ。運がなかったな、ミリーゼ大佐。共和国にとっては、あるいはよい機会だったろうに』

連邦は正義の座を譲らず。悲劇の民として抱えたエイティシックスから、悲劇の肩書を奪わせない。糾弾すべき悪としての醜態を自ら晒《さら》した、共和国にその悪名を拭わせることも。

「…………」

『残念ながら市民全員は救えなかったが、一国の民、数百万ともなればどだい無茶な要求と傍《はた》目《め》にも映るだろう。わずかな生き残りを救うため、連邦の一個連隊が玉砕した――その程度の悲劇でもあれば拭える瑕疵《かし》だ』

だから。詰め腹――……。

本部連隊の隊列中ほどで、リヒャルトが乗る指揮車代わりの〈ヴァナルガンド〉が回頭する。派遣軍司令官の責任として、また火力に劣る〈レギンレイヴ〉に一二〇ミリ砲の大火力の支援を与えるために、派遣軍の最後尾を進んでいた救援派遣軍本部連隊。百余輛《ひゃくよりょう》から成るその全機が、〈ヴァナルガンド〉に特有の重い足音と地響きを以《もっ》て転進を開始した。

後続の進路を妨げぬよう、左右に転回してから来た道を戻る。外部刺激に反応し一斉に身を翻《ひるがえ》す魚の群のような、一糸乱れぬ見事な動作。

東から西へと歩むにつれて、行軍のための縦列を迎撃のための横陣へと展開し、さらには戦隊、小隊ごとに別れてなおも進む。

今も迫りくる〈レギオン〉の追撃部隊一万を、たった一個連隊で迎え撃つための地勢を求めて。

『一つ教えておいてやろう、ミリーゼ大佐。そこのヴェンツェル大佐は、この手の政治が得意ではないからな。――軍も軍人も、政《まつりごと》のための道具だ。敵を倒すのが本義ではない。貴様が共和国の道具なのか、エイティシックスのための女王という駒なのかは知らん。ただ貴様が属する場所の利のために、貴様の才と勝利を使え』

「わたしは……」

『貴様たちもだ、エイティシックス。貴様たちは連邦軍の一員、連邦の政治のための駒だ。生き方全てで応じろとは言わん。ただ軍人としてはそのように働け。戦いぬいてその果てに死ぬなどという、己がためだけの戦闘はもはや貴様らには許されん。間違って全滅でもされては連邦が困るのだ。――死に急ぐような戦いは二度とするな』

ぴく、とシンが顔を上げた。――外交の道具として、宣伝《プロパガンダ》部隊として死なせるわけにはいかない。利用するばかりの如《ごと》きその言葉に潜む真意を、一度死んでこいと送りだされたことのある彼は正しく汲《く》み取《と》った。

全滅などせず。死に急がず。それは。

生き残れ、と。

『もう一つ。ミリーゼ大佐。エイティシックスども。貴様たちは可能な限り、共和国人を見捨てるな』

「それは……」

『見捨てようとしたな。それが軍人の、指揮官の責任だと言い訳をして。――やめておけ。傾いていると知っている天秤《てんびん》で命の重さを測れば、罪の意識を負うことになるぞ。エイティシックスが、共和国人のためにそんなものを背負ってやるな』

共和国市民を、恨んではいずとも尊重などできるはずもないなら。

共和国市民の命の値段を、自分たちより連邦軍人より低くつけているなら。それを自覚しているなら。

それを、自覚しているからこそ。

見捨てるな。――負う必要もない罪の意識を、復讐《ふくしゅう》のつもりで生涯にわたり背負ってしまわないために。

『正義たるが連邦軍人の誇り。人間たるがエイティシックスの誇りなのだろう。そのとおりに行動しろ。復讐を選ばなかったなら、これからも選ぶな。貴様らが良く、生きる邪魔を、奴らなどにさせてやるな。――ヴェンツェル大佐』

最後にリヒャルトは、ふたたびグレーテに言葉を向けた。

短くグレーテが頷《うなず》いた。

『ええ』

『エイティシックスを拾ったのなら、彼らの誇りを守ってやるのが責任だと言ったな。ならば果たせ。この先、残忍は、冷酷は、非情さはすべて、貴様が負え』

リヒャルトたち殿軍《しんがり》が力及ばず〈レギオン〉に敗れて、共和国人を見捨てざるをえなくなったなら。あるいは、共和国人を見捨てさせないために、救援派遣軍にさらなる犠牲を払わせるなら。

その決断は、レーナでもエイティシックスでもなく、グレーテが下せと。

この先も。

戦友を見殺しにする時がきたなら。民間人を守り切れないなら。犠牲を前提に作戦を立てねばならないなら。戦局の悪化がもたらす、あらゆる残忍な、冷酷な、非情な決断を。旅団長として。

エイティシックスたちを見捨てるべきではないと、それが連邦の責任だと真っ向から啖呵《たんか》を切った、己の言葉の責任として。

『まだ彼らが子供だというなら、――それだけでも貴様が守ってやれ』

グレーテはわずかに、瞑目《めいもく》するような間をおいた。

それから答えた。

明るさはなく、けれど気負うでもなく。

『当然でしょ、先輩。……だから』

彼らのことは。――この先のことは。

何も。何一つ。

『心配しないで』


殿軍《しんがり》をかってでた本部付連隊だが、〈レギオン〉の追撃部隊には兵数で大きく劣る以上、まさか敵の撃滅を図るわけにもいかない。むしろ遅滞戦術をとるのが関の山だ。戦闘と後退を繰り返し、敵の進軍を妨げて遅らせる戦術行動。

後退を繰り返すためにはそのための距離が必要となるから、殿軍《しんがり》の連隊は可能な限り来た道を戻り、避難民と機動打撃群から離れねばならぬ。

同様に、殿軍《しんがり》に後退可能な距離を与え、なるべく多くの時間を稼いでもらうためには、機動打撃群もまた避難民を連れ、できうる限りの速度で連邦支配域へと進まねばならない。

『――本隊に要請した輸送トラックは、どうにか必要数が確保できたわ。準備が整い次第進発してもらうから、その間にこちらも距離を稼ぐわよ』

連邦西方方面軍本隊に状況を報告、徒歩の避難民を回収させる足を手配させたグレーテが、調整を終えて指示を出す。

これまでと同じくサキの〈グルマルキン〉の補助席に収まり、レーナは知覚同調《パラレイド》越しのその声を聞く。プロセッサーは無論のこと、補助席に同乗する管制官、指揮官も全員がすでに〈レギンレイヴ〉のコクピットに収まり、進発を待つ静かな緊張。

『第四機甲グループは引き続き防衛線を維持、第三機甲グループは第四機甲グループに合流して防衛線の強化を。第二機甲グループは後方を警戒』

『了解』

てんでに立ち尽くす避難民は、憲兵や工兵がいくつかのグループに分けてまとめ、即席の隊列を組ませている。連邦支配域にほど近いこのあたりの防衛線構築を元々担当していた、機動打撃群第四機甲グループに合流すべく、第三機甲グループに加え、残る〈ヴァナルガンド〉が移動を開始。

『第一機甲グループ、ミリーゼ大佐とノウゼン大尉たちは、避難民の隊列の護衛を。彼らを散らさず、でも遅れさせせずに、輸送トラックとの合流地点まで彼ら全員を歩かせてちょうだい』

「ええ。了解です、ヴェンツェル大佐」

指揮官では唯一、自ら〈レギンレイヴ〉を駆るグレーテの乗機から、合流予定地点と到達予定時間がデータリンクを通じ共有される。ホログラムのサブウィンドウに表示されたそれを一瞥《いち》《べっ》して、レーナは一つ頷《うなず》いた。行軍予定距離、一七キロ。到達予定時刻は五時間後。

加えて急遽《きゅうきょ》、憲兵に確認してもらったこの場の避難民の人数と、随伴する全〈スカベンジャー〉の物資残量が別のウインドウに表示。本来、三日間を予定していた作戦だ。弾薬もエナジーパックも、糧食と水にも充分な余裕がある。

さっそく、ホロウィンドウ上で振り分けの予定を立てながら、知覚同調《パラレイド》の対象を切りかえて命じた。

「機動打撃群、第一機甲グループ――撤退を再開してください」

撤退再開の言葉を、今度は〈レギンレイヴ〉が避難民たちに、外部スピーカーで告げて回る。促されて避難民の最初の集団が、慣れぬ行進を開始した。

ペースを保ってやるために、直衛を兼ねた数個の戦隊が集団の周囲に散って随伴する。磨いた白骨の色彩のフェルドレスが、まだ陽も昇らぬ黎明《れいめい》の薄明りの中を這《は》い進《すす》むさまはまるきり怪物そのもので、びくりと身をすくめ、身を寄せあった市民たちは無言の圧力でも感じたかのように足を進めた。

集団の最後尾の数人が歩きだし、背後を数機の〈レギンレイヴ〉が守ったところで、次の戦隊が立ちあがる。

『そろそろいいかな。――それじゃ第二集団、出発するよ』

とはいえ、民間人数千人からなる集団だ。

最後の集団が歩きだした時には、空からは星の輝きは半ば消え失《き》せ《う》、黎明《れいめい》の濃紺から暁闇《ぎょうあん》の紺青《こんじょう》へと移り変わって、世界は透明なほの昏い青色に染め上げられていた。

集団の護衛はスピアヘッド戦隊だ。また、作戦指揮官として最後尾に回ったレーナと彼女を乗せた〈グルマルキン〉が同行し、シデン指揮下のブリジンガメン戦隊が周囲に散らばる。

冷えた青鋼玉《サファイア》の闇の中を、亡霊の群めいた人影と、磨いた骨の色彩の首のない骸骨の一団がゆっくりと進む。

やがて後方、西の空の彼方《かなた》で、砲声の遠雷が鳴り響いた。

ついに殿軍《しんがり》と〈レギオン〉追撃部隊が接触し、戦端が開かれたのだ。殿軍《しんがり》も避難民も互いに進んで、距離はまだずいぶん開いているけれど、一二〇ミリ戦車砲の激烈な砲声はその距離をも超えて鋭く轟《とどろ》く。まるですぐそこに、今にも地平線を越えて現れるほどの近さに、鉄色の殺《さつ》戮《りく》者たちが迫り来てでもいるかのように。

長い戦歴で砲声には慣れ、また会敵の報告は受けていた〈レギンレイヴ〉は動じず、一方で避難民たちの目は一様に凍りついて振り向けられる。〈レギオン〉の接近に、反射的に逃げだそうとした一人がくるりと列の外に目と脚先を向けて。

瞬間、その眼前にすかさず首のない白骨が立ち塞がった。

「っ、ひ、」

『勝手に、列を離れるな』

外部スピーカーが低く告げる。——一人が走りだせば、周りもつられる。集団が暴走を始めたら、もう歯止めが利《き》かない。その前に。

「で……でも、銃声が。〈レギオン〉が近くに……！」

『まだ遠い。逃げたいと思うならこのまま進め。一人だけ走って逃げても、そんな奴《やつ》は守ってやれない』

「——エイティシックスだものな」

集団の中、誰かが言った。聞こえよがしに、けれど人の中に隠れて吐き捨てるように。

お前たちは、エイティシックスなのだものな。

我々共和国市民を、本当は守りたくないのだものな。

どうせ恨んでいるのだろう。憎んでいるのだろう。だから。

恨まれていると、憎まれていると知りながら、むしろ咎《とが》め憤《いきどお》る声音だった。恨まれることをしたとは露とも思わず、むしろ逆恨みを受けているのだと言わんばかりの。

〈レギンレイヴ〉は動じなかった。

『ああそうだ。だから、繰り返すが勝手はするな。そのとおり、俺はエイティシックスだ。任務以上のことはしてやらない。隊列から離れたら、そいつのことは知らない』

だから。

自分の身を、守りたいと思うなら、なおさらに。

『黙って進め』


「――ま、不愉快だの不満だのは出てくるよな。俺たちは当然だが共和国人どもからも」

動じはしなかったが、愉快な気分でももちろんなかったらしい。外部スピーカーを切ったクロードが盛大に舌打ちを零《こぼ》しているのを聞きながら、〈ヴェアヴォルフ〉の中ライデンはぼやく。

戦隊長であり第一機甲グループの総隊長でもあるシンは、この作戦では索敵を優先しているからあまり細かい指揮は執れない。その分副長のライデンに様々な報告が回ってくる。スピアヘッド戦隊は無論、他の隊の隊長格からも。

いくつか先の集団と並走する、リュカオン戦隊のミチヒから知覚同調《パラレイド》が繋《つな》がる。

『シュガ副長。〈スカベンジャー〉のコンテナの空きに、子供だけでも乗せられないかと要望を受けているのです。小さい子を抱えてるお母さんは、たしかにだいぶ辛《つら》そうなのですが

『……』

「ああ……」

少し考えてライデンは首を振る。

「いや、駄目だミチヒ。それやると収拾がつかなくなる。──あっちがいいのにうちのはなんで乗せてくれないんだとか、子供がいいなら年寄りもとか、いっそ弾薬下ろして全員乗せろとか言いだしてきりがなくなるぞ。今はそういうので揉《も》めてる時間がねえ」

『ああ……そうですね。了解なのです。そもそも弾薬とか補給する時に、近くに子供がいたら危ないのですしね』


「とはいえそろそろ、第一集団から小休止を取らせましょう」

電子書類の投影デバイスの時刻表示に現在時刻を確認し、レーナは告げる。第一集団の進発から、そろそろ一時間。最初の休息をとらせる頃合いだ。

ちらりと視線を向けた先、ぐずる幼児を抱えて疲れた顔で歩いているのは、親どころか十代初めくらいの少年だ。両親とはぐれて兄弟だけになってしまったのか、もしかしたら兄弟ですらないのか。

急がねばならぬ道行きではあるが、疲労で動けなくなっては元も子もない。

「それに、私たちこそ昨日の夜から動きづめで、輸送隊との合流まであと四時間はかかります。なるべく、細切れにでも休まないと。……行軍中も、可能なら交代で警戒から抜けるように。それとここまでに、疲労感軽減のために処方薬を使ったプロセッサーは申告してください」

本来、三日間を予定していた作戦だ。補給物資には充分以上の余裕がある。ペットボトルの飲料水と戦闘糧食を避難民の全員に配り、十分の小休止を経て、隊列は再び行進に移る。

たった十分……？　と、座りこむことを一度許された市民たちからは不満が漏れたが、同じく休息をとっていた周囲の〈レギンレイヴ〉は意に介さず歩を進める。

小休止の終了と進発を告げて後は声すらかけないその無造作に、置いていかれまいと慌てて市民たちが立ち上がる。

避難民と〈レギンレイヴ〉の隊列はなおも進む。

なおも進む。時間と距離を経《へ》るにつれ、歩き慣れない足には疲労がたまる。疲れて足をひきずるから、下草や石くれ、地面の窪《くぼ》みに躓《つまず》いて転ぶ者が続出する。子供や老人は無論のこと、健康な大の大人でさえ。

その様子を横目に〈レギンレイヴ〉は歩を進め、あるいは遠く警戒を続ける。

避難民たちと同じく一時間ごとの小休止を取り、また警戒任務を交代して休息をとる時だけ、棺桶《かんおけ》じみたコクピットのキャノピが開く。乗機を奪われることを警戒してか、必ず一人はアサルトライフルに手を掛けたまま、水を呷《あお》り、温めもしない戦闘糧食を黙々と詰めこむ少年兵たちに恨みがましい視線が向くが、エイティシックスたちは気にも留めない。

フェルドレスに乗って、楽をしているように見えるのだろうがそんなことはない。よくて夜中から、不運な者ではすでに丸一日近くも動きどおしで疲労を抱えたまま、足の遅い非戦闘員を守って敵地を行軍しているのだ。〈レギオン〉への警戒にも行進速度の維持にも神経を使う。休める時に少しでも休んでおかなければ、最良でもあと数時間はかかる行軍には耐えられない。

キャノピが閉まる。行進の開始が告げられる。

エイティシックスは言葉をかけず、市民たちには声高に不満を述べる度胸はない。

恨みがましい視線のみが向けられ、エイティシックスはそれを綺麗《きれい》に無視した、言葉も視線も交わらない沈黙のひとときがまた終わる。

殿軍《しんがり》の戦闘の様子は、見知った者の現在を見る異能を持つフレデリカが最も詳細に確認できる。彼らを率いるリヒャルト・アルトナー少将を、フレデリカは機動打撃群のマスコットとして、……連邦軍に囚《とら》われた女帝アウグスタとして、知っている。

〈レギオン〉の位置を知る異能を持つシンもまた、追撃部隊の配置から逆算することで殿軍の戦局を知ることはできる。けれど彼に、周囲何百キロを警戒しながら進む彼に、殿軍《しんがり》の状況の把握までさせるべきではないと思った。

何より、非情な決断を下すなと命じられたシンに、その決断を下さざるを得ない殿軍《しんがり》の敗北の様など、見ていてほしくはなかった。

戦端が開かれてずいぶん経《た》って、けれど殿軍《しんがり》と〈レギオン〉追撃部隊の喰《く》らい合う戦場の位置は、戦闘開始からほとんど変わらない。善戦していると、作戦にも戦闘にも未《いま》だ疎《うと》いフレデリカでもわかる。本当に撤退の間の時間を稼ぐだけのつもりで、無闇に削られもせずけれど不必要に退《さ》がらず、ただひたすらに勇猛に、果敢に戦いぬいている。

最後は全滅だと、覚悟の上で。

「見事じゃ、アルトナー。そして……すまぬの」

さらに進む。陽が昇りきる。

生まれたばかりの光線が金色に空を輝かせ、清冽《せいれつ》な陽光が大地に行き渡って万物に等しく降り注ぐ。

光の中、生けるもの全てが目覚める朝だ。

透明な金色の光の粒子に、大気そのものが満たされる朝だ。

輝く朝露に濡《ぬ》れて秋の花々が瑞々《みずみず》しく花弁を広げ、夜の静寂に清められた涼風が純粋な花の香気を運ぶ。目を覚ました森の木々が、野の草花が朝靄《あさもや》に息吹《いぶき》し、小さな体を温められた鳥たちがさっそく一日の始まる喜びを歌う。

祝福と歓喜に満ちたそのただ中を、共和国市民たちは無言で歩き続ける。

美しい、秋の朝だ。

涼しい風が、心地よい陽《ひ》の暖かさが、痛む足を慰撫《いぶ》し疲れを労《ねぎら》う美しい朝だ。

だからこそ余計に、敗走は惨《みじ》めだった。

けっして強行軍の速度ではないとはいえ、わずかな休止を挟みながら、すでにどれだけ歩き続けたろうか。見渡すかぎりに咲き零《こぼ》れる野の花々は色とりどりに妍《けん》を競うが、同時に疲れた足を絶えず捕らえる。道もない、どこ一つとってもけっして平坦《へいたん》ではない地面は歩き慣れない彼らの足を痛めつけ、歩んでも歩んでも変わらぬような、花と野と空の風景。

空は明るく、高く青く、この季節特有のきんと澄み渡った透明さで美しかった。

だからこそ敗走は、惨《みじ》めだった。

足をひきずり、疲労にあえぎ。幼子や赤ん坊を連れた親は、疲れてぐずり、泣きじゃくる彼らを抱えて。

のろのろと進む市民たちを、けれど周りの〈レギンレイヴ〉は追い立てない。

急《せ》かすことすらせずただ市民の列を囲んで、ときおり立ち止まって周囲を警戒する様子を見せつつ、その他はひたすらに無言で歩み続ける。

追い立てもしなければ、急《せ》かしもしない。

そんな余裕もなければ、義理もないからだ。連邦軍とその軍人は連邦の国土と国民を守る存在であって、共和国市民を守る義務は本来ない。連邦市民が相手なら、必要ならば銃を向けて追い立ててでも保護を優先するのだろうが、共和国市民にはそうしてやるほどの責任はないのだ。まして共和国市民を恨み憎んでいるはずの、エイティシックスにはなおさらに。

それがむしろ、共和国市民たちには辛《つら》かった。

追い立ててくれれば、たとえばあの威圧的な戦車砲や機関銃を突きつけ追いたててくれれば、不満を抱いても正当だ。辛《つら》いと、苦しいと泣き喚《わめ》いて、酷《ひど》いことをされたと内心恨み、己を哀れんだとてそれは正しい感情だ。

銃を突きつけ、追い立ててくれれば、自分たちはまるで暗愚な暴君から迫害された、哀れな正しい殉教者のようになれるのに。

そのはずなのに、連邦軍人もエイティシックスも、何もしてくれない。

苦しいと泣いても辛《つら》いと訴えても、せいぜい一瞥《いちべつ》をくれるだけだ。言葉さえもかけない。もし立ち止まってそのまま〈レギオン〉に捕まっても、知ったことではないとばかりに。

けれどついてくるなら、それでも別に構わないとばかりに。

本当に、どうでもいいのだ。エイティシックスたちは、自分たちのことが。

どうでもいいから、死んでもいいけど生きていてもいい。

どっちだろうと、構わない。

その無関心が、恨みですらないエイティシックスたちの無関心が、耐えられなかった。


「――もう嫌よ！」


悲鳴のように誰かが叫んだ。ふらふらと歩んでいた、若い女性の一人がついに足を止めた。

ぎんいろをした周囲の視線が、その女性に一斉に集まる。

近くを歩んでいた〈レギンレイヴ〉の一群が立ち止まる。その不吉な、這《は》いずる首のない骸骨のようなシルエット。

不吉な。無慈悲な。

耐えきれなくなったのだろう、ぼろぼろ零《こぼ》れる涙を拭いもせず、子供のようにしゃくりあげながら女性は言う。

「もう嫌――もう、歩けない。足が痛いの。もう――歩けないの」

銀色の双眸《そうぼう》が、その女性と足を止めた〈レギンレイヴ〉に集まる。指揮官機らしいその中の一機が、紅《あか》い光学センサを女性に向ける。蜘蛛《くも》の鋏角《きょうかく》のような一対の高周波ブレードと、シャベルを担《かつ》いだ首のない骸骨のパーソナルマーク。

市民たちの視線が、女性と〈レギンレイヴ〉に集まる。

外部スピーカー越しの声が言った。

まだ若い、少年の声。

視線追従に設定している八八ミリ砲の砲口が、視線の先に立つ女性にしんと向いている。

『――はぐれたら、回収にいく余裕がありません』

眼前の、もはや彷徨《さまよ》う幽鬼のようなぼろぼろに疲労した市民たちを。見やって淡々とシンは告げる。

「はぐれたら、回収にいく余裕がありません」

追い立ててやるほどの義務もない。ましてやエイティシックスが共和国市民を、励ましてやる義理などない。

だから口を開いたシンの声音は、酷《ひど》く突き放した無関心さだ。

死んでしまおうが生き残ろうが、構わない。

どうだっていいからどちらでもいい。

その思いが如実《にょじつ》に、にじみ出た声音。

光学センサと砲口の先の女性の、雪の影の銀色の双眸《そうぼう》に。周囲で息を呑《の》んで見守る共和国市民たちの様々な色彩の銀の瞳に。わずかに揺らいだ期待には、気づかなかったふりをした。

「なので一息ついたら、その時近くにいる集団に合流してください」


その言葉に女性は、周りの共和国人たちは愕然《がくぜん》となる。

事務的な、何一つの情もない言葉だった。

けれど再び歩きだすための、置き去りにしないための、それは助言だった。

エイティシックスが、恨んでいるはずの共和国市民に。

『これだけの人数なら、全員が歩き続けてもしばらく隊列は途切れません。小休止を取るだけの余裕は、充分にあります』

女性が首を振る。信じられない、のだろう。それは周りでひそかな期待に息をつめて見守っていた、共和国市民たちも同じだった。

「――歩けないの、」

『ただ、あまり長く立ち止まっていると、それだけ疲労が出て歩きだすのが辛《つら》くなります。休息は十分程度に——言うまでもないと思いますが、時計の持ちあわせがないなら六百秒を数えたところまでに留《とど》めてください』

「歩けないの——ねえ、もう歩けないのよ。わたし歩けないの」

『元の集団に追いつこうと急ぐ必要はありません。周囲と同じ速度で、一定のペースを保って歩いてください』

「ねえ——歩けないのよ。歩けないいんだから、置いていけばいいじゃないの！」

とうとう女性がきんと叫んだ。空に高く散った金切り声に、けれど〈レギンレイヴ〉は微動だにしなかった。

「あなたエイティシックスでしょう⁉　わたしたちを、恨んでいるのでしょう⁉　いい機会じゃない、置いていけばいいじゃないの！　足手まといだって言えばいいじゃないの！　なのにどうして——！」

どうして見捨てることさえ、してくれないのか。

私たちは、見捨てたのに。十一年前に見捨てたのに。同じことをすればいいだけなのにどうして——同じ惨《みじ》めなモノに、成り下がってはくれないのか。

悲鳴のように、声は散る。

〈レギンレイヴ〉は答えず、ただふいと視線を外す。

その様に、ダスティンは衝動的に〈サギタリウス〉のキャノピを開けようとした。

自分は、共和国軍人だ。

連邦軍人のシンには、市民たちを追い立てる義理はない。

それ以上に、他国の市民に銃を向けることはできない。

エイティシックスの彼がそこまで自制して、言わなくてもいい忠告をしてくれている。それならこの後、市民たちを鞭《むち》で追い立てるのは自分の役目だ。

共和国軍人である自分の役目だ。

自衛用のアサルトライフルを取り上げ、開閉レバーに手を掛けた。

その時。


「グルマルキン、──キャノピを開けてください」

命令に、ややあってから〈レギンレイヴ〉のキャノピが開く。翼ある猫のパーソナルマーク。サキの駆る〈グルマルキン〉。

鮮血の女王の、この作戦での御料車。

コクピットから外へと、レーナが降り立つ。

繻子《しゅす》の輝きの、白銀の長い髪が陽光に流れる。静かな銀色の双眸《そうぼう》を軍帽の下に光らせて、秋の夜明けの戦野に立った。

意図をつかねた周囲の〈レギンレイヴ〉が足を止める。ぎょっとなったらしいシデンの〈キュクロプス〉、さらに〈アンダーテイカー〉が護衛のために左右に控えた。

「サギタリウス、あなたは控えなさい。わたしがやります」

『大佐、ですが』

「控えなさい少尉。大佐の、わたしの役目です。それに、……あなたではわたしほどにはできない」

市民全員を真っ向相手取って獅子吼《ししく》できても、エイティシックスを率いて鮮血を纏《まと》う王にはなれなかった、冷酷にはなれないあなたには。

『っ……了解』

不承不承に、応じたダスティンに頷《うなず》きを返して。

黒白《こくびゃく》の〈レギンレイヴ〉を左右に侍《はべ》らせて、女王は市民たちを睥睨《へいげい》する。

王冠のように制帽を被《かぶ》り、マントのように銀髪を流して、王杖《おうじょう》のようにアサルトライフルを傍《かたわ》らに立てて。

視線を向けた市民たちが、その姿に目を剝《む》いた。どうして、と口々に声を零《こぼ》す。

紺青《こんじょう》のブレザーの、共和国軍の女性用軍服。目深《まぶか》にした制帽と、共和国軍制式のアサルトライフル。

どうして、〈レギンレイヴ〉から、エイティシックスではなく共和国軍人が出てくるのか。

どうして共和国軍人が、徒歩の自分たちではなく〈レギンレイヴ〉に乗るエイティシックスと共にいるのか。

どうして自分たちを守るべき共和国軍人が、自分たちは痛い足にも惨《みじ》めさにも耐えて歩き続けているというのに、ぬくぬくとエイティシックスと〈レギンレイヴ〉に守られているのか。

「お前っ……」

「歩きなさい」

詰め寄ろうとした一人を、視線だけで制して言い放った。制帽の下、炯々《けいけい》と光る白銀の瞳。

「〈レギオン〉が来ます。歩きなさい。――休むのは構いません。ですがもう動けないだなんて、見捨てればいいだろうなんて、甘えるのもいいかげんにしなさい」

「っ……」

「救援を受けているとわかっているなら、見捨てろなどと軽々には言えないはずです。駄々をこねていればそれだけ、その救援に来てくれた連邦軍の方々の被害も大きくなります。何より貴方《あなた》たち自身《じしん》の命が失われる。そうであるのだから、歩きなさい。怪我《けが》をするほどではなく、ですがなるべく急いで」

睨《にら》みつける無数の視線を、臆さずはったと見返して続けた。アサルトライフルを、王杖を持

ちあげるように取り上げる。

見せつけるように、初弾を装填した。

「わたしは共和国軍人です。貴方《あなた》たちの命を守る義務があります。——脱落して死なせるくらいなら、銃を向けて追い立ててでも歩かせてあげますよ」

さすがに銃口は向けなかったし、周りの〈レギンレイヴ〉も動かなかった。それでも〈レギンレイヴ〉とエイティシックスに守られた華奢《きゃしゃ》な少女士官に、市民たちは気圧《けお》される。

人垣の向こうの誰かが、辛《かろ》うじて叫んだ。

「共和国軍人なんだったら！　どうしてあんたは、あんただけ〈レギンレイヴ〉に乗ってるのよ！　軍人なんだから、あたしたちを守るんだからあたしたちと一緒に歩きなさいよ！」

レーナは用意していた冷笑を向ける。

「わたしが？　どうして？　——わたしは聖女マグノリアの、革命を導き率いた聖女の再来です。聖女の役割は羊を導き、救うこと。苦楽を共にすることではありません。そして、」

無力な羊たちを、見回して告げた。

何も言わずとも黙って見守ってくれている、彼女の頼れる部下にして信頼する戦友たちを、背後に従えて。

「わたしはエイティシックスを率いる女王、鮮血の女王です。女王が騎士の曳《ひ》く馬に乗るのは当然でしょう？」

「っ……！」

「アンダーテイカー。ここからは貴方《あなた》に騎馬の栄誉を」

漏れでた、声にならない憤《いきどお》りをまるで無視して〈アンダーテイカー〉に目を向けた。

機首を下げ、キャノピを開こうとするのを制して、機体の外側に摑《つか》まった。コクピットブロックの横に立ち、八八ミリ砲身に手を添えて体を支える。

純白の戦車《チャリオット》に乗り凱旋《がいせん》する、白銀の戦女神のように。

知覚同調《パラレイド》越しにシンが言う。咎《とが》める声音で。

『レーナ。〈レギオン〉は近くにいないけど、だからってそれはさすがに危ない。コクピットに移ってくれ』

「このままこの集団の先頭まで移動してください。そこでコクピットに移りますから。――大丈夫です。〈レギンレイヴ〉に乗っているところに石なんて、投げる度胸はないですよ」

シンは無視してライデンあたりに指示を出したらしい。〈ヴェアヴォルフ〉と、〈キュプロクス〉が〈アンダーテイカー〉の斜め後ろ、避難民の隊列と〈アンダーテイカー〉の間に入る位置についた。レーナの姿を避難民が見、通りすぎたところで投石なりをしたとしても、その二機が楯《たて》となって届かない配置。

スピアヘッド戦隊の各機が移動に備えて展開し、ブリジンガメン戦隊が護衛に散って、しずしずと〈アンダーテイカー〉が歩きだす。

とうに市民を置き去りに逃げ去ったはずの共和国軍人の姿に、それもエイティシックスの駆る〈レギンレイヴ〉に乗って一瞥《いちべつ》も与えず過ぎていくその横顔に、避難民たちは一様に唖然《あぜん》とし、呆然《ぼうぜん》となり、ついで疲れ果てた顔に憤怒《ふんぬ》の形相を浮かべた。レーナが看破したとおり物を投げるほどの度胸がある者はいないようだが、人波に紛れての侮蔑と悪罵はぽつぽつと届く。

裏切者《うらぎりもの》。

卑怯《ひきょう》な。

まるで独裁者だ。

小娘がエイティシックスを誑《たら》しこんで。

娼婦《しょうふ》みたいに。

届かないと思い。あるいは、聞こえよがしに。

集団の先頭まで存分に、見せつけたところで言ったとおりに〈アンダーテイカー〉のコクピット内に移る。──あとは勝手に、他の集団にも話が伝わっていくことだろう。

エイティシックスを従え、彼らを『迫害』する──憎むべき白銀の魔女の存在が。

キャノピを開けてもらい、よいしょと乗りこもうとしたら、するりと抱き寄せられてそのままコクピット内へと抱え下ろされた。すぐさまキャノピが下りてロックがかかる。

一旦待機状態に移行していた三面の光学スクリーンが灯《とも》り、明るくなったコクピットで見上げると、シンは明らかに機嫌がよろしくなかった。

「銃口に追い立てられたいと、迫害される悲劇を気取りたいと、あいつらが望んでるのはわかってたけど。だからって応じてやる必要はないだろう。それもレーナが」

「必要は、ありますよ。ああやって煽《あお》ってやれば、今だけでも進む力になります。リヒャルト少将から預けられた任務は、彼らを生還させることです。そのためには必要な措置です」

ちらりとシンは光学スクリーンを見た。立ち止まったままの先の女性に、同年代の女性が駆け寄って助け起こすところだった。

幼い子供を二人も抱えてよろよろ歩く母親に青年が声をかけ、その子供の一方を半ば奪い取るようにして預かって歩きだす。

親とはぐれたらしい泣く子供の手をひき、自らも歯を食いしばりながら老人が歩く。

脚を痛めたらしい若者に、恋人らしい女性が肩を貸している。

その誰もが、先導する〈アンダーテイカー〉を睨《にら》みつけ、追うようにして歩を進める。

その中に在る存在への怒りを、憎悪《ぞうお》を、疲弊しきった体を駆動させる燃料として。

「……そうかもしれないけど。何もレーナがやらなくてもよかったろ。あれじゃレーナが『悪役』だ。そこまでしなくても、」

「そうです。もうわたしを、彼らは聖女マグノリアの再来だなんて持ちあげない」

ふっとシンが、レーナを見た。

見上げてレーナは微笑《ほほえ》んだ。

いつか、あなたが言ったとおりに。

「悲壮面の聖女は、もうしません。したくありませんから。……これで共和国軍人としての義務は果たしました。だからもう、このあと彼らに縋《すが》られたって、知りません」

「………………」

無言のままシンは、片手を操縦桿から離してレーナの制帽を取り上げた。

「わざわざかぶったのは、軍人としての立場で、義務で、威圧か」

言われてレーナはきょとんとなる。

「それもありますけど。その、顔を隠そうと思って」

今度はシンが意表を衝《つ》かれた顔になった。

「あの、だから目深《まぶか》にしてたんです。今は夜明けで東に向かっていて、ほぼ真正面から光が当たるから、鍔《つば》で顔は陰になりますよね。悪役にはなっても、というか悪役なので、顔は隠しておこうかなと。だってわたし、革命祭の花火は諦めてないですから」

帰れなくなっては、困るのだから。

「……くっ」

こらえきれない、という風に、シンが吹き出した。そのままくつくつと笑いだす。

「なるほど、……たしかに悲壮面はしてないな」

「でしょう」

狭いコクピットの中、少し苦労して、花火を見ようと約束した恋人の胸に身を寄せた。

「帰りましょう」

「ああ」


市民たちは駆り立てられるように、〈アンダーテイカー〉を追って突き進む。

ほんの少し前の、幽鬼のようなありさまからはうって変わったその様子と形相に、レーナを抱えてシンはひそかに嘆息する。

怒りは。憎悪《ぞうお》は、たしかに。

苦境においてひととき体を動かす力に、絶望の中で己を支える力になりうるのだろう。

八六区でもそうだった。

自分たちも、その時には自覚していなかっただけで、たしかに怒りと憎悪《ぞうお》で己を支えた。

諦めも踏み外しもしない。最期《さいご》の瞬間まで戦いぬく。

人の道を容易《たやす》く踏み外した、下劣な共和国市民《あいつら》と同じモノには成り下がらない。そう。

い、い、い、い、い、い、あんな奴らと同じモノに、なってたまるか。

焰《ほのお》のような、その怒りはたしかに、誇りの裏側で自分たちを支えてくれた。

戦う力を　与えてくれた。

けれどそれを人の本性だとは、人の真実だとは思いたくなかった。

同じエイティシックスからも罵声を投げられて嫌われ、敵国の系譜と、売国奴と、疫病神《やくびょうがみ》と、亡霊つきの死神と、憎まれたシンだ。石と罵声を投げつけてきた同胞たちの振舞が、――幼い自分の首を絞めた兄のあの憎悪《ぞうお》が、人の本性だなんて思いたくはない。

だから。

けれど。

――〈羊飼《あ》い《い》〉たち《っ》の《ら》気持ちも、わからなくもないな。

言葉には出さず、胸の内に呟《つぶや》いた。瞋恚《しんい》に呑《の》まれ、憎悪《ぞうお》に穢《けが》れて〈レギオン〉に堕した、かつての同胞たち。

変わらないのだ。彼らと、自分は。

選んだものは、違うようで、同じだから。

八六区で自分たちは、まるで火刑台に縛られて死刑の執行を待っていたようなもので。ただ手の中に、自分たちを焼き殺そうとする共和国市民ごと、吹き飛ぶための爆弾のスイッチを持っていた。

エイティシックスの誰もが知っていた、共和国への復讐《ふくしゅう》の手段。

抵抗をやめてやるだけで、あるいは抵抗をやめずとも、いずれ必ず共和国を呑《の》みこみ焼き尽くす、〈レギオン〉という鋼鉄の災厄。

どのみち死ぬことに変わりはなくて。抵抗をやめず誇りを守って死ぬか、抵抗をやめて憎しみを晴らして死ぬか、選べるのはどちらかだけで。最後に何に、満足して死ぬかの違いでしかなかった。

だから〈羊飼い〉たちを、シンは責められない。何かが違ったら、何かを一つ、得られずにいたら。

たとえば、白系種《アルバ》の身でエイティシックスに寄り添おうとした、忘れないと応えてくれた、彼の銀色の女王と出会わなかったら。

あるいは自分も、向こうにいたから。

一方、煽《あお》り立《た》てられた憎悪《ぞうお》に駆られ、追い立てるように市民たちは歩く。

聖女気取りの女王への憎悪《ぞうお》。憎ませてくれようともしないエイティシックスたちへの憎悪《ぞうお》。

そして彼らの苦境にもまるで無関心に美しく在る、うつくしいこの世界への憎悪《ぞうお》。

こんなにも辛《つら》いのだから、こんなにも惨《みじ》めなのだから、こんなにも自分は哀れなのだから、だからこれは誰かのせいに違いないのだ。

誰かが自分を、こんなにも辛《つら》く惨《みじ》めで哀れな境遇に落としたのだ。

誰かが悪であるべきだ。

だってこんなにも辛《つら》く惨《みじ》めで哀れな自分の姿が、自分自身のせいだなんてそう考えてしまったら。自分こそが自分を苦境に落とした元凶だなんて自覚してしまったらただでさえこんなにも辛《つら》く惨《みじ》めだというのに、もう耐えられない。

恨ませてくれ。誰でもいいから。

なんでもいいから。

美しく鳥など鳴かねばいい。花など美しく咲かねばいい。太陽の光が、美しくなければいい。こんなにも美しい、素晴らしく高く青い空の下でなければいい。

いっそ雨の朝ならばよかった。

世界全てから厭《いと》われたかのような嵐が、雷鳴が、泥濘《でいねい》が、暗闇が、——世界全てを恨めるようなあらゆる刻苦が、自分たちに立ち塞がってくれればよかった。

青く高く晴れ渡った蒼穹《そうきゆう》を、避難民たちはいっそ恨んだ。彼らの苦痛など、悲嘆などまるで知らぬげに、気にも留めずに美しく在る世界がだからこそ憎らしかった。

恨ませてくれ。そうでないなら。

いっそ、——私たちと共に、なにもかも滅んでしまえばいいのだ。

そうとさえ思った。

連邦より六〇キロ、統制線アクアリウスを通過して、もはや市民たちは不満の言葉も吐かない。昼前の高い太陽の下、どこまでも前方に伸びる道なき道を睨《にら》みつけ、獣のような荒い息で黙々と進む。

先行する〈レギンレイヴ〉がふと、光学センサを地平線の彼方《かなた》に向けた。まだ遠い彼方《かなた》から土煙が近づく。やがて四角い影がぽつりと現れ、それは無骨な車輌のシルエットとなって近づいてくる。

連邦からの輸送トラック部隊だ。

輸送隊との合流とほぼ同時に、シンはそれを感じ取る。

「っ……。レーナ。〈グルマルキン〉に戻ってくれ」

「え、」

振り返るレーナに、苦く首を振ってみせた。後方、リヒャルト少将率いる殿軍《しんがり》は。

「殿軍《しんがり》が崩れ始めた。……状況次第ではこの後戦闘になる。〈グルマルキン〉に戻ってくれ」

限界まで避難民の退路を支えた彼らは、限界を迎えて崩壊しつつある。

「――避難民の全員、輸送車輛《しゃりょう》に搭乗完了したわ、少将。これより撤退を開始します」

合流した車輛《しゃりょう》隊の隊長から報告を受け、機動打撃群に進発を告げて。続けてグレーテは知覚同調《パラレイド》を後方、殿軍《しんがり》をなおも率いるリヒャルトへと繋《つな》ぐ。

車輛《しゃりょう》隊との合流までの時間を稼ぐ、殿軍《しんがり》の目的はこれで達成されたが、すでに彼らに帰還の術はない。遅々としてでも戦野を進んだ機動打撃群と、迎撃のため全速を以《もっ》て引き返した鋼鉄の悍馬《かんば》の一群とは今やあまりに遠く離れ、〈レギオン〉の猛攻に崩壊した戦列を、今からまとめ直して離脱するのもまず不可能だ。

もはや帰れぬ戦友に、だから、せめて言うべき言葉を伝えた。

「少将は義務を果たしたわ。……敬意を表します。リヒャルト・アルトナー少将」

リヒャルトは苦笑したようだった。

『やめろ蜘蛛《くも》女。お前らしくもない』

知覚同調《パラレイド》の向こうに、前席の操縦士《オペレーター》の気配がない。戦死したのか、……〈ヴァナルガンド〉自体、もはや動けなくなっているか。

銃声と、砲撃の音だけが絶え間なく響く。交互に泣き叫ぶ、二挺《ちょう》の重機関銃。合間に咆哮《ほうこう》する一二〇ミリ滑腔砲《かっこうほう》。

『賭けは、私の負けだったな。今回も。戦に研がれた血刀が、そう己を見せかけていただけの子供が、ついに我らが連邦の元、ただの子供に戻ったか』

何よりのことだ。

「先輩――……」

『今度は、奪われるなよ。黒寡婦蜘蛛の狂乱は、あの一度きりで充分だ。お前とヴィレムと、血戯《ちそば》えの戦鬼が二匹、同じ戦場で暴れ狂っていたあの頃の私の身になってみろ。二度とごめんだ。……そう、ヴィレムの馬鹿めにも、今度は仇討《あだうち》の十倍殺しなど考えるなよと言っておけ。装甲歩兵の一少佐ならまだしも、准将、参謀長ともあろうものが屑鉄《くずてつ》どもを相手に人斬り庖《ぼう》丁《ちょう》をふるうなと』

言って、リヒャルトはこんな状況だというのに、あるいはだからこそ、おかしげに笑った。

『今更だが、屑鉄《くずてつ》を斬るなら斬鉄だな。斬鉄庖丁《ぼうちょう》と言うべきだったな。……何年もあれを、妙なあだ名で呼んでしまっていたな』

「……………」

『あれに異名を変えさせるような真似《まね》をお前はするなよ、グレーテ。あの馬鹿は妙なところで情が深いくせに、それを自覚もしていない類《たぐい》の馬鹿者だ。……お前は自覚があるだけで、同じだったからわかるだろうが』

「——ええ」

屑鉄《くずてつ》狩りの、エーレンフリートの人斬り庖丁《ぼうちょう》。〈レギオン〉殺しの黒寡婦蜘蛛《ブラックウィドウ》。

〈レギオン〉戦争序盤の、まだ戦術も確立しきれていなかったあの混沌《こんとん》の戦場で。大勢死んだ。士官学校の同期も、共に戦場の泥の中を駆けぬけた戦友も、あの時は年上だった部下たちも、ほんの少しでも大切だったものは次々に、続々と失われていって。

十代で戦場に立ち、そのまま何年も戦場に暮らしてようやく二十をこえたばかりの二人の年若い士官は、奪われたあらゆるものをあがなおうと、全てを奪い去っていった屑鉄《くずてつ》どもへの復《ふく》讐《しゅう》に猛《たけ》った。

元より正気を疑う白兵兵装で軽量級〈レギオン〉を斬り捨てて回っていた、装甲歩兵の青年は奪われた戦友の十倍の〈レギオン〉を仕留めると誓いを立てて、斥候型《アーマイゼ》どころか近接猟兵型《グラウヴォルフ》をも単騎で狩りたてる悪魔と化し。

婚約者の駆る〈ヴァナルガンド〉で重量級〈レギオン〉を討ち取って回っていた〈ヴァナルガンド〉砲手の娘は、その婚約者を失って後は砲手席に誰も乗せぬまま、ただ独り〈レギオン〉機甲部隊を蹂躙《じゅうりん》する魔女と化した。

その時の己を、人斬り庖丁《ぼうちょう》の異名をとった装甲歩兵の戦友を、グレーテはまだ覚えている。

その狂気を。

「……だから嫌いなのよ。あいつは」

煮えたぎる鉄のような激情を、自分の奥底の認めたくない苛烈さを、鏡のように抱えている相手だから。

自分と同じく抱えている相手だと、知ってしまったから。

『あれはお前のそういう一途《いちず》な、苛烈なところを愛したのだろうがな。その情が自分には、向けられることはないと知ってさえ』

「知ってるわ。だから、嫌いなのよ」

リヒャルトが声もなく苦笑する気配を、感じつつ続けた。

「だから――あいつに墓参りなんて、絶対にされたくないわ」

先に死ぬような、真似《まね》はしない。

あなたが心配してくれた、そのとおりに。

リヒャルトの笑みの気配が深まる。

『そうしてくれ』

「でも、」

ん、と向く注意に、精一杯の笑みを向けた。

「先輩とこれからもお酒を呑《の》む時だけは、これまでどおりにあいつと一緒に来てあげるわ」

もう、救援なんて間にあわない。

脱出する隙も、最早《もはや》ない。

リヒャルトとグレーテが生きて酒を酌《く》み交《か》わす機会などもう二度となくて。

それでも、あなたを思う時には、これまでと同じにあなたもいるつもりで。

十年前のあの無惨《むざん》な戦争をどうにか生き残った三人が、まだ、欠けることなく揃《そろ》ってでもいるかのように。

『……そうか』


乗り心地は無論、安全性をも度外視した人間の過積載状態で、輸送トラックは走りだす。乗り切れなかった避難民と憲兵たちは、乗車作業の間に荷物を積みかえ、空にした〈スカベンジャー〉のコンテナに。

互いに腕を回し、支えあう市民たちを乗せてトラックは、〈スカベンジャー〉は走る。〈レギンレイヴ〉に周囲を守られ、道なき道を風を巻いて。


沈痛に、フレデリカは目を閉じる。言葉は、彼女が発しても届かない。ここからでは何をしてやることもできない。けれど。それでも。

「ご苦労じゃった、リヒャルト・アルトナー少将。その配下の勇猛なる兵士たち」

疾走する隊列の一角で、グレーテは唇を噛《か》む。

リヒャルトが乗る〈ヴァナルガンド〉の砲声が、少し前から止《や》んでいる。

代わりに響くのはアサルトライフルの銃声で、ものともせずに近づく骨の擦れる程度の足音。薙《な》ぎ払《はら》う鋭い風切り音と、硬い金属が柔らかい骨身を打ち砕く音がして。

苦痛を堪える、喘鳴《ぜんめい》が数度。拳銃のスライドをひく装塡音が幽《かす》かに響く。連邦軍制式の内蔵撃針式九ミリ自動拳銃。機甲兵器の搭乗員に支給される、自害のための。

囁《ささや》くように、最後に声は誰かを呼んだ。

きつくグレーテは唇を噛《か》み締《し》めた。

何度か会ったことのある、奥方と。幼い息子とようやく言葉を話し始めたばかりの娘の名前だった。

銃声。

殿軍《しんがり》の全滅は、異能を持つシンにも察せられる。邪魔者を排除した〈レギオン〉部隊が、全速を以《もっ》て、機動打撃群と避難民を追跡する。

けれどもう、遅い。

リヒャルト少将と、配下の連隊は、彼らの任務を全うした。

死告げ姫の群に守られた輸送部隊は、連邦勢力圏から三〇キロ地点、統制線ピスケスを通過。機動打撃群に代わり連邦軍正規機甲部隊が維持する、分厚い防衛線の内側を通り抜けてついにポイント・ゾディアクス、連邦支配域内へと到達する。

続けて機動打撃群の各部隊が、統制線ピスケスを通過、ゾディアクスへと到達。共和国から帰還した全部隊を呑《の》みこみ終えて、撤退路が連邦軍本隊により鎖《とざ》される。連邦の防衛線後方から軍団砲兵が叩《たた》きこんだ突撃破砕射撃が、諦め悪く追いすがろうとした〈レギオン〉の追撃部隊を一切の容赦なく引き裂いて吹き散らした。

連邦勢力圏内へ帰還した機動打撃群と輸送トラックは、そのまま高速鉄道の終着点、ベルルデファデル市ターミナルに到達する。

硝子《ガラス》と金属の街路樹が飾る、美しい街並み。鏤《ちりば》められたきり永遠に動かぬ玻璃《はり》の落ち葉が石畳に散り敷き、豊かで豪奢《ごうしゃ》な金色がかった陽《ひ》ざしが硝子《ガラス》の葉群に散らされる。

あたたかな蜜色をしたその光景の中を、〈アンダーテイカー〉を駆けさせながらシンは息をついた。昨日の夜中から、半日以上動いている。その疲労もあるし、これまで押しこめてきた徒労感が、安全圏に到達したことで滲《にじ》み出《で》ようとしている。

徒労感。そう。

共和国市民全員は避難させられず。リヒャルトとその麾下《きか》の連隊を失い。アルドレヒトを含めた同じエイティシックスの亡霊を、止めることができなくて。

ターミナル前の広場に停車した輸送トラックから、市民たちがぼろぼろと落ちる。そのまま、疲労のあまりにへたりこんだ。

避難区域への輸送用だったトラックをこの撤退行に一時的に回して、広場には大勢の共和国人が残っている。その彼らが、同胞の惨状と〈レギンレイヴ〉に気づいてざわつき始める。

どうしてエイティシックスが、もう戻ってきてるんだ？　次の避難列車はどうしてまだ来ない？　この後くるはずの同胞は？

雑音を遮るように、グレーテが告げる。

『お疲れ様、各位。避難民はここの担当に任せて、私たちも帰りましょう』

『さあ、みなさん。あとちょっとで熱いシャワーとベッドですよ』

機動打撃群の宿営はこの都市からさらに少し奥だ。あえて明るい声を出したレーナと、ブリジンガメン戦隊が先導して第一機甲グループが移動を開始する。

丸一日以上動きっぱなしの連中は、薬を飲んでいてももう辛《つら》いだろう。少しでも先に帰らせて休ませるため、移動ルートを譲ってスピアヘッド戦隊は硝子《ガラス》並木の歩道に駐機する。

体を伸ばし、また外の空気を吸いたくて、シンはコクピットの外に出た。

他の隊員たちもそれぞれ外に出て、伸びをし、あるいは頭から水を被《かぶ》る。疲れた、と長く、息を吐いた。

そのとき鋭く、声が飛んだ。

無意識に、まるで仲間たちを庇《かば》うように他の〈レギンレイヴ〉と避難民との間に〈アンダーテイカー〉を止めていたシンに、彼がたまたま一番近くにいたからというそれだけの理由で。


「人殺しの人喰《ひとく》いだから赤目なんだろう、エイティシックス！　汚い色つきの、役立たずの無能な劣等種め！」


ぴりっと眉を逆立ててクレナが、アンジュが身を起こした。

ライデンが剣呑《けんのん》に目を眇《すが》めて向き直る。残っていた〈レギンレイヴ〉が、プロセッサーが、ダスティンや戦闘属領兵《ヴァルグス》たちさえ含めて一斉に冷えた眼差《まなざ》しを振り向ける。部下全員が帰るまで乗機から降りることさえせずに待っているつもりだったらしい、グレーテの〈レギンレイヴ〉までもが振り返った。

叫んだのは、同胞をかきわけて詰め寄ろうとした白系種《アルバ》の青年だった。すぐさま駆け寄った憲兵に、シンに近寄るどころか広場を出るよりも前に取り押さえられて、左右から腕を囚《とら》われた不自由な姿勢でなおも身を乗り出す。

無理やり突きだした片手に、何とも知れぬ焼け焦げた布切れを摑《つか》み締めて。

「お前たちのせいだぞ。どうせ俺たちを守りたくないって手を抜いたんだろう。お前たちのせいで死んだんだ。どうして——どうして妹を守ってくれなかったんだ！」

広場の奥。市民たちの人波の向こうの線路上に、まるで人々の後ろに隠れるように蹲《うずくま》った、ぼろぼろに焼け焦げた列車が目に入った。

焼夷弾《しょういだん》を浴び、炎上しながらも駆けていった。あの避難列車。

閉じこめられた避難民は、結局誰も助からなかったのか。それとも服の主はたまたま、死人の側に墜《お》ちてしまったのか。それはシンにはわからないけれど。

死んだのだろう。あの、燃え盛る列車の中。

〈羊飼い〉の悪意で燃え上がった列車の中、エイティシックスの亡霊が、悪意を以《もっ》て造りだした焦熱地獄の中で。

不意に、激情の塊がこみ上げた。

耐えきれずに奥歯を噛《か》み締《し》め、吐きだすように叫び返した。

「だったら！」

「だったらあなたたちこそ、どうして戦わなかったのですか」

青年が気色ばむ。

「何を……」

「どうして戦おうとしなかったのですか。九年も〈レギオン〉に包囲されて閉じこめられて、九年間一度も勝てないままで、どうしてそれで戦わずにいられると思ったのですか。どうして戦う力も意思も放り棄《す》てて、それで平気だと。誰かがいつも、いつまでも代わりに戦って守ってくれると、呑気《のんき》に——なんの根拠もないのに思っていられたのですか」

自分以外の誰かに、戦えと言うばかりで。

自分以外の誰かに、守ってくれと叫ぶばかりで。

それを恐ろしいと、どうして思わずにいられるのだろう。

自分で自分も守れない、自分の生死さえも他人に任せるいきものとしての無様を、どうして恐れずにいられたのだろう。ましてこんな、十年も続く〈レギオン〉戦争の中。要塞壁群も共和国もその民を守りきれない、絶望的なまでの無力を露呈したあの大攻勢の後で。

どうしてそんなにも。

弱いままで。

「どうしてあなたたちこそ、あなたたち自身を守ろうとしなかったんですか。何年もあったのに、これだけのことが起きていたのにどうして、自分を守ろうとさえしなかったんですか」

自分のことだけでも、自分で守ってくれたら。

そうしたらシンは、エイティシックスたちは、共和国人があんなにおおぜい、あんなにも無惨に死ぬところなんて見なくてすんだ。

救えず見捨てる破目になんてならなかった。

思いもよらなかったろうあんな死に様を。

共和国人は、晒《さら》さなくてもよかったのに。

「どうして、自分のことさえ、守れないままでいられたんですか――……！」

決して責める声ではなかった。

むしろ悲痛な、血を吐くような声だった。

人の死を、それも塗炭《とたん》の苦しみを負ってのそれを、悲惨だと。あるべきではないと思える者の。

青年は気圧《けお》されて黙りこむ。

耐えきれずに目を背けて、シンは足早にその場を歩み去った。

永遠に散らない硝子《ガラス》の葉に、散らされた陽光が七色に煌《きら》めいて降り注ぐ中を、誰かが追いかけてきたと思ったらマルセルだった。

グレーテの〈レギンレイヴ〉に同乗していたから、そのまま降りて追いかけてきたらしい。

言葉をかけあぐねて後ろで立ち尽くした彼に、息を吐いて己の内圧を下げてシンは言った。

マルセルを見たら途端に、後悔が押し寄せてきた。

「……悪い」

マルセルは怪訝《けげん》に眉を寄せる。

「何が」

「弱いから悪いんだと、弱いから死んだんだと、言いたいわけじゃ――なくて」

思いだすのは、ユージンのことだ。

西部戦線で、戦死した。

それは、彼が弱かったせいだと思っているわけじゃなくて。

弱いのが悪いのだと、平然と言い放ってしまえるほど、冷酷なわけでは自分はないはずで。

遮ってマルセルは頷《うなず》く。

「わかってる。それは、わかってるから。……あいつは戦って、でも、敵《かな》わなくて死んじまって。でも」

でも。

だからこそ。

「戦いもしないまま死んでかれるのは、なんか、やりきれねえよな——……」

「——ああ」

「なんで、それで平気なんだろうな、あいつらは。俺とかお前のせいじゃねえってのに、なんか、辛《つら》いのもなんでなんだろうな。……あいつらも、」

猫みたいに吊《つ》った双眸《そうぼう》を、伏せてマルセルは言う。彼もまたもう一年以上も戦場に生き、多くの戦友を見送ってきた。その哀《かな》しみを以《もっ》て。

「死なねえでくれたら、その方がよかったよな……」


青年とついでに避難民たちも、我が軍と騒ぎを起こすならと憲兵たちの手で駅舎内に押しこめられて、けれど硝子《ガラス》と光の並木の下に落ちた冷えた沈黙は去っていかない。

さすがのシンも吐き捨てるなり歩み去ってしまって、ライデンもアンジュもクレナも、トールもクロードもまた、それを追わない。

追いかけられる気分では、彼らもなかった。

終わると思った戦争が。終わらせたいと望んだ戦争が。ついに終わりが見えたはずだった、この〈レギオン〉戦争が。

たった一夜でひっくり返されて。やはり終わらないかもしれなくなって。

この半年、戦いぬいて、勝ち得てきた戦果は、全て無に帰して。この半年の自分たちの戦いは全て無意味だったかもしれなくて。

自分たちのしてきたことは、全部、全部、無駄だったかもしれなくて。

人類の全ての戦野に焰《ほのお》の星が墜《お》ちたあの一夜に刻みこまれ、あの夜から本当はずっと、胸底に燻《くすぶ》り続けていた空虚と疲労、徒労感と無力感と、慣れ親しんだ虚無。

この世界に人間なんていらないと、自分たちにはいていい場所なんてこれまでもこれからも本当は一つも無いのだと、頭の片隅で今なお囁き続ける、八六区で刻みこまれた消せない虚無。

それでも作戦前だからと、自分たちはまだ、諦めはしないのだと切り離して押し殺して。

そうまでして助けた、救いだしたものが。

ぽつりとトールが呟《つぶや》いた。

「なんでオレらが助けたの、あいつらだったんだろうな」

「……ああ、」

救援派遣軍と、一応は共和国人を助けにいって、けれど全員は助けられなかったのに。

作戦は失敗してしまったのに。

死を覚悟で殿軍《しんがり》に残った少将と彼の部下たちは、助けられなくて死んだのに。

〈羊飼い〉に成り果ててしまった、かつての同胞たちはすでに死んでしまったのに。

八六区で共に、戦った仲間は死んだのに。大攻勢をも生きぬいた仲間も、この半年で何人も死んでしまったのに。

不意に湧き上がった激情に、きつく、クロードは奥歯を嚙《か》み締《し》めた。

共和国市民でも、兄は。ハンドラーとしてでも戦おうとした兄は、おそらく死んでしまったのに。

どうしてあいつらが。

どうして、どうせ反省もしない、感謝なんてするはずもない、不平不満ばかりでどこにも行けない、みっともないあいつらなんかが。

生き残って。

自分たちが得た戦果は、あいつらなんかを助けたというただそれだけしかなくて。

どうしようもない徒労感が、頭の上から圧《の》し掛かって全身を押し潰す。自分たちはいったい、なんのために戦って。いったいこれまで何ができて。

「俺が何をできていたら、兄貴は」

無意識に、そんな言葉が零《こぼ》れた。

何ができていたら、兄は。この作戦は。あの少将は。殿軍《しんがり》を務めた連邦軍人たちは。死んでしまった大勢の仲間たちは。

助けたいわけでは別段なかったし、死ぬなら死ぬでもかまわないと今でも思ってはいるけれど、だからといって、全員泣き喚《わめ》いて苦しんで無惨《むざん》に死んでしまえと思っていたわけでもなかった、みっともない共和国人のあいつらなんかは。

「死ななくてすんだんだ。……俺は、」

あんな奴《やつ》らでも死ぬところなんか見たくはなかったのに、無惨に死んでいくところを見る破目にならずに、すんだのだろうか——……。

†

機動打撃群の本拠基地への帰還とは、つまり数千機のフェルドレスと人員の輸送だ。機材の積みこみだけでも、とても本日中には終わらない。

予定より二日繰り上がったにもかかわらず、準備万端で待っていてくれた輸送担当に作業を任せ、宿営の仮設基地で戦士たちは少し早い休息をとる。

限界まで疲れ切っていた者はベッドに直行し、そうでもない者もシャワーを浴び、軽食をとって一息つく。疲労を知らない〈スカベンジャー〉たちは弾薬とエナジーパックを下ろして輸送担当の命令で走り回り、仮設基地の要員がでっかいトレイに載せたコーヒーの紙コップを配って回る。

もちろんレーナを含め、指揮官たちはすぐさま休息とはいかないが。

「了解です。――今日は、ここまででいいでしょう。お疲れさま、シン」

必要な報告を全て聞き終え、レーナは前に立つシンに執務の終わりを告げる。指揮官だから
と割り当てられた、小さいけれど個人用の居室。

「ああ、レーナも。……少し遅れたけど、食事にするか？　疲れているなら取ってくるけど」

「いえ、みんなの顔も見たいので」

食事は、おそらくもう先に取っているだろうけれど。きっとコーヒーでも片手につきあって
くれるだろうから、その時間くらいは。

「でも、その前に……ちょっと、いいですか？」

察してシンは頷《うなず》いた。

「……ああ」

作戦中だからと、レーナはきっと、ずっと堪えていて。

堪えていたけれど、もう限界なのだろうから。

立ち上がって、レーナは目の前の人に抱きついた。きつく、腕を回して顔を埋めた。

途端に涙が滲《にじ》んできた。

顔を上げられないまま、どうにか言った。

「ごめんなさい。シンだって辛《つら》かったでしょうに、わたしだけこんな」

復讐《ふくしゅう》を選んだ〈羊飼い〉も、共和国市民とはいえたくさんの死も。

優しいあなたには。

「ああ。……でも、おれはさっき、少し吐き出したから大丈夫」

ぱっとレーナは顔を跳ね上げた。

失言だったと、シンは悟ったがもう遅かった。

レーナは柳眉《りゅうび》を逆立てて頰を膨らませて唇を尖《とが》らせて、明らかに機嫌が急降下している。

「誰にですか。ライデン？　それともファイドですか？」

銀鈴の声もとんでもなく尖《とが》っている。

レーナ以外に頼ったと口を滑らせたのは悪かったが、何もライデンやらファイドにまで嫉妬しなくてもいいじゃないかとシンは思う。

「……マルセルだけど」

「そうですか。じゃあマルセルは後で、きっちり問い詰めておかないとですね」

「手心を加えずに？」

征海艦《せいかいかん》での自分の言葉を思いだして言ったら、レーナも前に同じやりとりがあったと思いだしたらしい。逆立てていた柳眉《りゅうび》を解いて、くすりと笑って頷《うなず》いた。

「ええ、手心を加えずに」

「マルセルはレーナの部下だろ。あんまりいじめるのは可哀想《かわいそう》だ」

「ええ……。それをシンが言います？」

互いにくすくすと笑いあって。

途端にぽろりと、レーナの目から涙が零《こぼ》れた。

「……見捨ててしまいました。あんなに大勢」

「──ああ」

「助けられなかった。みんな……死なせてしまった。リヒャルト少将も、わたしたちのために。死んでしまった」

死なせてしまった。

助けられなかった。

滅びてしまった。

共和国が。

わたしの生まれ育った国が、ついに。

滅びてしまった。

みんな、みんな、死んでしまった。

「助けられなかった。本当は見捨てたくなかったのに、助けたかったのに、死なせたくなかったのに、そうできなかった。わたし……わたしが……！」

「レーナのせいじゃない。でも」

背中に手が回るのを感じる。筋肉がついて硬い、力強い腕。分厚い機甲搭乗服《パンツァーヤッケ》の向こうの、自分よりも高い体温。

「泣きたいのは、仕方ないと思う。——哀《かな》しいだろうから」

抱きしめられた。泣いていいと、言葉もなく告げられた気がした。

だから。

滅びてしまった祖国のために、死んでしまった大勢を思い。

わあわあ声をあげてレーナは泣いた。

D-DAY PLUS EIGHTEEN.

At the Celestial year of 2150.10.19

DIES PASSIONIS

星暦二一五〇年一〇月一九日

ディー・デイ・プラスエイティーン

Judgment Day. The hatred runs deeper.

86 EIGHTY SIX

The number is the land which isn't admitted in the country.
And they're also boys and girls from the land.

〈レギオン〉支配域の四百キロを往復し、おそらく彼らの主観では戦果というほどの結果も出せず、その上あまりに多くの人間の、目の前での無惨《むざん》な死。

さすがに疲れ果ててしまったのだろう。基地に戻って気が緩むなり居室に引き上げて眠ってしまったプロセッサーたちを、フレデリカは見回って歩く。鎖《とざ》された扉の外からだけれど、悪夢にうなされてはいないか。忍び泣く声が、漏れてはいないかと。

ごく一部以外には名乗ることもできず、守られてばかりの女帝の、せめてもの責務として。

鎖蛇なりの、年長者としての振舞のつもりか、あるいは共に基地に残って、シンたちからフレデリカを預けられたつもりでもいるのか。数歩離れてゆっくりと後に従っていたヴィーカがふと、口を開いた。

「一つ聞いてもいいか、ローゼンフォルト」

「なんじゃ」

フレデリカは目も向けない。その背にヴィーカは問いかける。

なるほど何処《どこ》その大貴族の、落胤《らくいん》ではあるのかもしれない。

帝国では忌《い》まれる混血とはいえ、統治者の血に相応《ふさわ》しい教育も与えられたのかもしれない。

それでも。そうだとしても。

帝王紫の双眸《そうぼう》に浮かぶ、怪訝《けげん》と――疑念。

「卿《けい》は所詮、マスコットだ。その卿《けい》が、なぜそこまでエイティシックスに――将兵どもに責任を感じる？」


ホロウィンドウに投影した報告書はけれど見もせず、ヴィレム参謀長は口を開く。西方方面軍統合司令部の、彼の執務室。

「――当初の作戦目標である救援派遣軍の撤退には、最低限の損害を出したのみで成功。〈ヴァナルガンド〉と装甲車輛《しゃりょう》、装甲強化外骨格《ウルフヘジン》の回収についても、目標数を達成」

ここまで悪化した戦局と、忙殺どころの業務量ではなかったろうここ半月余りの参謀本部の状況でなお顔色一つも変わらないあたり、なるほどこの戦友はかつての帝国に君臨した大貴族たちの一人、正真正銘の怪物なのだとグレーテは思う。

状況の変化を、内心を悟られぬため。表情は無論のこと思考さえも制御下に置き、完璧に鎧《よろ》う。合理と冷徹の仮面ばかりを、他人に見せる。あるいは当の、自身にさえも。

いっそ機械じみた、支配階級の非人間性。

彼らにとっての家畜たる臣民、猟犬たる戦闘属領民だけではない。彼らにとっては一族の子も、自分自身さえもが指揮と統治のための道具だ。

覚えているよりもほんのわずか、鋭利を増した漆黒の双眸《そうぼう》だけが、人間性の名残だった。

かつて見たのと同じ、荒涼と凄惨。

あらゆるものが失われる戦野の無情と、己の無力に対する憤《いきどお》りの、その名残。それらを踏み越えてしまった先の——感情の燃え殻。

「第二目標である共和国民の避難についても、国民全体の三割超の輸送に成功。加えて指揮個体の不死化、および行動変容を確認。大戦果と言っていいな、ヴェンツェル大佐。だからそんな顔をするな、グレーテ」

「あなたに言われたくはないわ、参謀長、参謀長閣下」

含んだ意に、聡《さと》く気づいて参謀長は片眉を上げる。控える副官の少年の、引き結んだ口元。それを失った誰かの代わりに激情を堪えるように。失われゆく誰かを気にかけるように。

気づいて、切り替えるように薄い瞼《まぶた》が一度下り、戦刃の鋭利を拭い去る。

「……アルトナー少将は残念だった。が、いかにも先輩らしいと俺は思うよ」

「ええ」

呑《の》みこむべきではないその言葉を、言わせたかった。リヒャルトのためではなく目の前の彼のために。

そのために続けた。

「それと、――リヒャルト先輩から、伝言」

「聞こう」

「もう人斬り庖丁《ぼうちょう》に戻るなって。……実は迷惑していた、二度とごめんだ、だそうよ」

虚を衝《つ》かれたように、参謀長はわずかに目を見開く。

それから長く、嘆息した。

露骨にうんざりと。

「最期《さいご》に何を言うかと思えば――当たり前だろう。あれから何年経《た》って、今の俺がなんの職務についていると思っていたんだ。前線にいた時よりもよほど多くの屑鉄《くずてつ》どもを屠《ほふ》れる立場にあるというのに、いまさら誰が一介の装甲歩兵などに戻るか」

心の底から嫌そうに言って、ふっと目を眇《すが》めて笑った。

第二次大攻勢からおそらく、はじめて零《こぼ》れたのだろう笑みで。

「それに先輩が迷惑がっていたのも知っていたさ。知ってはいたが、なにしろ先輩は十も年上なんだ。当時すでに一家の長、人生経験豊富な指揮官であられたアルトナー卿《きょう》が、未熟な可愛《かわい》い若者の世話を焼くのは当然だろう」

グレーテは柔らかく苦笑した。……自分は一応、当時はそんなことは知らずにいたのだが。

こいつときたら。

「あなたったら、昔っから最低ね」

「君が言うか？　黒寡婦蜘蛛《ブラックウィドウ》」

〈レギオン〉殺しの。失った夫に、殉じるかのような喪服と戦い様の。

グレーテは笑った。

失った何かの代わりではないけれど、得ていた沢山のものを思った。

守るべきものを。

「もう違うわ」


共和国市民の避難区域内に連邦が用意した、戦災孤児の受け入れ施設。連邦軍の憲兵隊が維持管理するそこに隊長の子供を預けて、施設長である憲兵部隊長に事情を説明してくれぐれもよろしくお願いしますと頭を下げて。

もちろんだよと請け負ってくれた部隊長と、預けた少年に見送られて。

列車を乗り継いで数日かけて、セオは前線からザンクト・イェデルへと戻った。

雪もよいの首都は出る前よりも一層冷えこみがきつくなっていて、一方でぴりぴりと肌を刺すような剣呑《けんのん》な雰囲気は一応、収まりを見せていた。

砲弾衛星は、あの一度きりで二度目の爆撃はされていないし、次があっても最低限、予測は可能だと軍が発表したからかもしれない。前線の戦況も遠い首都には影響が薄いのは以前のままだし、戦線を戦闘属領でどうにか維持しているのにも変わりはない。

ただ。

ちらりと見た、車道を挟んだ向こうの歩道をセオとは逆方向に進んでいくのは、エルンストとその政権、さらには軍の無能をも非難対象に加えた、件《くだん》のデモ隊だ。

中核の青年たちはこの十数日で季節にあったコートを入手して、そしてこの十数日で人数がずいぶん膨れ上がっている。歩道の一方を道幅いっぱいに占拠して、シュプレヒコールを上げて練り歩く彼らの主張に、通りの反対側のこちらの歩道で足を止める者もちらほらと見受けられた。

なんとなくだが、嫌なものを感じた。

通りに流れる、割れた硝子《ガラス》片のような声の出所はもう一つあって、ビルの壁面に投影されたホロスクリーンの街頭テレビだ。報道番組の、ここ数日の戦局の報道。

数日前の共和国の滅亡は、そう大きくは報じられなかった。

けれど続く、連合王国・竜骸《りゅうがい》山脈山麓部予備陣地帯の失陥のニュースは、連邦にも衝撃をもたらした。

さらには連邦、南部第二戦線が一部戦区を失陥し、以来、セオが前線からザンクト・イェデルに戻るまでのこの数日、報道番組は連日、戦局に関するニュース一色に染め上げられている。今が戦時だと、まるでようやく思いだしたかのように。

実際この状況で、戦局が悪化しているとわからない者はいまい。もはや笑みもない若い女性キャスターの、緊迫した表情と声音で伝えられるどこかの戦線の速報。

見上げてセオは呟《つぶや》いた。彼もまた緊迫と、一抹の危機感に鋭い、翡翠《ひすい》の双眸《そうぼう》で。

「どうなるのかな、これから。——戦争は」

そして、僕たちは。


ほっと副官の少年が肩の力を抜くのを視界の端に、グレーテもまた息をつく。そんな彼女を見上げて——おそらく副官の挙動も目に留めながら——参謀長は中断していた話を元に戻す。

「西部戦線を含め、連邦の各戦線はとりあえず膠着《こうちゃく》には持ちこんだ。ここから維持するにも打開するにも、分析と、そのための情報がいる」

見返したグレーテに、肩をすくめた。気負うでもなく、けれど一つの隙もなく。参謀長としての彼の職務を、果たすためのその準備として。

「〈無慈悲な女王〉の——ゼレーネ・ビルケンバウムの尋問を再開する。……まずは彼女の持つ情報の何が誤りで、何が真実だったのか。その精査が必要だ」

[EIGHTY SIX]

In the Republican Calendar of 368.8.27.

Two day has passed since the "First Great Offensive".

At the San Magnolia's capital.

共和暦三六八年 八月二七日〝大攻勢〟より二日

第一行政区

Judgment Day.

The hatred runs deeper.

「人のことを言えた義理でもないが。——なんてざまだ。まったく」

九年前に壊滅したかつての共和国軍、その遺風も美徳も受け継がなかった現在の共和国軍人は、所詮、数合わせの寄せ集めにすぎなかった。

祖国陥落までの時間さえ数日も稼げぬ無様とはと、溢《あふ》れでてはいけないあらゆるものを裂けた腹から零《こぼ》してカールシュタールは嗤《わら》う。軍人としての教育は足りず、訓練を嫌い、誇りも義務も学ばぬままに利得だけを貪った挙句が、〈レギオン〉の侵攻に抗《あらが》えもせぬこの末路。

無線に応じる声も、知覚同調《パラレイド》に応えるそれも最早《もはや》ない。銃声も怒号も、子供のように泣き叫ぶ悲鳴さえもが途絶えて久しく、聞こえるのは焼け落ちる白亜の街並みの、爆《は》ぜる火花と焔《ほのお》に煽《あお》られ生まれた風の、逆巻いて天へと昇るごうごうという唸《うな》りばかり。

まともな教育も受けられず、訓練もされず、それでもこの九年を戦いぬいてきたエイティシックスたちは、これからも少しは抵抗を続けるのだろうに。

そうはならないと、カールシュタールは想定していた。八六区には戦力こそあるものの、それを支える生産プラントと発電プラントを抱えるのは共和国八五区だ。グラン・ミュールに分断されたままだったならエイティシックスたちは共和国の陥落と共に一切の補給を失い、戦意の有無など関係なく無力に〈レギオン〉に呑《の》みこまれたろう。

そうはならなかった。

八五区と八六区とを隔てるグラン・ミュールを、レーナが開放したから。

「私が言えた義理ではないがな。――いったいなんという無様さだ。お前のその為体《ていたらく》は。妻も娘も置き去りにして、成り果てた先があろうことか人類の敵か」

もはや身動きもならぬカールシュタールの前には、一輌《いちりょう》の重戦車型《ディノザウリア》が黙然と佇《たたず》んでいる。

戦闘重量一〇〇トン、全高四メートルもの、陸上戦艦めいたその威容。焔《ほのお》の朱《あか》に照り映える鉄色の装甲は戦場のただなかにもかかわらず無傷の輝きで、二《に》挺《ちょう》の重機関銃も二門の戦車砲も、カールシュタールに照準を合わせてもいない。

放っておいても長くはない脆弱《ぜいじゃく》な人間ごとき、踏み潰すにもあたらないと言わんばかりの覇者の不遜。

見上げてカールシュタールは、血の気の失《う》せ果てた顔で薄く笑った。

「お前の娘は、本当にお前に似たぞ。夢見がちで綺麗事《きれいごと》ばかり吐いて、――どうしようもなく諦めが悪い。お前と同じくこの世界に、それこそ死ぬまで抗《あらが》うだろう。今のお前には最大の、敵となろうよ」

妻と娘がいるというのに人類の、この共和国の敵となってしまった、今のお前には。

愛する家族が自分の配下の〈レギオン〉に、無惨《むざん》にひき裂かれ踏み潰されて死ぬのを殺戮《さつりく》機械どもの指揮官として、容認してしまったのだろう今の無様なお前には。

重戦車型《ディノザウリア》は黙然と、カールシュタールの前に佇《たたず》んでいる。

重戦車型《ディノザウリア》の光学センサの、不吉な鬼火のような蒼《あお》い光が、しんとカールシュタールを見おろしている。

鋼鉄の怪物に変わり果ててしまった『彼』に、もはや人の言葉を発する機能などあるはずもない。人のそれと通じる思考も。

それでも何を問うているのかわかった。

——こちらに来るか？

人としての命が、終わる前に。

失血のあまりに紙よりも白い顔色と、紫を通りこして青いほどの唇で、カールシュタールは吐き捨てる。

あるいは〈レギオン〉と化した今の『彼』にしてみれば、それも『彼』なりの最大限の友情の表現なのだろうけれど。

「まっぴらだ」

とうの昔に見限った祖国ではあるが、……滅び去った主の命令に囚《とら》われ、目的も意味もない殺戮《さつりく》に衝《つ》き動《うご》かされる哀れな戦闘機械に成り果てるを望むほど、落ちぶれてもいない。

握ったままの拳銃を、一キログラムもないというのに信じられないほどに重いそれを、持ちあげて銃口をこめかみに擬した。初弾は薬室に装填済み、手動の安全装置などなく、ダブルアクションであるから撃鉄を上げずとも銃爪《ひきがね》さえ引けば弾が出る、まったく自殺に最適の共和国軍制式の自動拳銃。

重戦車型《ディノザウリア》は黙然と、カールシュタールを見おろしている。

――そうか。

「そうだとも。それよりは一足先に逝《い》って、見物している方がマシだ。……お前の武運など祈らん。せいぜい苦戦するがいい」

お前に似て、けれどお前とはまるで違う娘の前に。

綺麗事《きれいごと》ばかりで夢見がちで、――人の理想とやらをどれほど踏みつけられても諦めない。自身の理想にも殉じられず、愛した娘がいるというのに人類の敵に成り下がったお前とは違い、おそらくは最期《さいご》まで〈レギオン〉と人の悪意に抗《あらが》いぬくだろう、お前の知らない成長した娘の前に。

苦戦するがいい。

祈るべき武運はお前ではなく、もう、お前の娘にくれてやったのだから。

「ヴァーツラフ」

あとがき

流星雨が見たいです。こんにちは、安里《あさと》アサトです。

一巻の流星雨にはモデルがありまして。それほどの星のいつか雨を見てみたいものです。

それが理由ではもちろんないのですが、十一巻は冒頭から全大陸的に星の雨が降りました。記録的な豪雨でお送りしております。というわけで、いつもありがとうございます！　『86―エイティシックス―』十一巻『―ディエス・パシオニス―』です。

・ヴィレム参謀長

情報分析周りの職務に一番近い登場人物だったので、今回泥をかぶってもらいましたが。実際にやらかした大戦犯は、彼よりもっと上の立場の人です。たぶん中央の統合参謀本部あたりで、偉い人が責任とって自刎《じふん》……しようとして周りから止められてます。

・スピンロード

レバーアクションの銃器の、超カッコいい装填方法。これが書きたいがためにシデン機をショットガン仕様にしていたのですがようやく出せました！

最後に謝辞です。

まずは本巻からの新担当、田端《たばた》様。十一巻の地獄度合をアップさせる超鬼畜なご提案を、最初の打ち合わせからいきなりぶっこんでくださいました。ちょっと怖いなぁと思いました。

担当編集、清瀬《きよせ》様。土屋《つちや》様。プロット時点では「十一巻は薄めになります」とか言ってたのに、実際書いてみたらむしろ厚めになってしまい……。しらび様。リヒャルト少将、表紙デビュー！　殺伐とした背景でもしっかり手を繋《つな》いでるシンとレーナが素敵です。I－Ⅳ様。重戦車型新仕様《ディノザウリア》が禍々《まがまが》しくも殺意全開で素晴らしいです！　吉原《よしはら》様、山﨑《やまさき》様。コミカライズ共和国編、連邦編のコミックス新刊発売おめでとうございます！　染宮《そめみや》様。『オペレーション・ハイスクール』連載お疲れさまでした。また特典小説の魔法少女IFでもありがとうございます！　シンジョウ様。『フラグメンタル・ネオテニー』、ついにファイドが登場しました！　可愛《かわい》い！　石井《いしい》監督。この本が出る頃にはアニメの続きの放送まで秒読み段階ですね！　楽しみです！

そして本書をお手に取ってくださったあなた。一巻六章のライデンの台詞《セリフ》を書いていた時から、いつか書けたらと思っていたのがこの十一巻です。『もう一つのエイティシックス』たちの選択と、彼らとシンたち機動打撃群との相克《そうこく》の行方を、どうぞご覧になってください。

それでは、美しくて冷淡な、青い青い空の下に。あなたをひととき、お連れすることができますように。

あとがき執筆中ＢＧＭ：Hotel California（Eagles）

●安里アサト著作リスト

「86―エイティシックス―Ep.1～11」（電撃文庫）

本書に対するご意見、ご感想をお寄せください。

ファンレターあて先
〒102-8177　東京都千代田区富士見2-13-3
電撃文庫編集部
「安里アサト先生」係
「しらび先生」係
「I－IV先生」係

読者アンケートにご協力ください!!

アンケートにご回答いただいた方の中から毎月抽選で10名様に「図書カードネットギフト1000円分」をプレゼント!!

二次元コードまたはURLよりアクセスし、
本書専用のパスワードを入力してご回答ください。

https://kdq.jp/dbn/　パスワード　ktf3d

●当選者の発表は賞品の発送をもって代えさせていただきます。
●アンケートプレゼントにご応募いただける期間は、対象商品の初版発行日より12ヶ月間です。
●アンケートプレゼントは、都合により予告なく中止または内容が変更されることがあります。
●サイトにアクセスする際や、登録・メール送信時にかかる通信費はお客様のご負担になります。
●一部対応していない機種があります。
●中学生以下の方は、保護者の方の了承を得てから回答してください。

本書は書き下ろしです。

この物語はフィクションです。実在の人物・団体等とは一切関係ありません。

電撃文庫

86―エイティシックス―Ep.11

―ディエス・パシオニス―

安里《あさと》アサト

◆◇◇

2022年２月10日　初版発行
2024年９月30日　７版発行

発行者　山下直久
発行　株式会社KADOKAWA
〒102-8177　東京都千代田区富士見 2-13-3
0570-002-301（ナビダイヤル）
装丁者　荻窪裕司（META＋MANIERA）
印刷　株式会社 KADOKAWA
製本　株式会社 KADOKAWA
※本書の無断複製（コピー、スキャン、デジタル化等）並びに無断複製物の譲渡および配信は、著作権法上での例外を除き禁じられています。また、本書を代行業者等の第三者に依頼して複製する行為は、たとえ個人や家庭内での利用であっても一切認められておりません。

●お問い合わせ
https://www.kadokawa.co.jp/（「お問い合わせ」へお進みください）
※内容によっては、お答えできない場合があります。
※サポートは日本国内のみとさせていただきます。
※ Japanese text only

※定価はカバーに表示してあります。

©Asato Asato 2022
ISBN978-4-04-914149-8　C0193　Printed in Japan

電撃文庫　https://dengekibunko.jp/

応募総数 4,411作品の頂点！
第28回 電撃小説大賞受賞作

第28回 電撃小説大賞 大賞 受賞

『姫騎士様のヒモ』

著／白金 透　イラスト／マシマサキ

エンタメノベルの新境地をこじ開ける、
衝撃の異世界ノワール！

姫騎士アルウィンに養われ、人々から最低のヒモ野郎と罵られる元冒険者マシューだが、彼の本当の姿を知る者は少ない。「お前は俺のお姫様の害になる——だから殺す」。選考会が騒然となった衝撃の《大賞》受賞作！

第28回 電撃小説大賞 金賞 受賞

『この△《さんかく》ラブコメは幸せになる義務がある。』

著／榛名千紘　イラスト／てつぶた

平凡な高校生・矢代天馬は、クラスメイトのクールな美少女・皇凛華が幼馴染の椿木麗良を密かに溺愛していることを知る。だが彼はその麗良から猛烈に好意を寄せられて……!?　この三角関係が行き着く先は!?

第28回 電撃小説大賞 金賞 受賞

『エンド・オブ・アルカディア』

著／蒼井祐人　イラスト／GreeN

究極の生命再生プログラム《アルカディア》が生んだ“死を超越した子供たち”が戦場の主役となった世界。少年・秋人は予期せず、因縁の宿敵である少女・フィリアとともに再生不能な地下深くで孤立してしまい——。

銀賞以降も2022年春以降、続々登場！

悪徳の迷宮都市を舞台に
一人のヒモとその飼い主の生き様を描く
衝撃の異世界ノワール
第28回
電撃小説大賞
大賞
受賞作
姫騎士様のヒモ
He is a kept man for princess knight.
白金 透
Illustration
マシマサキ
姫騎士アルウィンに養われ、人々から最低のヒモ野郎と罵られる
元冒険者マシューだが、彼の本当の姿を知る者は少ない。
「お前は俺のお姫様の害になる——だから殺す」
エンタメノベルの新境地をこじ開ける、衝撃の異世界ノワール！
電撃文庫

おもしろいこと、あなたから。

電撃大賞

自由奔放で刺激的。そんな作品を募集しています。受賞作品は
「電撃文庫」「メディアワークス文庫」「電撃コミック各誌」等からデビュー!

上遠野浩平(ブギーポップは笑わない)、高橋弥七郎(灼眼のシャナ)、
成田良悟(デュラララ!!)、支倉凍砂(狼と香辛料)、
有川 浩(図書館戦争)、川原 礫(ソードアート・オンライン)、
和ヶ原聡司(はたらく魔王さま!)、安里アサト(86−エイティシックス−)、
野徹夜(君は月夜に光り輝く)、北川恵海(ちょっと今から仕事やめてくる)など、
常に時代の一線を疾るクリエイターを生み出してきた「電撃大賞」。
新時代を切り開く才能を毎年募集中!!!

電撃小説大賞・電撃イラスト大賞・
電撃コミック大賞

賞(共通)
大賞……………正賞+副賞300万円
金賞……………正賞+副賞100万円
銀賞……………正賞+副賞50万円

(小説賞のみ)
メディアワークス文庫賞
正賞+副賞100万円

編集部から選評をお送りします!
小説部門、イラスト部門、コミック部門とも1次選考以上を
通過した人全員に選評をお送りします!

各部門(小説、イラスト、コミック)
郵送でもWEBでも受付中!

最新情報や詳細は電撃大賞公式ホームページをご覧ください。

http://dengekitaisho.jp/

主催:株式会社KADOKAWA